# No mires atrás

# Bethany Campbell

# No mires
# atrás

**Titania**
ARGENTINA - CHILE - COLOMBIA - ESPAÑA
ESTADOS UNIDOS - MÉXICO - VENEZUELA

Título original: *Hear no Evil*
Editor original: Bantam Books, Nueva York
Traducción: Elena de Grau

Publicado por acuerdo con Bantam Books, un sello de The Bantam Dell Publishing Group, división de Random House, Inc.


© 1998 *by* Sally McCluskey
© 2000 *by* Ediciones Urano, S. A.
   Aribau, 142, pral. - 08036 Barcelona
   www.titania.org


ISBN: 84-7953-440-0 (rústica)
Depósito legal: B - 43.982 - 2000


Fotocomposición: Ediciones Urano, S. A.
Impreso por Romanyà Valls, S. A. - Verdaguer, 1 - 08786 Capellades
(Barcelona)


Impreso en España - *Printed in Spain*

*A Dan, con amor, como siempre*

# Capítulo 1

Siempre pensó que el aeropuerto de Miami parecía que lo hubiera diseñado Alfred Hitchcock. Lleno de extraños recodos y curvas que engañaban a la vista y provocaban agudas emociones. Siempre lo creyó y, ahora, al recordarlo, ahora que iba a hacer lo que tenía que hacer, le pareció un pensamiento frívolo, macabro.

«Al infierno con ello —se dijo en silencio—. Querías hacerlo. Dijiste que podías hacerlo.»

Respiró profundamente, puso en su sitio la correa de la mochila de cuero, y aceleró el paso.

Era esbelta, e iba sin maquillar. Llevaba el pelo, castaño, liso y brillante, cortado a la altura de los hombros; este corte de pelo le daba carácter. Los ojos, del mismo color que el pelo, los escondía tras unas gafas de cristales ahumados. Unos pantalones de seda azul marino, anchos y abombados, y una chaqueta ligera de tono tostado, terminaban de componer su imagen.

Consultó el reloj. Faltaban veinticinco minutos para el mediodía. La terminal de equipajes a la que se dirigía, la de la Nassau-Air, se encontraba en una de las esquinas más peculiares del aeropuerto.

Giró a la derecha y le sorprendió, como siempre, lo abruptamente que surgía la sala de espera. Era un lugar estrangulado y lateral en el que la sensación de espacio brillaba por su ausencia. Lo primero que aparecía ante la vista era una estructura oscura de metal, grande y rectangular, como una cámara acorazada. Estaba situada en ángulo en la bifurcación que daba acceso al lugar. Una máquina dispensadora de productos que sólo se consumen en las salas de espera que, además, bloqueaba el paso.

Más allá de la máquina, a la izquierda, luces de neón alumbraban una hilera de restaurantes y bares que jalonaban todo el corredor. A la derecha, una interminable línea de terminales de equipaje haciendo zigzag. Gulfstream, Paradise Island Airways, AeroJamaica. Se encaminó a la terminal más alejada de todas, a la que tenía el logotipo azul y naranja de la Nassau-Air. El corazón le latía con fuerza; a pesar de ello caminaba con firmeza y lograba controlar el temblor de las manos, no en vano se había tomado cuatro miligramos de Xanax, ocho veces la dosis normal. Sintió repentinamente un intenso temor, que pasó a ser, sin dilación, un divino desapego.

Drace había dicho que cabía la posibilidad de que la bomba explotara de forma accidental en cualquier momento; trató de no pensar en ello; era como mirar hacia el fondo de un abismo padeciendo vértigo.

«¿Y qué si explota? —pensó con amargura—. Desaparecerían los problemas, ¿no es cierto?»

«Sí. Pero no se haría el trabajo —se contestó a sí misma—. Y el trabajo hay que hacerlo.»

Un hispano de cara redonda, inglés deficiente, y con el aburrimiento dibujado en el rostro fue quien le atendió en el mostrador de la Nassau-Air. Mientras el hispano comprobaba el pasaporte, su estómago produjo un sonoro gruñido.

«Anna Granger. Duluth, Minnesota.» La fotografía del pasaporte la mostraba seria, con las gafas ligeramente torcidas sobre la nariz.

No sabía si Anna Granger existía de verdad, y jamás había estado en Duluth, Minnesota. Fue Drace quien se ocupó del pasaporte. Drace se había ocupado de todo. Procuró no recordar lo que había dentro de la mochila de cuero cuando el empleado le puso la etiqueta. Procuró no estremecerse cuando, sin ceremonias, la lanzó al suelo detrás de él.

«Podría morir ahora mismo, —se dijo—. Y yo con él. No quiero pensar en ello». Y se puso a cantar para sus adentros una vieja tonada aprendida en la infancia

—¿Saldrá puntual? —preguntó, señalando la pizarra que anunciaba los vuelos.

El Vuelo 217 de la Nassau-Air tenía previsto el despegue a las trece treinta; faltaba más de una hora.

—No hay que subir a bordo hasta la una y veinte —dijo el hispano, echando un rápido vistazo a la pantalla del ordenador con aire de erudito y entregándole el billete de embarque—. Todo listo.

—¿Tengo tiempo de ir a tomar algo? —preguntó ella con expresión alegre.

—¿Qué? —dijo el hispano frunciendo el entrecejo.

—¿Tengo tiempo para ir al restaurante?

—¡Oh, por supuesto!.

«No hables más de lo necesario», le había advertido Drace. Miró al empleado con una estirada sonrisa, ajustó la correa del enorme bolso que llevaba, y se alejó del mostrador.

Sintió que las rodillas se le convertían en dos flotantes burbujas sobre las que su cuerpo se sostenía como por arte de magia. Sin embargo, tenía la mente despejada. Fue ella quien le dijo que su estómago estaba vacío.

«¿Estás segura de que puedes hacerlo?» Y vio cierta renuencia en los hermosos ojos azules de Drace cuando le hizo la pregunta; vio la duda. «Sí —contestó—. Estoy segura».

Entró en el lavabo de señoras. Se encerró en el retrete más alejado de la entrada y colgó el gran bolso de la percha de la puerta. Se quitó las gafas, las puso dentro del bolso y sacó la cajita de las lentes de contacto.

Sacó una lente de color azul, y luego la otra.

—No conseguiré que mis ojos sean azules —murmuró en voz baja.

Cerró la cajita de golpe y la guardó. Se quitó la peluca de color castaño y pensó en tirarla por el retrete. Pero se acordó de las recomendaciones de Drace, «no te deshagas de nada en el aeropuerto de Miami». Así que la metió en una bolsa de plástico y la guardó en el bolso. Sacó del portamonedas del billetero un anillo de plata adornado con una pequeña turquesa, y se lo puso en el dedo corazón de la mano izquierda. Después sacó un estuche de maquillaje y como sabía maquillarse, la transformación apenas duró cinco minutos. Crema base, lápiz de cejas, delineador de ojos, rímel, polvos egipcios, colorete y lápiz de labios. Se ayudó con un espejo de bolsillo; sus movimientos eran rápidos y seguros. Acto seguido se quitó los pantalones anchos de seda y también los guardó en el bolso. Debajo llevaba puestos unos leotardos azul cielo. Se quitó la chaqueta, le dio la vuelta y volvió a ponérsela. Ahora ya no era de color tostado, sino azul claro a juego con los leotardos.

Cerró la cremallera del bolso, se deslizó la correa por el hombro y abrió la puerta del retrete. Fue hasta la hilera de piletas y se lavó las manos mientras examinaba su imagen en el espejo. Ahora era una rubia de pelo corto con unos ojos tan azules como la chaqueta.

Observó el maquillaje con ojo crítico, la delicada sombra azul en los párpados, el brillo rojo de los labios. No era perfecto, pero serviría. Se cepilló el pelo.

Cuando salió de los lavabos, se dirigió al pasillo mecánico que trasladaba a los pasajeros de una terminar a otra, y al llegar a la zona más alejada de la Nassau-Air, pasó por el control de seguridad y rápidamente se dirigió hacia la Puerta E16. Llegó justo a tiempo de hacer la reserva para el vuelo 458 a Dallas.

—El embarque es dentro de treinta y cinco minutos —le dijo el hombre del mostrador. Ella, asintió.

Se dirigió a la cabina de teléfonos más próxima y marcó el número de la Nassau-Air.

—¿Sale puntual el vuelo 217?

—A la hora fijada —dijo el empleado hispano, con el mismo aburrimiento con el que la había atendido minutos antes.

Colgó, fue a la tienda más próxima y compró un ejemplar de la revista «Vogue». Antes le gustaba «Vogue», se preguntó si ahora le gustaría.

Volvió a la puerta de embarque y se sentó en una de las sillas de la sala de espera. Sacó del bolso la cajita dorada de las píldoras. Cogió otras dos tabletas de Xanax y se las tragó. Hizo ver que leía la revista y esperó.

Cinco minutos antes de embarcar, se levantó y volvió a telefonear a la Nassau-Air para preguntar si el vuelo 217 todavía estaba anunciado. El empleado le dijo que sí.

Volvió a la puerta de embarque justo cuando los altavoces anunciaban el acceso del pasaje al vuelo a Dallas. Esperó a que le tocara el turno a su fila de asientos y luego entró en el pasillo de embarque con andares que querían ser ligeros.

Viajaba en clase turista, su asiento era de pasillo, le tocó como compañero un cura con alzacuellos que le dirigió una rápida mirada. Se preguntó si su presencia no sería algún presagio. El cura la miró como si lo fuera. «Estoy más allá de los presagios», pensó, y lo saludó con un gesto de la cabeza mientras se sentaba. Volvió a entonar para sí la cancioncilla de su infancia.

El cura era un hombre robusto, de cabello escaso y nariz amoratada, llena de venillas rotas. Sostenía un rosario en la mano.

—Dios ha de ser mi copiloto —dijo—. No vuelo bien solo.

Ella sonrió y se abrochó el cinturón de seguridad. Consultó el reloj aparentando indiferencia. La una y treinta y dos. El vuelo 217 de Nassau-Air debía de estar deslizándose por la pista, tomando velocidad para despegar.

Tenía la boca tan seca como un esqueleto. Contó mentalmente hasta sesenta mientras el cura rezaba el rosario en silencio. Pensó, «ruega por nosotros pecadores ahora y en la hora de nuestra muerte». Ignoraba de dónde había sacado esas palabras. No era católica.

Suspiró profundamente y se quedó mirando el teléfono interno en el respaldo del asiento de delante. Abrió el monedero y sacó la tarjeta de crédito que Drace le había dado. La metió en la ranura lateral del teléfono, y el auricular quedó liberado.

—¿Va a hacer una llamada? —dijo el cura, como si se tratase de algún milagro.

—No pude despedirme de mi hermano —contestó—. Se sorprenderá cuando le diga que lo llamo desde aquí.

—¿Cesarán alguna vez de maravillarnos? —El cura estaba tan admirado que no se perdió ni uno sólo de sus gestos cuando marcó el número que había memorizado. Por una décima de segundo se preguntó si deseaba continuar con el plan. «Sí. Sigamos; sigamos.» Escuchó y esperó.

La mochila de cuero debía estar a bordo del vuelo de la Nassau-Air, y el pequeño aeroplano seguramente acababa de despegar. En el interior de la mochila había un teléfono móvil atado con alambre a un cartucho de explosivos conectado a las terminales del botón de llamada. Cuando sonara el teléfono, el voltaje de las terminales haría detonar la carga explosiva; era lo bastante potente para hacer saltar en pedazos al vuelo 217 transformándolo en una gigantesca bola de fuego. Si todo funcionaba según el plan, no oiría ningún sonido al otro lado del teléfono, nada, sólo silencio. Todo fue según el plan: no escuchó ningún sonido al otro extremo del teléfono; sólo silencio.

Aun así, en su interior oyó un eco fantasmal, como de una lejana detonación. Se preguntó si lo oiría durante el resto de su vida y volvió a dejar el teléfono en su sitio con mano firme.

El cura seguía sus gestos con interés.

—¿Nadie en casa? —preguntó.

—Nadie en casa —contestó ella sonriendo. Pensó, «he matado»; y un escalofrío la recorrió de pies a cabeza. Luego, se reclinó en el respaldo del asiento.

Se imaginó llamando a Drace desde un teléfono público en Dallas, a pesar de que se le había prohibido hacerlo. «¿A cuántos he matado? —le preguntaría—. A todo el mundo. A todos, le respondería él. Intentó consolarse diciéndose a sí misma que se trataba de un aeroplano pequeño; muy pequeño; pequeñísimo. «Estoy condenada». Un zumbido en la cabeza y se distanció de ese pensamiento. La tonada infantil volvió a ocupar su mente. Abrió el ejemplar de «Vogue».


Eden Storey era una mujer de treinta y tres años, alta y esbelta, que poseía un talento comercial poco común. Tenía una voz cultivada y versátil, podía entonarla como si fuese una arpía, una seductora, una ingenua o una niña. Aunque ni su nombre ni su cara eran famosos, mucha gente había oído su voz: en la radio, en la televisión, relatando cuentos infantiles y hasta en las películas. Trabajaba sin parar y le gustaba su casa en las afueras de la pequeña ciudad de Brentwood. Llevaba una vida libre y sencilla que la satisfacía.

La brillante luz del sol de California se filtraba a través de las puertas de cristal de la sala de estar, pero Eden no se daba cuenta. Sentada en el sofá, con los pies desnudos y encogidos, estaba perdida en sus propias ensoñaciones, concentrada y absorta en el texto de «Canción de las luces del norte». Las páginas sueltas del guión y la partitura de «The Snow Queen» yacían esparcidas a su alrededor. Le habían dicho que los animadores dotarían a Gretta, la heroína, de un rostro y un cuerpo para que viviese sus fantásticas aventuras, que era imprescindible su voz para que Gretta fuese tal y como la habían imaginado.

Se levantó del sillón y recogió las páginas. La luz del sol hizo brillar su corto cabello castaño veteado de oro. Su cara era demasiado delgada para ser una auténtica belleza, pero poseía atractivo y carácter. La forma arqueada de las cejas le daban una natural expresión de escepticismo, de burla inteligente. Llevaba unos tejanos desteñidos y una camiseta blanca de algodón. Y por únicas joyas, dos pendientes de botón y dos diamantes que ella misma había comprado.

Ensayó algunas notas; no había nadie en la casa de al lado así que, podía cantar tan fuerte como quisiera. Empezó el tema de la canción de Gretta imprimiendo a su voz un tono inocente y cargado de deseo a la vez.

«Las cosas volverán a crecer,
cuando el invierno haya pasado....»

El timbre del teléfono atravesó la melodía como un cuchillo, la apuñaló una, dos, tres veces.

Se puso el guión bajo el brazo y levantó el auricular. Estaba segura de que era su amiga Sandy Fogleman quien la llamaba, para decirle que su audición había terminado. Le había asegurado que se pondría en contacto con ella al mediodía, y ya pasaban seis minutos.

—¡Hola! —dijo Eden alegremente—. ¿Cómo ha ido?

Le sorprendió escuchar la voz de un hombre, un hombre con el acento característico del sudoeste.

—Miss Storney —dijo—, probablemente no me recuerda. Soy Owen Charteris, de Endor, Arkansas.

«Owen Charteris». Se puso rígida. Ese nombre le evocaba recuerdos desagradables. Hacía años, en lo que ahora parecía otro universo, la encandiló ese muchacho guapo, áureo, de muy «buena» familia. ¿Por qué, en nombre de Dios, la llamaba por teléfono?

—La llamo por un asunto relacionado con su abuela —dijo Charteris.

Los pensamientos de Eden comenzaron a girar de forma salvaje. «¿Mi abuela? ¿Qué tendrá que ver éste con mi abuela?»

—Lo siento —siguió Charteris—. Ha tenido un accidente. Una caída. Está en el hospital. Aquí, en Endor.

La sorpresa se abatió sobre ella como una ola helada.

—¿Un accidente? ¿Cómo… está?

Charteris volvió a decir que lo sentía, aunque sus frías palabras no demostraban ninguna emoción.

—Se ha roto una pierna y algunas costillas. Se ha caído por la escalera después de haber sufrido una especie de desfallecimiento.

Quiere ver a la hermana de usted. Pero, nadie sabe exactamente dónde se encuentra en estos momentos…

Eden, envarada, contemplaba fijamente la luz del sol que se extendía alegremente por la alfombra. ¿Por qué le hablaba de Mimí? Nadie sabía exactamente dónde estaba desde hacía años.

Ella veía poco a su abuela Jessie y nada a Mimí. Sin embargo, enterarse del accidente la afectó y la preocupó, ya que su abuela le parecía inmortal, indestructible, siempre en su sitio; como la Gran Muralla China.

—Tenemos que encontrar a su hermana —dijo Owen Charteris—. Es urgente.

«Dios mío —pensó Eden—, Jessie debe estar muriendo y quiere ponerse en contacto con Mimí. Oh, Dios mío, Dios mío.»

—No… no… no sé que decir —tartamudeó Eden—. La última vez que supe de ella estaba en Michigan. Pero, ella y mi abuela…

No acabó la frase. No quería contarle a Owen Charteris cuántas veces Mimí había roto sus promesas, ni cuántas con la familia.

—¿Miss Storey? ¿Se encuentra bien?

Eden cerró los ojos y se frotó los párpados. Le latían las sienes. Tenía el cuerpo en tensión.

—¿Jessie se está muriendo? ¿Es lo que intenta decirme?

—No. En absoluto. Su estado es bueno.

Eden contuvo la respiración, en aquellos momentos sus emociones eran demasiado complejas como para tratar de descifrarlas.

Charteris no respetó su silencio. Eden se dio cuenta de manera vaga, del disgusto que expresaba su voz. Era demasiado tranquila.

—Su abuela desea que venga. La necesita.

Las defensas de Eden, ya mermadas, se tambalearon y cayeron como piedras de una pared en ruinas.

Jessie era irritante, tan orgullosa que despreciaba cualquier tipo de ayuda. Que hubiera dicho «por favor, ven a casa», era tan improbable como que el sol saliera por el oeste.

—¿Es cierto que ha dicho eso? ¿Qué me necesita? ¿Lo ha dicho?

—Yo la llevé al hospital. Somos vecinos. Podría decirse que soy su casero.

Eden se presionó la yema de los dedos contra las sienes le palpitaban. ¿Charteris era el casero de Jessie? ¿Desde cuando? Nunca le había hablado de él.

—Iré en cuanto pueda —dijo Eden, enjugándose las lágrimas con el dorso de la mano—. Tendré que alquilar un coche, el mío está en el taller. Si salgo esta tarde, puedo llegar en...

—Demasiado tarde. Tome un avión. Cuánto más rápido venga, mejor.

«¡Demonios!» pensó Eden. No le gustaba volar pero si Jessie la necesitaba, era lo menos que podía hacer.

—Está bien. Tomaré el primer vuelo. Allí alquilaré un coche. Tengo que hablar con mi director y mi agente, convencerlos de que empiecen los ensayos dentro de dos semanas...

Apretó los labios y se obligó a callar. Había estado pensando en voz alta.

—La iré a recoger cuando llegue —dijo Charteris, como si para él fuese una costumbre hacerse cargo de las cosas de sus vecinos. Llámeme cuando sepa el número de vuelo. ¿Tiene un lápiz a mano? Anote mi número de teléfono.

Ella obedeció, estaba demasiado turbada para resistirse. Se sentía aturdida, como si alguien le hubiera golpeado la cabeza con un objeto pesado.

—Cuanto antes llegue, mejor —le dijo Charteris—. Hay que pensar en la niña.

Un oscuro nubarrón de aprensión se instaló en su mente.

—¿La niña? —dijo, sabiendo que sonaba a estúpido—. ¿Qué niña?

Durante un instante él no replicó, como si su pregunta le sorprendiera.

—La hija de su hermana, Peyton; tiene seis años.

«¿Una niña? —Pensó Eden incrédula—. ¿Una niña?»

—¿Una niña? ¿Por qué está con Jessie?

—Su hermana se la envió. No sabemos por qué.

«Oh, Mimí, ¿dónde habrás estado y que habrás hecho durante todo este tiempo?»

—¿La ha enviado? No comprendo.

—Nosotros tampoco. Quizá sepa algo más cuando usted llegue.

—Y, la niña... ¿dónde está?

—La tengo yo —dijo Charteris—. Mi hermana me está ayudando, pero se marcha pasado mañana por la mañana. Cuando antes llegue usted mejor para la niña. Todo esto la está afectando mucho.

—Desde luego —contestó Eden sintiendo como si le golpeasen por segunda vez en la cabeza. No sabía nada de la existencia de una niña, nada. ¿Lo sabía Jessie? En caso afirmativo, ¿por qué no se lo había dicho?

No se dio cuenta de que el guión de «The Snow Queen» se había deslizado de sus dedos. Las páginas formaron una alfombra blanca a su alrededor como si se hallara con los pies desnudos sobre la nieve.

—Llámeme en cuanto se entere del número del vuelo —dijo imperativamente Charteris.

—Lo haré —y dejó caer el auricular sobre la horquilla, demasiado sorprendida para decir adiós o gracias.

«Una niña —murmuró para sí con incredulidad—. Mimí tiene una niña.»


Owen Charteris colgó el auricular del teléfono público del hospital. Se apoyó en la pared con expresión fatigada, suspiró, y se frotó la barbilla con los nudillos.

Era un hombre alto y delgado de unos cuarenta años. Tenía el cabello prematuramente encanecido y los ojos azules, de un azul gélido.

Consultó el reloj y apretó las mandíbulas. Echó hacia atrás la cabeza y se quedó mirando el aséptico techo blanco del vestíbulo. Soltó un juramento en voz baja.

Las pesadillas de Laurie lo habían despertado poco después de medianoche y no había podido volver a conciliar el sueño. Se levantó, preparó un café negro y se dedicó a contemplar la lluviosa oscuridad.

Hacía tres años que su esposa había muerto en ese hospital casi a esa misma hora. Hacía tres años, poco después de las dos de la tarde, Laurie Anne Charteris dejó de existir.

Al fin la dura y vieja Jessie Buddress iba a salirse con la suya. Se requeriría algo más que una pierna rota y unas magulladuras y contusiones para abatir una fuerza vital como la suya.

Pero su disoluta nieta Mimí, ya era otro asunto; fuera cual fuera el infierno en el que se encontrara, lo más probable es que estuviera metida en problemas.

La mujer que acompañó a Peyton a casa de Jessie, no abrió la boca en todo el rato, y con una actitud que rayaba en la grosería le entregó un paquete con una nota que decía: «Por favor cuida de mi hija». También había una copia de la partida de nacimiento de Peyton Storey. Nació en Holland, Michigan, de padre «desconocido». Y por si fuera poco, la chiquilla estaba obcecada en no hablar. Al parecer tenía miedo.

¿Dónde diablos había estado Mimí en los últimos siete años? ¿En qué infierno se había metido? Se lo preguntó a la policía, pero no le prestaron mucha atención; no era un caso de alta prioridad.

Mientras tanto, él se había hecho cargo de la bastarda de Mimí, y mientras llevaba a Jessie al hospital, su hermana ocupó de todo. Gracias a Dios Shannon se encontraba en la ciudad, gracias a Dios podía quedarse al menos una noche, y gracias a Dios era ella, y no él, quien estaba ahora con la niña.

Owen no lo podía remediar; evitaba a los niños y desde que la vio le resultó insoportable. Con sus ojos sin edad y su expresión seria, le recordaba a un duendecillo sacado de una novela de Stephen King.

Se topó con ella por primera vez a última hora de aquella misma mañana. Había estado paseando al perro por delante de la casa de Jessie cuando esta, frenética, lo llamó y, allí, en el interior, halló el motivo de su desasosiego: Peyton.

La niña tenía una espesa mata de cabellos negros y llevaba unos pendientes de oro falso demasiado grandes. Sin quitarse el pulgar de la boca, le anunció:

—Tu perro se está muriendo.

Owen hizo una mueca de disgusto. No contestó, pero bajó la vista y miró al perro. Cuando se casaron era de su esposa, un cachorro entonces. Durante su enfermedad terminal, Laurie se obsesionó con el animal, y Owen tuvio que prometerle que siempre cuidaría de él. Pero ahora tenía dieciséis años y se estaba muriendo de viejo: la niña, por instinto, lo había sabido.

Aquellas crueles e inocentes palabras aún resonaban en sus oídos: «Tu perro se está muriendo». «Sí, niña. Tienes razón. Vete al infierno.» Si la niña no hubiera tenido relación con Jessie ni siquiera se la habría mirado.

A pesar de que odiaba los hospitales se sentía reacio a volver a casa de Jessie con su hermana y la niña. Se apartó de la pared y atravesó el vestíbulo en dirección a la habitación de la anciana. Jessie estaba pensando en que la mujer que trajo a Peyton lo hizo en un coche con matrícula de Missouri; podía equivocarse, pero era extremadamente observadora. Estaba semincorporada en la cama; la pierna enyesada le colgaba del techo. Era una mujer de setenta años, grande, con la nariz y la mejilla magulladas y tres puntos de sutura en la frente. Estaba irritada porque le habían comunicado que tendría que quedarse en el hospital al menos nueve días, «la fractura es seria» le dijeron. Tenía un espíritu indómito y, a pesar del accidente, su voz seguía siendo lo suficientemente fuerte como para llenar el vacío de la habitación.

—¿Sabes algo de Eden? —le preguntó nada más entrar.

—Vendrá en el primer vuelo —contestó Owen.

Creyó ver una expresión de alivio en los ojos de Jessie, pero ella levantó la barbilla y simuló no estar sorprendida. Se ganaba la vida haciendo de médium, sobre todo de médium por teléfono, y rara vez admitía que algo la sorprendía.

Owen no tenía ni idea de cómo razonaría la inesperada aparición de Peyton o su accidente, pero sabía que tendría una explicación sobrenatural, o tal vez racional, o ambas cosas a la vez, de la que no se retractaría.

La anciana cogió con mano temblorosa un sobre cerrado de la mesilla y se lo alargó.

—Dale esto cuando llegue.

Owen asintió y se guardó el sobre en el bolsillo de la cazadora de nilón.

—No se pondrá muy feliz cuando lo lea —le previno Jessie con su voz de sibila.

Owen levantó una ceja y le dirigió una mirada interrogadora.

—No vendría si supiera toda la verdad —volvió a decir la anciana con expresión sombría, mientras le dirigía una mirada astuta. Tenía los ojos de una extraña tonalidad; nunca había podido decir de qué color eran.

—¿Toda la verdad? ¿Cuál es toda la verdad? ¿Estás preocupada por Mimí? ¿Por esas últimas llamadas?

Jessie ignoró la pregunta.

—¿Le has dicho lo que te dije? ¿Que quería que viniera? ¿Que la necesitaba?

—Sí —contestó Owen, mientras se preguntaba qué secretos subyacían en esas palabras.

—Bueno, en cierto modo es verdad que la necesito. Probablemente habrá lanzado una maldición. Suele hacerlo. Pero no hay que hacerle caso.

Owen no lo creyó del todo, pero no dijo nada.

—Cuando vuelvas a casa —añadió—, quiero que desconectes el teléfono.

—Lo haré.

—Y no permitas que Peyton entre en mi despacho. Es demasiado curiosa.

—Cerraré la puerta con llave.

—¿Has visto al médico nuevo? Ha entrado aquí con una lata de cola en la mano y vistiendo tejanos. Parece que tenga doce años. Me ha hecho preguntas sobre mis ovarios. Le he dicho «atienda mi pierna, no mis partes íntimas.»

Owen dio unas palmaditas en la gruesa mano de Jessie.

—Muy bonito. Quizá te permitan que te portes bien.

La expresión de Jessie cambió. Le dirigió una mirada recelosa.

—Será mejor que vayas a vigilar a Peyton. Sé que te resulta difícil, pero...

Él se encogió de hombros.

—No será por mucho tiempo. Tu nieta llegará pronto y se ocupará de todo.

Jessie cruzó los brazos e hizo un brusco movimiento con la cabeza.

—Sí, ella lo hará mejor —dijo con un brillo de dureza en los ojos.

# Capítulo 2

El vuelo de Eden a Endor no sólo se retrasó, sino que se vio envuelto en unas fuertes turbulencias, animadas con rayos y una violenta lluvia. El avión daba unos bandazos terribles y la mujer que estaba sentada s su lado se echó a llorar sin dejar de rogar a Dios. Ella se agarró a los brazos del asiento, apretó los dientes, y prometió ser valiente. Luego, se puso a cantar para sus adentros.

La luz cegadora de un rayo inundó la atmósfera de la cabina de un azul trepidante y un trueno sacudió el fuselaje. Eden se mordió el labio con tanta fuerza que lo hizo sangrar. Apretó una servilleta de las líneas aéreas contra el labio herido. «No cantes más bajo la lluvia», pensó, al tiempo que se preguntaba si todos los pasajeros, ella incluida, desaparecerían.

Conforme el avión se aproximaba a Endor, la tempestad fue amainando hasta transformarse en una simple lluvia.

El avión aterrizó en una pista negra y húmeda que brillaba con los reflejos irisados de las luces del aeropuerto. Mientras descendía por la escalerilla, sintió las piernas como si fueran de gelatina y náuseas en el estómago.

El cielo negro y la lluvia, fina y sostenida, le produjeron escalofríos; cruzó el asfalto arrastrando la bolsa con ruedas. Eran las tres y media de la madrugada y se encontraba fatal.

Las puertas de cristales de la terminal se abrieron, y se preguntó, vacilante, si Owen Charteris habría mantenido la promesa de ir a buscarla. Deseó que no; no estaba de humor para dar las gracias.

Sin embargo, al instante oyó una voz masculina que arrastraba las palabras, y que reconoció de inmediato.

—¿Miss Storey?

Alzó la vista y le sorprendió ver a un hombre alto y delgado de pómulos prominentes. Tenía espesos cabellos, ahora plateados en lugar de castaños. No sonreía, y se le marcaba una línea vertical entre las cejas oscuras. Era más alto de lo que recordaba.

Le maravilló que después de todos esos años todavía lo reconociera: los sorprendentes ojos azules, la nariz aguileña, la línea angular de la mandíbula… Hace años fue un hermoso bastardo y, lo seguiría siendo; quizá aún más, si cabe.

—¿Owen Charteris? —preguntó sin entusiasmo.

—Bienvenida a Endor —replicó él con tono sardónico.

Estaba demasiado agitada para intercambiar cortesías, aunque fueran falsas, y prefirió no contestar.

—Quizá «bienvenida» no sea la palabra más adecuada —dijo él.

Se inclinó para cogerle la bolsa con ruedas. Eden la sujetó con más fuerza y lo miró con recelo.

—Ya crías canas —dijo en tono de acusación, como si Owen hubiera cometido algún tipo de traición hacia ella. «Qué estupidez acabo de decir», pensó sin dejar de mirar fijamente aquellos cabellos grises, como si fueran un espejismo fascinante. El muchacho de oro se había convertido en un hombre de plata y, ella, simplemente, se había limitado a pensar en voz alta.

Owen torció los labios en una sonrisa burlona.

—Gracias por señalarlo. ¿Quieres darme esa bolsa o nos vamos a pelear por ella?

—Puedo llevarla yo —protestó Eden. Y la arrastró. Le pareció que seguir agarrada a ella la ayudaría a mantener el dominio sobre sí misma.

Owen se encogió de hombros. Iba vestido con descuido, al estilo de Arkansas. Los tejanos desteñidos no eran jeans de diseño, las botas de vaquero estaban llenas de rozaduras por el uso, y llevaba un cinturón con una hebilla en forma de serpiente de cascabel enrollada.

«Muy freudiano», pensó Eden con sarcasmo. Sin embargo, le

sorprendió y le desagradó la vibración de deseo sexual que la recorrió por dentro. Se sintió culpable, deseó huir de allí, a punto estuvo de hacerlo.

Owen tenía la altura y la delgadez de la familia Charteris, y un aire de irónico distanciamiento. Eden lo observaba a la defensiva, como si fuera una pieza que se exhibiera en el museo de un pasado que quisiera olvidar. «El héroe de la escuela ha crecido y se ha vuelto gris —pensó—. «Y Mimí ha dejado a su hija en la puerta de Jessie, y Jessie, está en el hospital…»

Recordar a Mimí y a Jessie la ayudaron a volver a la realidad y a borrar sus anteriores pensamientos. Agarró con más fuerza la bolsa de ruedas.

—¿Qué se sabe de Mimí?

—Nada.

—¿Cómo está mi abuela? —preguntó con un nudo en la garganta. ¿Vamos a ir a verla directamente al hospital?

—Owen la miró de arriba abajo sin expresar ninguna emoción.

—Si quieres te llevo; aunque no es una buena idea. Tienes un aspecto desastroso. Deberías descansar.

Eden se retiró de los ojos un mechón de cabellos húmedos y se esforzó por no perder la compostura.

—Pero, ¿cómo está?

—Dormida. Le han administrado un sedante. Estaba muy alterada.

«Me lo imagino», pensó Eden con fatiga, aunque no dijo nada.

—¿Quién te ha partido el labio? —preguntó Owen.

—Dios —contestó ella.

—¿Un vuelo difícil?

—Mi vida ha pasado ante mis ojos unas doscientas o trescientas veces.

Quiso sonreír, pero sólo consiguió formar una ligera mueca con la boca.

—Te llevaré a casa y te daré una copa —dijo Owen.

—No bebo —replicó con más brusquedad de la que hubiera deseado. Sintió gusto a sangre en la boca, lo ignoró. Estaba cansada pero sabía cuáles eran las prioridades.

—¿Cómo es la niña?

Por alguna razón, al mencionarla, la sonrisa forzada desapareció del rostro de Owen y fue sustituida por una expresión verdaderamente sombría.

—Hemos conseguido que se duerma. La verás por la mañana.

Aquellas palabras le sonaron más a amenaza que a una promesa. Hizo un esfuerzo por mostrarse más amable.

—Tu esposa y tú sois muy amables al cuidaros de ella.

Pero la expresión de los ojos de Owen no era precisamente amable. La estaba mirando con una expresión gélida en los ojos.

—Mi hermana —corrigió—. No mi mujer.

Esas palabras fueron tan cáusticas que a Eden le pareció haber cometido una falta inexcusable.

—Lo siento —dijo, sin saber qué se suponía que tenía que lamentar.

El semblante de Owen se endureció, y pareció aún más distante que antes.

—Cuando te llamé por teléfono te sorprendió que te hablara de la niña. ¿No sabías nada de ella?

Eden hizo un gesto de frustración.

—No. Es una larga historia. No sabía nada de la niña. Parece terrible, lo sé, pero… son asuntos de familia.

—Sí. Eso es. Y por esa razón Jessie quiere verte. Para que te hagas cargo de la criatura. Ella no podrá hacerlo durante un tiempo.

Eden abrió la boca, sorprendida.

—¿Por eso quería que viniera? Dios mío, yo no sé nada de niños. Nunca he atendido a ninguno. Apenas recuerdo cuando yo lo era.

—Yo tampoco. Pero, ahora, es toda tuya.

Eden se lo quedó mirando consternada, no quería comprender toda la importancia de aquellas palabras.

—¿Por… por qué? —tartamudeó—. ¿Por qué ha sucedido esto? ¿Por qué Mimí ha enviado aquí a la niña?

—Es un asunto de familia —repuso él haciéndose eco de sus palabras—. Lo ignoro. Pero Jessie últimamente ha estado muy nerviosa por culpa de Mimí.

Eden tragó saliva.

—¿Nerviosa? ¿Por qué?

Lo miró, y él, sostuvo la mirada.

—Cree que está metida en algún problema. Lo cree por algunas llamadas telefónicas que está recibiendo. No conozco todos los detalles.

—¿Problemas? ¿Con la ley?

—No lo sé.

«Demonios —pensó Eden—. ¿En qué se habrá metido ahora?»

Owen Charteris alzó las cejas con una expresión que, o bien podía ser de simpatía, o de mera resignación.

—¿Te han guardado el equipaje a bordo? —preguntó.

—No creo que lo hayan utilizado como lastre —repuso ella asintiendo.

—¿Por qué no vas a asearte un poco? Tienes los labios y la blusa manchados de sangre. Yo me encargaré del equipaje. No está aquí, pero iré a buscarlo.

—¿No está aquí? ¿Por qué?

—Se habrá perdido —contestó—. Los equipajes que llegan a Endor siempre se pierden. Somos una especie de Triángulo de las Bermudas.

—¿Un Triángulo de las Bermudas? —murmuró Eden—. Tienes razón, así es como lo recuerdo.

Si a él le pareció que había insultado a su ciudad, no lo demostró. Miró en dirección a la cinta transportadora del equipaje como si le interesara más que ella, y con expresión ausente se metió la mano en el bolsillo de la cazadora.

—Jessie te ha escrito una nota. Puedes leerla en privado. El lavabo de señoras está allí.

Sin dirigirle una mirada, le entregó un sobre arrugado. Eden lo cogió a regañadientes, procurando que sus dedos no se rozaran. Un extraño presentimiento le provocó un nudo en el estómago.

Una vez en el lavabo, no pudo dominarse y abrió el sobre enseguida. Lo dejó en la repisa sobre la hilera de lavabos y se miró al espejo.

La falta de sueño y el cansancio se le notaban en las ojeras y en la palidez de la piel. El labio inferior, hinchado como si le hubiera picado una avispa, no ayudaba en nada a mejorar su aspecto. Y por si todo esto fuera poco, la parte delantera de su blusa de seda estaba cubierta de diminutas salpicaduras de sangre.

«¿Y ahora qué?», pensó, echándose agua fría en la cara. Otra vez en esta odiosa ciudad, para hacer de canguro de una sobrina cuya existencia ignoraba hasta esa misma mañana. Con el agravante de que, hasta ahora, su único aliado en esta confusión parecía ser ese Carita

Sonriente, el santo patrón de los equipajes perdidos. Un aliado que parecía amargado por algo; posiblemente por todo.

Se lavó la cara, se cepilló el pelo y, sin ningún entusiasmo, se aplicó un poco de lápiz de color en el labio superior. Ni siquiera intentó lavarse la blusa, lo único que se podía hacer con ella era tirarla.

Hizo un esfuerzo, a pesar de la sensación de desastre inminente que se abatía sobre ella, cogió la nota de Jessie y la abrió. Recordó que Jessie nunca le había escrito saludos o palabras cariñosas: sólo órdenes, pronunciamientos, proclamas. El papel despedía un brillo amarillento bajo el parpadeo de las luces fosforescentes. Eden leyó los familiares garabatos con creciente desconfianza y desasosiego.

«Nunca te he pedido ayuda o dinero y tampoco voy a hacerlo ahora. Sólo te pido que cumplas con tu obligación. La sangre es más espesa que el agua. Necesito que hagas dos cosas por mí. La primera, que cuides de la pequeña. Es lo menos que puedes hacer por tu hermana. La segunda, que te ocupes de mi servicio telefónico hasta que yo vuelva a casa. Es lo menos que puedes hacer por mí. Esto es lo único que te pido. La lista de los interlocutores habituales está en el archivo. El Tarot, en un cajón de la mesa ritual. Me duele en el corazón pensar que mis clientes intentan hablar conmigo y no pueden hacerlo. Es como sentarse a contemplar cómo el dinero se desliza por el fregadero. Ahora, ponte en marcha lo más rápido que puedas. Lo demás te lo contaré más tarde.

Tu abuela: Jessie Maye Buddress

Consejera Espiritual por la gracia de Dios.

La ira la inundó como un chorro de lava. ¿Esta era la razón por la que Jessie la había hecho venir? ¿Porque la necesitaba?

Ocuparse de la hija de Mimí era una cosa, hasta sentía una cierta responsabilidad por la chiquilla. Pero Jessie había detallado, en más de la mitad de la nota, cómo deseaba que Eden se ocupara de su maldita línea caliente espiritual… para que el dinero no se fuera por la tubería del desagüe. ¡Dinero! Y no mencionaba en absoluto el hecho de que Mimí pudiera encontrarse metida en algún lío.

Dominó el deseo de romper la nota en mil pedazos y tirarla por el retrete. Aunque se suponía que era «sensible» —por sus poderes psíquicos— Jessie era la criatura más poco sensible que conocía. No es extraño que su hija hubiera huido de ella; y luego sus dos nietas.

Sin embargo, a pesar de su furia, una sensación de náuseas, peor que cualquiera de las que había sentido en el avión, le contrajo el estómago: se sentía en deuda con Jessie. Si era sincera consigo misma, tenía que reconocer que le debía mucho a su abuela.

Jessie había sobrevivido gracias a su ingenio, consiguiendo darles una educación a ella y a Mimí. «Yo cuido de lo que es mío», decía siempre; y eso era exactamente lo que había hecho.

Le gustaba el dinero porque conocía la pobreza y la temía con toda su alma. La seguridad era para ella tan preciada como la sangre. Estaba muy orgullosa de su trabajo, aunque Eden lo encontrara cuestionable.

Su negocio requería una audaz mezcla de intuición, observación, astucia y aplomo. Era muy buena en lo que hacía, condenadamente buena. Y tenía razón: nadie podía reemplazarla, excepto Eden.

Alla sabía imitar la voz de Jessie a la perfección y, Jessie, le había enseñado el negocio de la adivinación. Si sustituía a su abuela al teléfono nadie notaría la diferencia.

Lo había hecho en un par de ocasiones cuando aún estaba en el instituto. Una fue cuando Jessie sufrió unas complicaciones después de la operación de vesícula biliar y, otra, cuando la operaron de la mano.

Entonces simplemente le ordenó que se ocupara de responder al teléfono; había que ganar dinero y Eden hizo lo que le dijo su abuela. No le gustó en absoluto toda aquella duplicidad y la aborreció por obligarla a hacerlo.

Recordaba con toda claridad aquel sentimiento de odio y también de humillación. Ser la nieta de Jessie no era fácil. La abuela era diferente a las demás personas; no es que fuera excéntrica, sino más bien ostentosa. Era una mujer estridente, mandona, y estaba llena de embarazosas pretensiones.

Sin embargo, recordó que cuando se despertó llorando desesperada por un espantoso dolor de oídos que padeció a los once años, se levantó y la tuvo en sus brazos toda la noche tratando de consolarla.

Jessie cuidó de sus nietas cuando tuvieron bronquitis y varicela. Consiguió el dinero necesario para los aparatos de los dientes de Mimí y, aunque no dejaba de refunfuñar, a ella también le pagó las clases de dicción. Eden se decía a menudo, aunque de mala gana, que la quería.

La quería y la odiaba; una mezcla irremediable e imposible. Y aunque en California a veces pensaba que la había dejado atrás, muy lejos, ahora comprendía que no era así. La anciana todavía podía exasperarla y turbarla con sentimientos de culpa.

Volvió a leer las palabras que había escrito su abuela.

«...atiende mis llamadas telefónicas hasta que vuelva a casa. Ya sabes como hacerlo. Es lo menos que puedes hacer por mí, sólo te pido esto.»

Se le llenaron los ojos de lágrimas. «Demonios, Jessie», murmuró entre dientes; y otra vez se le llenó la boca de sabor a sangre; como una profecía.


Por alguna especie de accidente cósmico, el equipaje de Eden había llegado. Owen pensaba que la probabilidad de que así fuera era tan remota como que llovieran carpas doradas del cielo; pero las maletas aparecieron ante él en la cinta transportadora: una maleta que no pesaba mucho y una bolsa. Era obvio que no pensaba quedarse mucho tiempo.

Esta actriz no era lo que él se había imaginado. Nada atractiva. Ni siquiera rubia. Llevaba los cabellos cortados a lo chico y poco maquillaje. Sin embargo, de alguna manera era bonita, esbelta y graciosa. Y tenía un aspecto inteligente, lo cual era lo último que se habría podido esperar.

Cuando salió de los lavabos, llevaba fuego en los ojos. Por primera vez le pareció que estaba emparentada con Jessie.

Se acercó a él agitando el sobre.

—¿Sabes lo que dice?.

—No —contestó, y tampoco le importaba. Estaba cansado de tantos problemas. Se había quedado con su hermana hasta las dos de la mañana, hasta conseguir dormir a Peyton. Había dejado a Shannon metida en la cama de Jessie y él no había dormido en veinte horas.

—Apenas menciona a mi hermana —dijo Eden. Lo que más la preocupa no es la hija de mi hermana, no. Lo que más le preocupa es que me haga cargo de su maldito negocio telefónico.

Owen se encogió de hombros, no parecía sorprendido en absoluto. Luego se la quedó mirando un rato, observó lo bonita que estaba y desvió la vista.

—¿Es este todo tu equipaje?

Eden ignoró la pregunta.

—¿Está convencida que he venido de Los Ángeles para leer el Tarot por teléfono? Pero ¿qué se ha creído?

Owen cogió el equipaje.

—Jessie ha creado sola un pequeño negocio. Es todo lo que posee.

—No deseo participar en él —dijo Eden con los ojos llameantes.

—Yo no digo que lo hagas —repuso él, y se dirigió a las puertas del aparcamiento.

—Me dan ganas de coger un avión de vuelta a casa —amenazó ella; pero, lo siguió.

—Te olvidas de la niña —dijo Owen—. Me gusta Jessie, pero no soy una niñera. Eso es cosa tuya.

Eden lo agarró del codo e intentó detenerlo.

—¿Mío? Podría haber contratado a alguien que hiciera ese trabajo mejor que yo. Lo podría haber hecho por teléfono.

El roce sobresaltó a Owen, le turbó que Eden se le acercara. Pero no estaba de humor para discutir, así es que, apartó la mano que lo sujetaba y siguió caminando.

—Lo considero un asunto de familia —dijo.

Abrió la puerta y la mantuvo abierta para que ella pasara. La lluvia se había debilitado y convertido en una bruma fría y pegajosa.

—¿Y qué se sabe del padre? ¿Quién es?

—Pregúntaselo a Jessie —repuso Owen. El certificado de nacimiento se lo han enviado a ella, no a mí.

—¿Qué sabe ella?

—Tendrás que preguntárselo.

—¡Oh, demonios! —dijo Eden.

Owen pensaba que Jessie sospechaba que la niña era ilegítima, pero no iba a ser él quien se lo dijera.

Condujo a la joven hasta su Blazer negro. Abrió el portaequipajes, hizo a un lado todos los cachivaches que había dentro, y metió las maletas.

—No es bueno que una niña esté metida en todo esto —dijo Eden tiritando.

—Tienes razón —repuso él. Ya la conocerás; es un poco rebelde

Mantuvo abierta la puerta para que ella entrara en el coche. Eden se lo quedó mirando fijamente.

—¿Qué quieres decir?

—Lo que he dicho, que es rebelde —repuso. Entra en el coche ¿quieres? Hace humedad aquí afuera.

Eden entró en el coche y cuando él se sentó frente al volante, a su lado, le dirigió una mirada afilada.

—¿Me estás diciendo que la hija de Mimí es una niña problemática?

Owen puso el coche en marcha y activó los limpiaparabrisas.

—Se llama Peyton —dijo—. Y tiene un comportamiento muy particular.

—Oh, por Dios —exclamó Eden—. Un comportamiento muy particular. ¿Por qué tengo la sensación de que esta frase esconde un montón de problemas?

Se llevó la mano a los ojos y los frotó con expresión cansada.

—Lo siento —añadió. No debería meterte a ti en esto. Es entre Jessie y yo.

—Sí —convino él. Así es.

A Owen le resultaba embarazosa la conciencia de la proximidad de Eden. Ella, se tapó los ojos con la mano.

—Supongo que a Jesse esta situación la ha contrariado mucho. Dios, qué enredo.

Él, la miró sorprendido ante su vulnerabilidad.

—Le es difícil admitir que todo esto la fastidia —dijo tranquilamente.

—La niña… —Eden meneó la cabeza— ¿Cómo ha llegado hasta aquí? ¿No sabes nada?

Owen suspiró con expresión de cansancio mientras se pasaba los nudillos por la hendidura de la barbilla.

—Jessie no conocía la existencia de la niña. Ayer por la mañana una mujer llamó a su puerta. Llevaba a la niña en una mano y una maleta usada en la otra; las dejó a ambas con Jessie. «Esta es tu abuela, niña —dijo—. Es Peyton, la hija de Mimí. Quédesela. Es su responsabilidad, no la mía.»

Eden retiró la mano de los ojos, y se lo quedó mirando con expresión de sorpresa.

—¿Eso fue todo?

—Eso fue todo. Le dio a Jessie una nota de Mimí en la que decía que tomara a la niña a su cargo y… eso es todo. Luego, volvió a subir al coche y se marchó.

—¿Quién era? —preguntó Eden.

—Lo ignoramos.

—Bueno, pero si iba en coche, tendría una matrícula...

—Cogió a Jessie por sorpresa. La niña lloraba. Jessie cree que la matrícula era de Missouri... está completamente segura; pero estaba cubierta de barro.

—¿Deliberadamente?

—Es muy probable.

Eden suspiró exasperada.

—¿Qué clase de coche?

—Tu abuela no entiende de coches —contestó Owen—. Era azul. Un coche azul. Eso es todo lo que ella y Peyton pueden decir.

—¿La mujer no dijo nada más?

Owen se frotó los ojos. Le ardían.

—Por eso tu abuela no quería participar en este embrollo. Por eso se negaba a que la implicaran.

—Un embrollo —repitió Eden con expresión de angustia—. ¡Un embrollo! ¿Dónde diablos está Mimí y qué es lo que ha hecho?

—Probablemente el infierno sea un buen lugar para encontrar la respuesta.

Eden le dirigió una mirada llena de irritación. Pero él se encogió de hombros y se concentró en el motor.

—¿Y el accidente de Jessie? —preguntó Eden. ¿Cómo ha sucedido? ¿La ha golpeado un cometa caído del cielo? ¿O todo se reduce a que tuvo un mal día?

Los limpiaparabrisas hacían un sonido monótono y melancólico. Owen puso marcha atrás y salió del aparcamiento.

—La niña llegó hacia las diez de la mañana —dijo. Yo no estaba allí. Después salí a pasear al perro y Jessie me gritó que me acercara. Estaba muy nerviosa.

—Es natural que estuviera nerviosa —argumentó Eden. Pero ¿qué le sucedió?

—Le dije que deberíamos ir a un abogado. Llamé a uno. Luego volví a casa a dejar al perro. Cogí el coche y llegué justo cuando estaban saliendo de la casa. Entonces Jessie resbaló y cayó. La niña tuvo un ataque de nervios.

—Pero ¿se desmayó... o qué? —insistió Eden.

Owen meneó la cabeza.

—Los médicos no están seguros. Tiene la presión muy alta. Puede que se desmayara, o que sólo sufriera un mareo; quizá fue un pequeño ataque.

—¿Un ataque? —repitió Eden horrorizada.

—La cabeza la tiene estupenda —dijo Owen—, tan aguda como siempre, si es eso lo que te preocupa. La peor parte se la ha llevado la pierna. Es una lesión seria para una mujer de su edad. Pero es fuerte. Muy fuerte.

—Sí —contestó Eden en tono discordante. Luego volvió a taparse los ojos—. ¡Mimí! —exclamó en voz baja.

El resto del viaje lo hicieron en silencio. Cuando él se metió en el camino, Eden dejó caer la mano y se quedó mirando fijamente la casita blanca. En un primer momento, le pareció un edificio solitario rodeado de bosques, pero luego vio, a través de la lluvia, una casa más alta, medio oculta por los árboles, a unos metros de distancia.

—Es un lugar precioso —dijo mirándola. Finalmente lo ha conseguido. ¿Tú también vives por aquí?

Owen asintió. Recordó cuando Jessie vivía en un destartalado remolque a las afueras de la ciudad. Supuso que allí fue donde crecieron Eden y Mimí. Él le había rebajado el alquiler de la casa a Jessie. Ella no lo sabía, y su nieta tampoco necesitaba enterarse.

La lluvia había empezado a arreciar de nuevo.

—Ven a conocer a tu sobrina.

—¿Peyton? —dijo, como si intentara convencerse a sí misma de que la niña era real y tenía un nombre real.

—Sí —repuso él—. Peyton.

# Capítulo 3

Algo desacostumbrado quiso arrancar a Eden de la paz del sueño, pero ella no estaba dispuesta a despertarse.

Todo era normal, estupendo y cálido. Polonius, el gato de Ted, jugueteaba a su alrededor y su pelo sedoso le hacía cosquillas.

—Eres un gato malo, Polonius —murmuró—. Apártate.

No. No podía ser Polonius. Hacía unos meses que se había separado amistosamente de Ted, y cuando este se fue se llevó con él al gato.

No. No estaba en su casa de California. Estaba en Arkansas. Jessie había encargado que la avisaran porque había tenido un accidente. Tenía la pierna rota, no podía encontrar a Mimí, lo cual era muy importante porque…

Eden abrió los ojos de golpe. La que estaba con ella en la cama era una niña. Se puso rígida y se apartó de aquel roce extraño. Se incorporó apoyándose en el codo y miró.

La pequeña estaba durmiendo con el pulgar en la boca. Sus cabellos estaban llenos de rizos y eran negros como la tinta. Las pestañas y las cejas eran igual de oscuras; dormía con el entrecejo fruncido. Llevaba unos grandes pendientes dorados; demasiado grandes para ella. Era Peyton, la hija de Mimí.

La noche anterior la niña estaba durmiendo en la otra cama que había en la habitación. Eden, aturdida todavía por el vuelo, apenas la había mirado, demasiado agotada para sentir ninguna emoción. «No se parece a Mimí», pensó en aquel momento. Luego se desnudó, se puso una camiseta vieja y se dejó caer entre las sábanas rasposas con aroma a lavanda. En las primeras horas de la mañana, la niña debió meterse en su cama.

Peyton suspiró en medio del sueño. La boca hizo un gesto inquieto alrededor del pulgar y frunció aún más el entrecejo.

El gesto entristeció a Eden. ¿Sabría la niña por qué su madre la había abandonado? ¿Estaría atemorizada? ¿Añoraría su casa? ¿Estaría triste? De forma impulsiva Eden rozó el rostro de la niña, apartándole un rizo de la mejilla.

—Necesitas un corte de pelo —murmuró.

La sobresaltó el ruido casi sigiloso que hizo la puerta del dormitorio al abrirse. Se apartó de Peyton asustada. Owen Charteris entró en la habitación.

Un mechón de cabellos de color estaño le caía sobre la frente. Con la mano derecha se estaba metiendo la camisa azul de trabajo dentro de la parte delantera de los tejanos. Los cabellos podían haberse vuelto grises, pero seguía teniendo un cuerpo duro y musculoso y, bajo las oscuras cejas, los ojos eran de un azul gélido. Sus anchas espaldas parecían llenar el umbral.

—Tu abuela ha telefoneado dos veces —dijo en voz baja.

Eden reprimió un gemido, se incorporó sobre el codo, y levantó la muñeca para consultar el reloj. Eran casi las diez.

—Oh, diablos —murmuró con muy poca elegancia. Probablemente se estará preguntando dónde estoy.

—Sí —repuso él—. Ya lo ha hecho —la midió con la mirada y sus ojos se detuvieron en sus pechos.

Eden miró hacia abajo, todavía dormida, y se sobresaltó al ver que no se había abrochado el botón de la camiseta: tenía los pechos casi al aire. Unió rápidamente los bordes de la camiseta mientras pensaba con rabia: «así que es un mirón... pero no creo que disfrute, parezco la Gorgona. Debería de haberse transformado en piedra».

—Deberías de haber llamado a la puerta —dijo fríamente.

Owen se encogió de hombros.

—No quería despertaros a ti o a la niña. Vístete y te llevaré al hospital. Jessie quiere que le lleve algunas cosas. Mi hermana puede quedarse al cuidado de la niña, aunque se marcha esta tarde.

Eden apretó aún con más fuerza la camiseta.

—¿Cómo está Jessie?

—Igual.

Hizo un esfuerzo para mirar a Peyton que fruncía el ceño con más intensidad.

La niña tenía las mejillas calientes y sonrosadas y el labio superior ligeramente empapado de sudor. Se removió, y se acurrucó cerca de Eden, chupándose intensamente el pulgar.

Eden, le acarició los cabellos revueltos.

—¿Qué voy a hacer contigo? —dijo suspirando.

La lluvia seguía cayendo de un cielo gris, tan desolado, que parecía burlarse de la luminosidad de las hojas amarillentas.

«Gracias a Dios que está Shannon», pensó Owen mientras llevaba a Eden al hospital. Aquella mañana, su hermana había trajinado en silencio por la casa de Jessie, ordenando cosas, preparando el café y una maleta con ropa para Jessie. Y, lo más importante de todo, hasta había charlado brevemente con Eden Storey.

Owen había perdido la facultad de mantener una charla trivial. Su capacidad para que un extraño se sintiera cómodo a su lado, se había secado, se había convertido en polvo y había desaparecido arrastrada por el viento de su propia apatía.

Shannon lo sabía. Por eso había mantenido con Eden una charla amigable, práctica, y bastante comprensiva. Era tan perspicaz como discreta, y había evitado los temas más difíciles para las Storey.

El tema más difícil era, sin duda, la pregunta que Eden le había murmurado a Peyton en el dormitorio, la pregunta cuya respuesta él tampoco conocía: «¿Qué voy a hacer contigo?». Por la expresión de su rostro, hubiérase dicho que aquello la preocupaba profundamente.

Eden no apartaba la mirada de los limpiaparabrisas mientras el coche se sumergía en la lluvia. Cuando se detuvieron en un semáforo en rojo lanzó un suspiro casi imperceptible.

Owen se frotó la barbilla y la miró de soslayo. Lamentó no haber tenido la oportunidad de verle los pechos, ya que el solo hecho de haberlos adivinado le produjo un inesperado tirón en la ingle. Tenía buen cuerpo: larga de piernas con llamativas caderas, cintura estrecha y estómago plano. Los pechos eran firmes y bien formados. El jersey blanco que llevaba se adhería un poco a ellos. Iba vestida con sencillez: el jersey, unos pantalones anchos grises y unos zapatos de tacón bajo de color negro. La única joya que se había puesto eran unos pendientes de botón, adornados con un diamante cada uno. Apenas iba maquillada. Todavía mantenía una pequeña hinchazón en el labio inferior. Sintió una inesperada e inoportuna oleada de deseo y, casi al mismo tiempo, una dolorosa oleada de culpa. Procuraba pasar lo mejor que podía el aniversario del fallecimiento de su mujer. Maldita una y mil veces esa extraña ansiedad.

Se permitió un momento de odio hacia sí mismo.

Luego hizo un esfuerzo para apartar de su mente los turbadores pechos de Eden Storey, y sus tiernos labios.

También dejó de lado cualquier sentimiento de simpatía hacia ella. La simpatía era para la gente que tenía emociones de sobra; él no. Sin embargo, iba a tener que comunicarle ciertos hechos desagradables antes de que ella se pusiera en guardia.

Debía hacerlo.

Lo hizo.

—He conseguido un informe sobre Mimí. Jessie me lo pidió. La policía no tenía nada sobre ella, pero sí algunas cosas relacionadas con su persona. Tu abuela tiene el informe.

Eden volvió la cara hacia él con gesto brusco. Leyó el desconcierto en sus ojos.

—¿Un informe?

Owen respondió esforzándose por mantener un tono de voz áspero y adusto.

—Cheques sin fondos, pequeñas estafas, venta de objetos robados. Jessie todavía no lo sabe todo.

Eden se lo quedó mirando sorprendida, con los labios abiertos, como si deseara hablar pero no encontrara las palabras.

Owen apretó la mandíbula y la miró de reojo a través de la lluvia. Había vivido lo suficiente para saber cuándo una persona era problemática, y Mimí era una de ellas.

—También ha estado en la cárcel. Dos años en Michigan. Jessie tampoco lo sabe —añadió.

Por el rabillo del ojo vio que Eden se sobresaltaba.

—¿Cárcel? —preguntó con un hilo de voz.

—Se mezcló con un tipo que traficaba con armas robadas y con drogas. Según parece ha estado malgastando su cerebro.

—¡Ah! —exclamó Eden pasándose la mano por el pelo.

Mimí poseía inteligencia y talento que malgastar, y lo había hecho. Se quedó mirando fijamente los limpiaparabrisas como si pudieran hipnotizarla, sumergirla en un mundo mejor, más racional.

—Si estuvo encerrada dos años, ¿dónde se quedó Peyton? —preguntó medio ausente.

—En un hogar de adopción en Holland, Michigan. La familia se llama DeBeck.

—¿Cuándo fue eso? ¿Cuántos años tenía Peyton?

—Tenía seis semanas cuando la acogieron los DeBeck y poco más de dos años cuando Mimí salió. La tuvo con ella un tiempo; luego la entregó a otra familia adoptiva, los Murdoch.

Eden estaba atónita. Owen creyó ver el brillo de una lágrima como una punta de cristal. Ella parpadeó y la reprimió.

—¿Por qué volvió a darla en adopción? ¿No quería ataduras?

—Mimí aseguró que un consejero de salud le dijo que lo hiciera. Al cabo de un año volvió a buscar a Peyton.

Eden murmuró algo en voz baja.

—Al parecer se comporta siempre así —dijo Owen encogiéndose de hombros— quería a la niña y no la quería. Las excusas eran siempre diferentes. En una ocasión fue un accidente de coche.

—¿Había estado bebiendo? —preguntó Eden con la mandíbula en tensión. Las adicciones de Mimí habían sido la causa de su alejamiento.

Owen hizo un gesto de asentimiento.

—Luego, un día, hace dos años, dijo que se iba con la niña a pasar un fin de semana a Wisconsin. No volvieron. Nadie sabe dónde estuvieron.

—¿De verdad intentaron encontrarlas?

—Probablemente no pusieron mucho interés. Las cosas, a veces, son así.

—Las cosas son así —repitió Eden con amargura.

Owen ajustó los limpiaparabrisas a la velocidad del coche. Estaban cayendo chuzos de punta.

El cuerpo de Eden se tensó como una cuerda de violín.

—Y, ahora, qué. ¿Qué pasa?

—La policía lo está investigando sin demasiado empeño. No es un caso urgente. Acabará debajo de la alfombra.

—¿Cómo es que sabes tanto de la policía? —preguntó, volviendo la cara hacia él.

—Trabajé en la policía estatal como detective —contestó con brusquedad.

—¡Ah! Y, ¿Peyton? ¿Qué dice la niña? ¿No le has preguntado por su madre? ¿No dice nada de la mujer que la trajo?

—Le he preguntado. No responde a ninguna pregunta acerca de su madre o del pasado.

—¿Nada?

—Dice que no puede hablar. Que si lo hace, alguien puede hacerle daño —contestó casi con un murmullo—, matarla.

No le gustaba el cariz que estaba tomando la conversación.

—¿Quééé? —preguntó Eden horrorizada— ¿por qué cree que alguien le haría tal cosa?

Owen se metió en el aparcamiento del hospital, estacionó el coche y se metió las llaves en el bolsillo. Miró la cara pálida de Eden, sus ojos azul verdoso desorbitados, y el labio hinchado y tierno.

—Probablemente no hace más que repetir lo que le ha dicho tu hermana.

Eden pareció más sorprendida que antes.

—¡Dios mío! ¿en qué estará metida Mimí? Peyton no creerá eso en serio... ¿o, sí?

—No tengo ni idea de lo que está sucediendo en la vida o en la mente de tu hermana. Tu abuela tampoco. No lo sabe nadie.

Aunque de pequeña, el doctor Dennis Vandeering ya le parecía un hombre muy anciano, un viejo de cabellos blancos al borde de la senilidad o de la muerte, allí estaba, vivito y coleando y no parecía tener demencia senil. Pequeño y arrugado como un troll, los gruesos cristales de las gafas aumentaban el tamaño de sus ojos oscuros hasta el punto de parecer los enormes ojos de un muñeco de juguete. Sus cabellos grises eran escasos y las arrugas de la cara abundantes. Sólo los dientes, grandes, perfectos, artificiales, poseían un luminoso brillo. Cogió la mano de Eden entre las suyas, pequeñas como las de un mono.

—Así que, esta es la pequeña Eden Storey —dijo abriendo sus enormes ojos— ¡Cuánto has crecido! —y lanzó una corta y discreta carcajada.

Eden ni siquiera fue capaz de forzar una sonrisa.

—Sí —dijo—, me acuerdo de usted.

Los pequeños dedos correosos rodearon los suyos, y los grandes dientes brillaron con intensidad.

—Te operé de apendicitis —y volvió a reír.

—¿Cómo está mi abuela? —preguntó ella.

La sonrisa desapareció poco a poco del rostro del médico.

—Tiene una mala fractura en la pierna. A su edad, es grave. Además también tiene la presión alta.

Eden se agitó inquieta.

—Bueno —dijo Vandeering jugando con los dedos de ella— ¿estás lista para verla?

Eden retiró la mano y enderezó la espalda.

—Sí.

—No te asustes, tu abuela es vieja, nada más.

«Su vejez es lo que me preocupa —pensó Eden—. Es un demonio sobre ruedas y con motor de inyección.»

—Ya sé que es difícil —dijo Vandeering— ¿quieres que alguien te acompañe? ¿Yo? ¿Mr. Charteris?

La diminuta mano del médico estaba ahora en su hombro, acariciando y dando palmaditas a su jersey. Owen se mantenía apartado discretamente, hojeando un antiguo ejemplar de «People». Sus ojos se cruzaron con los de Eden y sostuvo la mirada.

—Yo… yo… —tartamudeó Eden. Quería decir que entraría sola, pero las palabras no le salían.

Owen dejó la revista y se acercó a ella. Le puso una mano en la parte baja de la espalda. La piel le escoció de manera extraña, como si se hubiera quemado.

—Te acompañaré a la habitación.

Bajaron juntos al vestíbulo respirando el aire aséptico del hospital.

Eden había olvidado hasta que punto aborrecía los hospitales, su silencio, su atmósfera enervante. Los recuerdos de Jessie y de Mimí se le apiñaron en la mente con una claridad casi sobrenatural. Recordó a Mimí llorando en el suelo entre unos arbustos, tenía seis años, porque acababa de enterarse de que su madre había muerto. Se recordó a sí misma corriendo hacia ella, tomándola en sus brazos, e intentando consolarla entre lágrimas. Recordó a Jessie cuando las fue a buscar y se las llevó en autobús de Little Rock, hacia el norte del estado, a una extraña ciudad llamada Endor. Mimí rompió a llorar la primera vez que vio la caravana de Jessie. «¡No puedo vivir ahí!» gimió. «¡No me obligues a vivir ahí!»

Eran tantos los recuerdos: Mimí riendo, llorando, cantando a voz en grito ante un micrófono imaginario haciendo ver que era una estrella del country. Mimí y Jessie peleándose como titanes una y otra vez...

Eden sintió que le fallaban las rodillas y cuando se encontró frente a la puerta de la habitación de su abuela, se le hizo un nudo en la garganta que amenazó con cortarle la respiración.

—Entra sola —dijo Owen—. Esperaré un rato para que puedas hablar; luego, entraré yo.

Dejó caer la mano que continuaba apoyada en la espalda de Eden y se apartó.

Ella se dio cuenta, angustiada, de que no quería que la dejara sola.

Owen le entregó la maleta que había preparado su hermana.

Cuando se alejó de él, el nerviosismo se apoderó de ella produciéndole una sensación punzante y desagradable.

No había visto a su abuela desde hacía quince años. Aspiró profundamente, dio un golpecito en el marco de la puerta abierta, un gesto de buena educación, y entró.

—Hola, Jessie —dijo— Siento no haber venido antes. Llegué ayer noche muy tarde.

Su abuela estaba incorporada en la cama viendo una telecomedia. Tenía la pierna elevada y enyesada. Lentamente, como una reina, volvió la cabeza y la miró. Tenía unos apósitos en la nariz y en las mejillas, y unos puntos de sutura en la frente. Pero esto, en lugar de darle un aspecto patético o enfermizo, aún la hacía parecer aún más formidable.

Era una mujer de metro setenta y cuatro y más de noventa kilos. Llevaba un audífono en el oído izquierdo y los cabellos grises peinados en una elaborada corona de trenzas. Tenía la cara ancha y fuerte, sin ningún rasgo destacable a excepción de los ojos.

Aunque la había criado, hasta ese momento no supo cuál era el color de sus ojos. No eran azules, ni grises; ni verdes, ni pardos; ni violeta, ni ámbar. Mimí acertaba cuando decía que eran «color fantasma».

Jossie llevaba un anillo en cada dedo de la mano, todos con una piedra mística o un símbolo esotérico, y unas pulseras de plata, como las que usan las gitanas, en sus anchas muñecas. Un pendiente con una cruz, y otro con la estrella de David, le colgaban de los lóbulos de sus orejas, y del cuello una cadena de plata, con la imagen de una danzante diosa hindú.

Ni le sonrió, ni le abrió los brazos. Sólo le dirigió una mirada crítica que la recorrió de arriba abajo.

—Al fin te has dignado a venir.

«No me sentiré culpable —se dijo Eden en silencio. Pero se sentía culpable; era lo que Jessie pretendía—. Dios, Dios, ¿por qué he vuelto?»

—Me han dicho que me necesitas —y levantó la cabeza.

La cara magullada de su abuela adquirió una expresión de altivez.

—Es tu sobrinita quien te necesita. Y no te vendrá mal bajar de las alturas de Beverly Hills.

—No vivo en Beverly Hills.

—California entera se va a hundir en el mar como Sodoma y Gomorra —dijo Jessie con un resoplido de superioridad.

—Sodoma y Gomorra no se hundieron en el mar.

—Es lo mismo. Espero que no hayas hecho el viaje sólo para discutir conmigo.

Durante unos instantes ambas mujeres se miraron rígidas. Luego, Eden suspiró. Nunca había podido sostener la mirada de Jessie, entonces ¿por qué ahora era tan estúpida de intentarlo?

—Siento mucho… todo esto —dijo, haciendo un gesto de impotencia—. De verdad. Me ocuparé de tus asuntos.

La fría mirada de Jessie se fijó en la maleta que sujetaba, y le hizo una seña para que se la acercara.

—Si tengo que quedarme aquí, quiero un camisón que me cubra el trasero. Espero que lo hayan puesto todo. El cepillo del pelo, el cepillo de dientes, las peinetas de plástico, las zapatillas, el albornoz y mi medicación. Necesito calcetines para cuando vuelva a casa, en los otros me hice unas carreras al caer por las escaleras. Pagué por ellos nueve con noventa y nueve, se suponía que eran indesmallables…

—No te preocupes —dijo Eden—. Si falta algo te lo traeré.

Se acercó a la cama de Jessic y se preguntó si debía besar a su abuela en la mejilla. Jessie sólo parecía interesada en abrir la maleta y rebuscar en el interior.

—¿No vas a preguntarme cómo me encuentro? —inquirió quejosa sin mirar a su nieta.

Eden decidió que era contraria al beso.

—¿Cómo te encuentras?

—Como si un coche me hubiera pasado por encima. Tengo las piernas hinchadas como sandías y me siento como si me hubieran golpeado las costillas con un martillo.

—Lo siento. De verdad. Acabo de ver al doctor Vandeering. Dice...

—El doctor Vandeering es un pobre tipo y, además, piscis. Tiene la sangre de horchata. No me hables del doctor Vandeering.

Eden apretó la mandíbula y pensó: «No puedo decir nada. Es como siempre ha sido entre nosotras. Y como siempre será.»

—Está bien —dijo, haciendo un esfuerzo por mostrarse paciente—. Entonces, dime cómo estás.

—Estoy bien. Estos médicos no saben nada.

—Pero...

—No saben nada. Me ha pasado esto porque mi cuerpo etéreo necesitaba descansar un rato, eso es todo. Y, ahora, cambiemos de tema.

«Demasiado esfuerzo para una conversación adulta, racional y práctica», pensó Eden.

—Está bien. ¿De qué quieres que hablemos? ¿De Peyton?

Jessie alzó la barbilla.

—No deberías hacerme preguntas sobre ella. Deberías haber dicho está bien y nada más.

—Cuando la dejé esta mañana todavía estaba dormida. Charteris me dijo que tardó mucho en conciliar el sueño por la noche. Creo que estaba muy nerviosa.

—Claro que estaba nerviosa. Su madre la ha abandonado y su abuelita va y se mete en este maldito agujero. Cuida bien de la niña. Es de tu sangre, es tu familia.

—¿Y de qué otra familia? ¿Tienes alguna idea de quién es el padre de la niña? ¿O dónde está Mimí?

—La pobre niña no tiene padre. Es una potrilla salvaje. ¿Qué te creías?

Eden se estremeció. Era la respuesta que temía y esperaba.

—¿Estás segura?

Jessie la miró con ojos encolerizados.

—Mimí me ha enviado la copia de la partida de nacimiento. Eso y una nota con una línea. Una línea. No es extraño que mi cuerpo etéreo tenga que descansar.

—¿Y tu cuerpo etéreo no habría podido descansar sin hacer que tu cuerpo físico cayera rodando por las escaleras? —Eden se arrepintió inmediatamente de haber dicho lo que acababa de decir.

Jessie contrajo los ojos.

—Siempre has tenido la lengua demasiado afilada. Siempre.

—Lo siento. Estoy nerviosa, eso es todo.

Jessie la miró sin ablandarse.

—Quiero que vuelvas a conectar mi teléfono y te encargues de las llamadas. Los hospitales son caros.

Eden se cruzó de brazos.

—Escucha Jessie. Alguien tiene que ocuparse de la pequeña, yo puedo hacerlo. En cuanto a lo de tu negocio, preferiría no meterme.

—¿Meterte? No pensabas lo mismo cuando ese negocio te puso un techo sobre la cabeza, te alimentó y te vistió. Tampoco lo pensabas cuando te pagó esas lujosas clases de canto y danza.

«Demonios —pensó Eden—. Esto no es sentir un poco de culpa, es sentir toda la culpa del mundo.»

—¿Por qué no dejas el teléfono desconectado una temporada? No será más de una semana. El dinero no lo es todo, tienes cosas más importantes por las que preocuparte.

—Claro que las tengo —repuso Jessie agitada—. Y una de ellas es tu hermana. Así que conecta el teléfono, señorita, y haz lo que te digo.

Eden levantó una ceja con expresión de duda.

—¿Qué tiene que ver el teléfono con Mimí?

¿Fueron imaginaciones suyas o durante un instante la expresión de Jessie se hizo menos imperiosa?

—Ha habido unas llamadas. Llamadas de alguien que la conoce bien. Alguien que me produce malas vibraciones.

A Eden le recorrió un escalofrío. Algo helado parecía haberle rozado la punta de los nervios.

—¿Qué quieres decir?

Los ojos de Jessie, con su indescriptible tonalidad, se clavaron en los suyos.

—Creo que esta vez tu hermana se ha metido en un buen lío, uno de los gordos. Esta vez ha abierto la cesta de las serpientes; he visto el brillo de sus ojos amarillos y he oído sus cascabeles.

# Capítulo 4

El chasquido de los tacones de las botas en las baldosas hizo volverse a Eden. Owen Charteris estaba en el umbral de la puerta. Le dirigió a Jessie una sonrisa contenida.

—Voy a ver a Archie Archery. ¿Quieres que te traiga algo?

—Te quiero a ti —repuso Jessie—. Acércate. Tengo algo que decirte, y por la expresión de su rostro —y miró a Eden— creo que ella no desea oírlo.

Owen dirigió a Eden una mirada recelosa que significaba «¿Qué sucede?» Pero entró en la habitación como si los deseos de Jessie superasen a todo lo demás.

—Jessie, por favor, no lo metas a él en esto… —dijo Eden.

—Quiero que oiga lo que tengo que decirle —insistió Jessie—. Owen, esta chica no hace ni diez minutos que ha entrado aquí y ya me ha subido la presión de la sangre. Tiene que oírlo, y tú también.

Owen puso cara de resignación, pero se acercó a la cama de Jessie educadamente. Aunque no la tocó, su actitud parecía decir que era su aliado, su protector.

—¿Qué sucede, Jess?

Jessie levantó la vista y su mirada se suavizó en una expresión semejante al afecto.

—Ya te dije que había recibido unas llamadas telefónicas de alguien que conoce a Mimí. Creo que mi nieta tiene problemas.

Owen alzó una ceja como si las palabras de Jessie hubieran despertado en él un interés científico.

—A mí me lo has contado con más dramatismo —intervino Eden recordando la imagen de las serpientes—. ¿Has tenido alguna visión? ¿Se debe a algo que te ha revelado tu espíritu guía?

—Ya te lo he dicho, han estado llamando por teléfono. Desde hace tres semanas.

Eden se volvió hacia la ventana para no tener que mirar a su abuela y a Charteris. Existía entre ellos un vínculo que no podía entender; un vínculo que la hacía sentirse desplazada, nerviosa.

—Está bien —dijo Owen—. ¿Quién te ha llamado? ¿Qué te ha dicho? ¿Qué clase de problemas crees que tiene Mimí?

«Anoche no quería participar en todo esto —pensó Eden llena de resentimiento—. ¿Por qué querrá ahora meterse de lleno?»

—Se llama Constance —explicó Jessie—. No me quiso decir nada más que la fecha de su nacimiento; y estoy segura de que dijo la verdad. Tiene una voz velada y desgarrada, como si estuviera haciendo gárgaras.

Eden miró a través de los cristales de la ventana y procuró prepararse para lo que iba a seguir.

—¿Y qué te contó de Mimí esa tal Constance?

—Me aseguró que me conocía por referencias de una persona cuyo nombre sonaba como el de Mimí. Por alguna razón, tuve un presentimiento. Podría asegurarlo. Lo percibí.

—Continúa —dijo Owen.

—Intenté que me hablara más, pero no lo conseguí. Fue entonces cuando tuve una sensación negativa; supe que algo grave estaba sucediendo.

—¿Tuviste una sensación? ¿eso es todo? —preguntó Eden esforzándose por hablar con prudencia.

—No, aún no he acabado —contestó Jessie con expresión majestuosa, pero sombría—. Entonces le pregunté: «¿Dónde está tu amiga?» Y ella contestó: «No quiero hablar de ella. Quiero hablar de mí». Entonces me pidió que le leyera las cartas del tarot, y lo hice. La más negra tirada de cartas que he visto nunca.

Eden se permitió una sonrisita amarga.

—Las cartas son trozos de papel, Jessie. Nada más.

—Las cartas son una ventana… para aquellos que tienen el suficiente juicio para leer a través de ellas —repuso indignada.

Owen le dirigió una fría mirada a Eden para que dejara de hacer esa clase de comentarios. Luego apoyó la mano en el hombro de Jessie.

—¿Cuántas veces te ha llamado?

A Jessie pareció gustarle el roce de su mano. Lo miraba a él, no a Eden.

—Tres o cuatro. Busca algo y no está sola. Siempre quiere saber de otra persona. Me da la fecha de los cumpleaños, pero no el nombre; luego pide la lectura de las cartas. Es una mujer muy nerviosa.

—No es un crimen estar nerviosa —objetó Eden.

Jessie ignoró el comentario y siguió dirigiéndose a Owen.

—Reconocí una de las fechas de cumpleaños, era la de Mimí.

—Debe de haber mucha gente que cumpla años el mismo día que tu nieta —dijo Owen, aunque su rostro se había endurecido; creía lo que estaba diciendo Jessie y no le gustaba.

—Me dio otra fecha que entonces no reconocí —le dijo Jessie—. Era la de una criatura que yo no sabía que existía. Aunque después vi que coincidía con la de la partida de nacimiento de Peyton. Lo he comprobado en las fichas que guardo. Constance las conoce. Antes sólo lo sospechaba, ahora lo sé.

Eden se estremeció, incrédula, pero Owen parecía estar más sombrío que antes.

—Esta Constance, y al menos cuatro personas más, se llevan algo entre manos, te lo digo yo. Sólo hace que preguntarme fechas. Me dice: «Tengo que conseguir algo. ¿Cuándo va a suceder? ¿Qué día?».

—¿Y tú le has dado las fechas? —preguntó Owen.

—Sí —repuso Jessie—. Ayer se cumplió una de ellas. En ese momento, cuando se la di, no parecía ni mejor ni peor que otra.

—Y ayer apareció Peyton —dijo Owen frunciendo el entrecejo.

Jessie se hundió más en la almohada, como si estuviera fatigada.

—Sí. Y la han amenazado de muerte si habla. Pobre niñita.

Owen frunció aún más el entrecejo.

—¿Crees que esa mujer se puso en contacto contigo a través de Mimí?

De repente, sin previo aviso, Jessie ocultó el rostro entre sus manos llenas de anillos.

—Serpientes —dijo con voz pavorosa—. He visto sus ojos amarillos, el meneo de sus colas. Las he oído silbar, he oído sus cascabeles. Jesús mío, protege a esa niña.

Owen se inclinó hacia ella con expresión preocupada.

—Jessie, tranquilízate. No ayuda nada que te pongas así.

—¿Quién va a proteger a la pequeña Peyton? —preguntó Jessie— ¿Quién va a cuidar de ella?

—Yo cuidaré de ella —dijo Owen entre dientes—. Te lo prometo. No voy a permitir que le suceda nada. Lo juro.

Jessie mantuvo los ojos ocultos detrás de una mano, pero con la otra aferró ávidamente la de él, cosa que le provocó a Owen una cierta incomodidad.

—Siempre has sido muy bueno conmigo —dijo—. Mejor que la familia.

—Mira —Owen retiró la mano de la que la sujetaba—. Voy a ir a buscar a una enfermera. No quiero que estés así.

Sus ojos azules se cruzaron un instante con los de Eden.

—Ayúdala, ¿quieres?

Luego salió de la habitación y ella oyó el chasquido de sus botas y de sus pasos apresurados por el vestíbulo.

A Eden le sorprendieron las lágrimas de Jessie, receló de ellas. Nunca la había visto llorar y no creía que lo estuviera haciendo ahora.

Se acercó a su abuela y le puso una mano en el hombro, como había hecho Owen. Pero Jessie se apartó abruptamente de ella y volvió a incorporarse. Cogió un pañuelo de papel de la bandeja que tenía al lado de la cama e hizo como si se enjugara los ojos, aunque estaban perfectamente secos.

—Muy bien —dijo Eden claudicando—, ¿y qué es lo que quieres que haga?

Jessie arrugó el pañuelo de papel y se lo metió entre los pechos.

—Quiero que vayas a casa y conectes la línea telefónica. Que recibas las llamadas, como lo hiciste hace años. Y que cuides de Peyton. Quiero que atiendas a la niña y atiendas mi negocio.

Agitó el dedo señalándola.

—Y quiero que esperes la llamada de Constance. Volverá a llamar, lo presiento. Sácale todo lo que puedas. Utiliza el ingenio. Hazte pasar por mí.

—Sí, sí.

Habría accedido a cualquier cosa con tal de poder escapar de ella.

—Trata a los clientes con respeto, ¿me has oído?. Hay gente muy importante que depende de mis consejos, almas con problemas que necesitan mi guía.

Eden asintió con la cabeza procurando parecer obediente.

Entonces Jessie dirigió su atención al contenido de la maleta.

—¿Dónde están las pilas del audífono? ¿Y el camisón de rayón color albaricoque?

—No lo sé. Los traeré la próxima vez que venga a verte. Te traeré todo lo que quieras, pero…

—Especifiqué que quería el camisón de rayón color albaricoque con el encaje a juego con el cuello —dijo Jessie con disgusto. Estaba colorada y con la voz alterada—. ¿Quién hizo la maleta?

—No importa —contestó Eden, asustada porque Jessie volvía a ponerse nerviosa—. Tranquilízate. El doctor Vandeering me ha dicho que tienes la presión…

—Tráeme ese camisón —ordenó la anciana—. No, dile a Owen que me lo traiga él. Tú quédate en casa. Quédate allí y ocúpate de la pequeña y del teléfono. ¿Te acordarás?, es el camisón de rayón color albaricoque con el encaje a juego.

—Sí, sí, te aseguro que lo tendrás. Pero tranquilízate.

—Y las zapatillas y la bata a juego. Si tengo que quedarme en el hospital quiero estar bien arreglada. Quizá por eso me compré ese camisón, porque sabía que me iba a ocurrir esto. Tuve un presentimiento. Diablos, el corazón está martilleando como un loco.

—Acuéstate otra vez. Por favor…

Jessie se recostó aunque sus ojos expresaban rebeldía.

—Tú haz lo que te digo. Cuando necesites ayuda, se la pides a Owen. Vive en la otra casa. La está restaurando.

—¿Quién es ese hombre? ¿por qué sois tan íntimos?

—Y no toques la bola de cristal. Ahora está muy cargada. No la usarías bien. A ti no se te ha dado ese poder.

Eden, exasperada, quiso decirle: «No tocaré nada. No puedo hacerme cargo de Peyton. No sé cómo hacerlo. Contrataré a alguien para que se ocupe de ella. No puedo quedarme aquí y atender tu teléfono porque sospechas que te llama alguien de parte de Mimí. Yo tengo mi trabajo en California». Pero pensó en la presión sanguínea de su abuela y no dijo nada. «Mañana —pensó—. Mañana se lo diré, cuando ambas estemos más calmadas. Tenemos cosas más importantes que hacer que discutir por tonterías.»

Cuando Owen la llevó de vuelta a la casa, había dejado de llover. El cielo gris era ahora de un azul vibrante y otoñal. Los rayos del sol brillaban en las hojas amarillentas de los nogales y en el naranja apagado de los robles. Pero, aún así, el corazón de Owen no se ablandó. Continuaba sombrío, con el entrecejo fruncido.

Él y Shannon le presentarían a su sobrina; luego su hermana se marcharía a su casa de Hot Springs. La envidiaba, a él también le habría gustado escapar. Le habría gustado ir al río a pescar o al bosque a cazar ciervos. Estaba metido en un problema, necesitaba el bosque, sus sonidos, su silencio. El ruido del chapoteo del agua cuando se deslizaba por entre las piedras del río; el solitario gemido del viento entre los árboles.

El día anterior ya había metido la ballesta en la parte trasera del Blazer y lo había dispuesto todo para marcharse; quería disfrutar de unos días para él solo, perderse en las puras e intrincadas ceremonias de la caza. Y entonces Jessie se cayó por las escaleras.

Ahora estaba pensando en perderse de otro modo, en otras ceremonias no tan puras. Sintió el impulso de ir a Tulsa, donde un hombre podía perderse sin que nadie lo reconociera. Conocía un sitio llamado Cosette, donde las chicas eran limpias y cuidadosas, y donde podía mantener relaciones simples e impersonales.

Últimamente, y con demasiada frecuencia, le acometían unos deseos que lo atormentaban; deseos de lujuria, no de amor. No amaba a nadie, su cuerpo no necesitaba amor, sino relajación. No le gustaban esos intercambios sexuales en Tulsa, pero los necesitaba. Su cuerpo era como un caballo, había que sacarlo a correr de vez en cuando; era el único modo de no volverse más salvaje y perverso de lo que ya era.

Eden Storey, contra sus deseos y su voluntad, despertaba los deseos más bajos, salvajes y oscuros que había en él. No le gustaba, se resentía de ello, y por esta razón procuraba mantenerse a distancia de ella.

—Te ayudaré con la niña —dijo sin mirarla—. Luego os dejaré solas. Si me necesitas, estaré en la otra casa. Quizá vaya a cazar unos días.

—Estupendo —repuso Eden. Tenía la voz fatigada, como si su

conversación con Jessie la hubiera agotado; algo que a él le costaba comprender. Y ahora la llevaba con Peyton, la niña salvaje.

—Jessie tiene un Ford Escort. Ya no conduce mucho, pero todavía lo hace. Las llaves están en el clavo que hay detrás de la puerta. Si tienes algún problema, házmelo saber.

Owen procuraba mantener la atención fija en la carretera. No estaba siendo amable, y lo sabía. Sin embargo, se veía obligado a hacerlo. Después de todo, ella y la niña eran parientes de Jessie y, él, estaba en deuda con la anciana.

—Si necesitas algo más, dinero, cualquier cosa, dímelo.

—No necesito dinero —contestó Eden con dureza— me gano la vida muy bien desde hace muchos años.

«Eso se ve», pensó Owen, observando la elegancia de su perfil. Luego apartó la vista de ella.

—Probablemente Mimí sea culpable de abandono. Pero no se convertirá en un asunto de la justicia a menos que tú o Jessie presentéis cargos contra ella. Podéis mantenerlo en familia.

Eden se puso la mano en la frente y suspiró con fatiga.

—¡Familia!

Lo dijo como si fuera el nombre de una maldición particularmente cruel.

Owen seguía con los ojos clavados en la carretera mientras hablaba.

—¿Y el presentimiento de Jessie de que Mimí se encuentra metida en un grave problema? ¿Qué hay de esa que la llama por teléfono y cree que conoce a Mimí, de esa Constance?

Eden se frotó la frente y luego dejó caer la mano sobre el regazo.

—Mimí siempre está metida en problemas. Y, Jessie, ve portentos y profecías en todo.

—¿No crees en ella?

—¿Tú sí?

—Mucha gente lo hace —repuso él con evasivas—. Para ellos tu abuela es estupenda.

Eden levantó la barbilla.

—Siempre lo hace todo bien, siempre me lo ha dicho. Antes creía que exageraba y solíamos discutir por naderías. Cuando me marché de aquí, nunca aceptó mi dinero. Nunca. Cuando se lo envié, ella me lo devolvió, indignada.

—Es una mujer independiente.

—Es algo más, es demasiado independiente.

—Tiene mucho orgullo, nada más.

—Es algo más, es demasiado orgullosa.

Owen no contestó, se hizo un silencio y agradeció que ella no lo interrumpiera. Sin embargo, sentía la mirada de Eden clavada en él como si tuviera las respuestas que ella andaba buscando.

—¿Y cómo es que le ha ido tan bien? Esa casita… es preciosa.

—En estos últimos diez o doce años los videntes se han hecho muy populares. El negocio de las consultas telefónicas le ha funcionado. Se ha hecho con una clientela fija.

Eden inclinó la cabeza y cruzó los brazos.

—Espero que sea más cuerda que la «clientela» que solía tener antes.

Owen le dirigió una breve mirada inquisitiva.

—Había un hombre que viajaba por ahí con alienígenas del espacio —siguió diciendo Eden—. Luego estaban los borrachos… Esa pobre gente buscaba en ella el milagro de la esperanza.

—Se limita a dar un servicio —dijo Owen encogiéndose de hombros.

—Y a cambio recibe su dinero.

Se dio cuenta de la amargura que había en la voz de Eden, y eso le fastidió.

—Al parecer no respetas mucho a tu abuela.

—En cambio, tú sí lo haces. ¿Por qué?

Owen permaneció unos instantes pensativo. Lo cierto es que le resultaba demasiado complicado contestar a la pregunta, era demasiado personal.

—Creo que es una mujer extraordinaria. Eso es todo.

Eden le dirigió una mirada sardónica.

—Extraordinaria es una manera de decirlo. ¿Qué es lo que hace para serlo? ¿Leer en las estrellas y decirte cómo romper la banca en Montecarlo?

—Dejémoslo correr —giró en una curva bordeada de cedros, y su casa y la de Jessie aparecieron ante ellos. Por fin. Estaba deseando deshacerse de aquella mujer que a la vez lo excitaba e irritaba.

—Probablemente tu encantadora sobrina ya estará levantada y deseando conocerte.

La sonrisita de Eden se desvaneció; cosa que, a él, le produjo una gran satisfacción. Luego apareció en sus ojos una mirada casi obsesiva, y desapareció la satisfacción.

Peyton estaba despierta, pero todavía tenía una expresión adormecida y malhumorada. La encontró estirada en el suelo de la sala de estar, con el pulgar metido en la boca, y pintando en un bloc con lápices de colores.

La televisión vociferaba ante ella, sintonizada en un canal de dibujos animados. A su lado había un osito de aspecto sarnoso cuya boca recosida había desaparecido casi del todo.

Owen dirigió una sonrisa a la niña con una expresión forzada.

—Peyton —dijo— te presnto a tu tía Eden. Tu tía Eden —dijo con una cordialidad poco natural.

Peyton se volvió y dirigió a Eden una mirada sombría e inexpresiva.

—Ya lo sé. Me he metido en su cama y se ha pensado que era un gato.

Cuando Eden sonrió, sintió que la sonrisa que aparecía en sus labios también era falsa.

—Hola, Peyton —dijo—. Estoy encantada de verte.

Peyton no la miró.

—No soy un gato. Soy una persona.

Eden, impotente, miró a Owen. Este, a su vez, miró a la niña con una expresión tan controlada que ella se dio cuenta enseguida del desagrado que ocultaba.

Shannon entró en la habitación procedente del recibidor. Tenía tan buen aspecto como su hermano, alta, con los mismos penetrantes ojos azules, y una abundante cabellera de color castaño. Las canas todavía no se habían cebado en ella. Tomó entre las suyas la mano de Eden y la estrujó calurosamente.

—¿Cómo está tu abuela?

Eden agradeció aquel simple contacto humano. Esa mujer era muy diferente de su hermano.

—Mi abuela… está llena de energía.

Shannon asintió con simpatía y puso la otra mano en el hombro de Owen.

—Voy a empaquetar las cosas. Si me marcho ahora podré pararme a ver a mamá y llegar a Hot Springs antes de que oscurezca.

Owen le dirigió a su hermana una sonrisita sardónica.

—¿Ansiosa por marcharte?

—Ganas de ver a mis hijos, eso es todo —contestó apretando con más fuerza el hombro de su hermano—. Y ayuda a cuidar de esta niña. Tengo la sensación de que ha estado muy abandonada.

A Eden se le encogió el corazón cuando escuchó aquellas palabras. Owen frunció el entrecejo.

—¿Te ha dicho algo?

Shannon negó con la cabeza con expresión preocupada.

—Nada. Habla de una forma muy rara. Y los dibujos que hace… los encontré en su habitación, debajo de la cama.

Soltó la mano de Eden y fue a buscar un bloc que había junto a una lámpara en el otro extremo de la habitación.

—Aquí —dijo enseñándoselo a Owen—. Mira esto.

Qwen cogió el bloc y lo sostuvo para que Eden también pudiera verlo. Levantó la tapa. El tosco dibujo de la niña llenaba toda la página.

La alargada figura de una mujer que vestía una falda y tenía unos cabellos largos y descuidados… como Mimí. Mimí siempre llevaba suelto y descuidado su cabello rizado. La mujer llevaba de la mano a una niña estilizada y los garabateados cabellos eran de color negro, como los de Peyton. La mujer y la niña parecían salir huyendo de una gran casa con una puerta roja y sin ventanas.

A pesar de lo elemental que era el dibujo, Eden captó la infelicidad que emanaba de él. De la chimenea salían negras nubes de humo. En el cielo no brillaba el sol. No había árboles en el camino. Ni flores. Ni hierba.

—Hay más —dijo Shannon.

Owen volvió la página. El mismo horizonte lúgubre. El mismo cielo sin la luz del sol. La misma casa sin ventanas con la puerta encarnada y la misma chimenea vertiendo en el aire un humo oscuro. Esta vez la niña estaba sola junto a la casa.

Owen pasó la página. Eden vio otra vez la casa cerrada y sin aberturas, con la puerta tan roja como una herida. Esta vez el humo no se elevaba recto hacia el firmamento, sino que formaba un zig zag que oscurecía todo el cielo. Tres hombres con los cabellos de color magenta estaban en el terreno yermo de la entrada. Sostenían en las manos algo semejante a unas armas. Sintió un escalofrío.

—¿Quiénes son estos hombres? ¿Se lo has preguntado?

—Lo intenté —repuso Shannon—. Pero no me dio una respuesta concreta.

Eden se quedó mirando el dibujo de los hombres con los cabellos de tono violento. «Parecen soldados», pensó con aprensión. Alzó la vista y sus ojos se cruzaron con los de Shannon.

—A lo mejor te lo cuenta a ti. Me parece que le gustas. Se ha puesto muy nerviosa cuando se ha despertado y ha visto que no estabas.

Eden miró con expresión de duda a la niña que estaba sentada delante del televisor concentrada en el dibujo de otra figura estilizada.

—Creo que eres tú —dijo Shannon haciendo un gesto con la cabeza hacia el dibujo.

Eden, sorprendida, se reconoció. Aunque el dibujo era muy tosco, Peyton había conseguido captar su rostro triangular y la caída de sus cabellos cortos sobre la frente. En el cielo resplandecía un sol amarillo.

—Tengo que irme —dijo Shannon—. Estaremos en contacto… a través de Owen.

Eden asintió con un gesto aunque no deseaba que se marchara: de pronto se sintió impotente, abandonada. Shannon le dio un último apretón de manos y la soltó.

—Buena suerte —añadió— para ti y tu familia.

—Te llevaré la maleta —dijo Owen con una voz bronca que hizo pensar a Eden que él tampoco deseaba que su hermana se fuera.

La hermana de Owen se arrodilló en el suelo al lado de Peyton, le dijo adiós y que fuera buena chica. La niña bostezó y ni siquiera levantó la vista. Se sobresaltó ligeramente cuando Shannon intentó besarla en la mejilla, pero permitió que sus labios le rozaran la cara ligeramente. Shannon se limitó a sonreír y a acariciar las mejillas de Peyton. La niña la ignoró y agarró el lápiz con más fuerza. Estaba dibujando una niña con los cabellos negros al lado de la figura de Eden.

Sobre sus cabezas dibujó un hombre flotando. Pintó sus cabellos meticulosamente, eran de color azul turquesa.

Cuando Owen volvió de acompañar a Shannon, a Eden se le puso la carne de gallina.

Aunque Peyton estaba en el suelo entre ellos dos, tarareando y pintando, a ella le pareció que se había quedado con él a solas. Como si la marcha de Shannon se hubiera llevado la pared protectora que se alzaba entre ellos.

—Tengo que ir a empaquetar unas cuantas cosas que me ha encargado Jessie —dijo.

—Bien —contestó Owen con tono aburrido—. Se las puedo llevar ahora. Voy a ir a la ciudad. Tengo que atender unos asuntos.

—¿Cuál es la habitación de Jessie?

—La primera a la izquierda al fondo del pasillo.

Se excusó y prácticamente registró de arriba abajo los cajones y los armarios de su abuela buscando el camisón, las zapatillas y las pilas. Lo metió todo de cualquier manera en una bolsa del supermercado consciente de que a Jessie le desagradaría el desorden. No le importaba. Su instinto le decía que lo mejor sería que Owen saliera de la casa lo antes posible. Sin embargo, cuando metió las zapatillas en la bolsa se detuvo y miró sorprendida encima del escritorio de su abuela. Allí, ordenadas, y en unos marcos baratos, estaban las últimas fotos de ella y de Mimí.

Mimí, pequeña y sonriernte, con sus cabellos ensortijados y su abierta sonrisa mostrando el aparato la de ortodoncia. Y, ella, Eden, una jovencita piernilarga de doce años, orgullosa y casi altanera, con el vestido de fiesta que llevó durante su primer recital. Ella y Mimí sentadas frente al remolque, con las cabezas juntas, riéndose de alguna broma que ya no recordaba.

Sintió una punzada en el fondo del corazón. ¿Jessie había conservado esos retratos? ¿Los había guardado en un lugar donde iba a ser lo primero que viera por la mañana y lo último por la noche? ¿Después de todo el daño que ambas le habían hecho? ¿Esa jovencita flaca de sonrisa abierta, era de verdad Mimí con su salvaje y bonita voz y sus sueños de Nashville? ¿Y esa otra jovencita, alta y al parecer tan pagada de sí misma, era realmente ella escondiendo sus temores acerca del mundo?

No quería pensar en ello, y lo apartó de su mente. Se alejó de allí cogiendo la abultada bolsa, entró en el cuarto de baño y metió en ella los tres frascos de las medicinas. El corazón le seguía latiendo con fuerza y el nudo que se le había hecho en la garganta se negaba a desaparecer. «¡Diablos! —pensó—. ¡Diablos! No quiero recordar todo esto. No quiero.»

Volvió a la sala de estar y le dio la bolsa a Owen. Tuvo cuidado de no tocarlo. Él parecía estar tan preocupado por no hacerlo como ella.

—Bueno —dijo mirándola de arriba abajo— ahora te dejo sola.

Eden consiguió sonreír tras hacer un esfuerzo.

—Nos quedamos las dos. Estaremos bien. Estupendamente.

Owen volvió a mirarla de arriba abajo.

—Me dejaré caer cuando vuelva para ver cómo estáis.

—No hace falta —repuso ella con mucho ánimo, quizá demasiado.

«Ya lo sé —parecía decir la expresión de Owen—. Yo tampoco deseo hacerlo. Pero lo haré.»

Cuando cerró la puerta de golpe tras él, Eden lanzó un suspiro de alivio. No se había dado cuenta de que mientras él estaba allí, había estado conteniendo la respiración.

—Y, ahora, veamos qué pasa con esta niña —murmuró entre dientes.

Se sentó al lado de Peyton con las piernas cruzadas.

—Eres una verdadera artista —dijo con el mismo entusiasmo que utilizaba en los anuncios de desayuno de cereales y juguetes de plástico para niños.

—¡Ahá! —fue el desinteresado comentario de Peyton.

—¿Estás dibujando tu casa? —preguntó Eden amistosamente—. ¿La casa con la puerta encarnada?

—¡Ahá! —murmuró Peyton—. Tienes un gato. Lo sé.

—Sí —convino Eden—. Pero es el gato de un amigo mío. ¿Dónde está la casa de la puerta encarnada? ¿Lo sabes?

Peyton se sacó el pulgar de la boca y contempló el dibujo con expresión solemne.

—El gato se llama Po-lo-ni-us. Po-lo-ni-us. Me lo dijo Henry —y volvió a meterse el pulgar en la boca.

Eden se quedó mirando sorprendida a la niña.

—¿Quién es Henry?

—Mi amigo.

—¿Y puedes decirme dónde está Henry? —le preguntó con cuidado, esperando obtener una respuesta.

Peyton señaló con el lápiz una silla vacía.

—Allí. Te está mirando.

«Un amigo imaginario —pensó Eden—. Consuelo de los niños solos.» Se sentó, encogió las piernas y las rodeó con los brazos.

—Oh, ya veo. ¿Y Henry ha venido contigo desde Arkansas?

Peyton le dirigió una tímida mirada y rápidamente la desvió. Luego asintió.

—Tiene el pelo azul. Y puede volar.

Eden intentó otra aproximación.

—Yo he venido de California. Pero crecí aquí, con tu mamá. Somos hermanas. Mi apellido es Storey, como el suyo. ¿El tuyo también es Storey?

—Tengo hambre —dijo Peyton, dirigiendo a Eden una mirada tímida y expectante—. ¿Me comprarás un helado?

—Luego. Primero quiero que me digas de dónde has venido.

La niña parecía asustada y giró la cabeza.

—Mi mamá me dijo que no lo dijera a nadie —dijo agarrando con más fuerza el lápiz turquesa—. Mi mamá se fue. Siempre se va.

Eden se inclinó hacia delante y apoyó una mano en el hombro de la niña.

—Escucha, Peyton. Voy a intentar ayudarte para que vuelva tu madre. A mí puedes decírmelo, soy la hermana de tu madre.

Peyton evitó el roce de la mano de Eden como si creyera que le iba a hacer daño.

—Si tu madre estuviera aquí —insistió— le parecería bien que hablaras conmigo. Quiere que lo hagas.

El labio inferior de la niña empezó a temblar, inclinó la cabeza y se tapó los oídos con las manos.

—No mires al diablo, no escuches al diablo, no hables con el diablo.

Eden se quedó mirando a la niña preocupada y frustrada. Entonces el timbre del teléfono la sobresaltó. Alargó la mano para acariciar los cabellos de Peyton, pero la niña evitó la mano.

El timbre seguía insistiendo y Eden se levantó del suelo y fue a contestar. Estaba en una mesita junto a la estatua de una diosa hindú con cabeza de elefante y seis brazos.

—¿Diga?.

—He estado llamando a mi número de videncia —le espetó Jessie—. Ha sonado y sonado y nadie ha contestado. ¿Acaso no lo has conectado todavía?

Eden dejó escapar un suspiro de frustración.

—Sólo hace un rato que estoy aquí, Jessie. Shannon y Owen acaban de marcharse. Y ahora estoy intentando ganarme la confianza de Peyton.

—Bien, pues gánatela con el teléfono conectado. ¿Es que no puedes caminar y silbar al mismo tiempo?

—Lo he olvidado, eso es todo. Me parece que la niña es más importante.

—Claro que es importante. No digo que no lo sea.

—Necesitamos que nos conteste a unas preguntas.

—Bueno, pues no las va a contestar. Se parece a mí. No se la puede forzar. No señor.

—Yo no la estoy forzando. Y mientras tanto…

—Y mientras tanto, has perdido la llamada de Miz Eberhart. Telefonea todos los días a la una en punto desde Miami Beach para que le lea el tarot.

—¿Todos los días? —preguntó Eden incrédula.

—Es una viuda anciana —dijo Jessie—. Le gusta que se hable de ella. Le preocupa la artritis. Díle que se encontrará mejor.

—¿Y se encontrará mejor? —Eden odiaba mentir.

—No, ¿pero no es mejor decírselo? —replicó Jessie—. Le dará esperanzas.

Eden miró al cielo.

—Además —siguió diciendo Jessie— quiero que estés ahí cuando llame Constance. Si lo hace, síguele el juego, intenta sacarle algo. Procura no perderla. Y lo primero que tienes que hacer es conectar el teléfono. Ahora.

—Está bien — claudicó Eden—. Está bien.

—¿Owen me va a traer el camisón de color albaricoque con el encaje a juego?

—Sí, está en camino.

—¿Y las pilas para el audífono? ¿Mi mejor juego de tarot? ¿Las medicinas?

—Sí, sí, está todo —repuso Eden con impaciencia—. ¿Qué historia te traes con ese hombre? Porque la verdad es que sale corriendo a atenderte antes de cumplir con sus obligaciones.

—No creo —contestó Jessie con voz helada— que sepas mucho acerca del cumplimiento de las obligaciones.

Eden empezaba a sentirse muy irritada. ¿Qué pretendía de ella? ¿Calentarle la sangre? Lanzó un profundo suspiro.

—He venido, ¿no es cierto?

—Has tardado quince años.

«Está bien, Jessie», pensó Eden, «está bien. Desahógate.»

—¿Todavía no me has perdonado que me fuera a California?

—No te fuiste, te escapaste. Eras la única que podía haberme ayudado y te escapaste.

—Tenía dieciocho años —argumentó Eden—. Y todo el derecho a marcharme, y lo hice. Además, te dije que iba a hacerlo.

—Podríamos haber trabajado juntas. Te hubiera enseñado. Te hubiera enseñado todo lo que sé. Podríamos haber montado un buen negocio.

Eden cerró los ojos. Las sienes le latían.

—No tengo capacidad para hacerlo. No soy vidente.

—Tienes una mente rápida. Podrías leer el interior de las personas. Eres creativa. ¿Y dices que no tienes capacidad?

—Creo que es un fraude. No es lo que yo deseaba de la vida.

—No —replicó Jessie—. Querías ser actriz. ¿Qué clase de vida es esa? No tienes ninguna seguridad.

—Jessie, vivo bien… muy bien. No me preocupa el dinero. Y tú tampoco debes preocuparte. Me va estupendamente y hasta puedo ayudar…

—Bah —dijo Jessie con disgusto—. Ahora quizá. ¿Cuánto te durará? Eres como la cigarra de la fábula. Toca el violín ahora, pero cuando llegue el invierno, ¿qué harás? El mundo del espectáculo es tornadizo.

Todo lo que Jessie sabía acerca del mundo del espectáculo, pensó Eden tristemente, era un cliché; de hecho, no sabía absolutamente nada acerca del doblaje de voces y tampoco le interesaba. Era inútil discutir con ella.

—Esta es la misma discusión que tuvimos hace quince años. Dejémoslo, ¿quieres?

—Te marchaste a Hollywood con los bolsillos vacíos y me dejaste sola con tu hermana pequeña. Eras la única con la que yo podía contar.

—No quiero hablar más de ello —dijo Eden con firmeza—. Aquí hay una niña pequeña que necesita que se ocupen de ella. Es lo único que importa.

—Encontrar a Mimí también importa. En lo único que piensas es en volver a California. Conecta el teléfono, ¿me oyes? Tienes responsabilidades.

Clic.

Eden se estremeció. Jessie le había colgado el teléfono con fuerza, con vehemencia.

Peyton seguía sentada frente al televisor, había dejado los lápices y cruzado las piernas, y se había vuelto a meter el pulgar en la boca. Miraba los dibujos animados sin verlos. Estaba amodorrada.

«No es el momento de agobiarla», pensó Eden; también ella estaba muy cansada.

—Peyton, ¿conoces a una mujer que se llama Constance? —preguntó, a pesar de sus buenas intenciones.

Peyton la miró. Siguió con el pulgar dentro de la boca manteniendo el codo levantado y rígido.

—Henry y yo tenemos una canción secreta —contestó— Nos mantiene a salvo.

Se puso a tararearla.

Y ya no dijo nada más.

# Capítulo 5

Eden, de mala gana, conectó la línea telefónica de la videncia. El despacho le resultaba desconocido, pero con un esfuerzo recordó objetos que le eran familiares desde la infancia.

La mesa de Jessie estaba llena de estatuillas y figuritas, y otras parafernalias ocultistas; entre ellas la bola de cristal que descansaba apoyada en una tortuga de bronce. La cachina apache con máscara de oso, estaba al lado de la diosa china de porcelana, de rostro distante.

Eden meneó la cabeza ante tanta confusión de fetiches, talismanes y amuletos. Volvió a conectar el teléfono. De pronto, se dio cuenta que estaba dando unas palmadas para limpiarse las manos, como si hubiera tocado algo sucio.

Segundos después de haberlo conectado, el teléfono empezó a sonar. Se sentó ante el gran escritorio y miró con el ceño fruncido la bola de cristal y las cartas del tarot. Levantó el receptor.

—Hermana Jessie —su voz tenía el mismo tono que el de su abuela—. Vidente por la gracia de Dios.

«Me siento como una imbécil sin la gracia de Dios —pensó—. Seguro que me condenará.»

Conocía bien el trabajo de Jessie. Apretó la mandíbula y acercó la caja que contenía el fichero de los clientes. La caja estaba labrada con figuras de estrellas, planetas, soles.

— ¿Hemos hablado antes? —preguntó Eden.

—No —contestó una temblorosa voz de mujer—. Nunca había hecho una llamada como esta. ¿Qué tengo que hacer?

—En primer lugar, dígame su fecha de nacimiento —dijo Eden con la voz profunda de Jessie—. No puedo hablar con usted si no es mayor de dieciocho años.

La mujer pareció vacilar un instante.

—Dos de mayo de 1956.

Eden escribió la fecha en una ficha nueva.

—Tauro —dijo—. Este es un año de cambios para los Tauro. Dígame su nombre y le diré su número de la suerte. Deletréelo.

—Lily —dijo la mujer tragando saliva— Lilian Marlowe —deletreó.

Eden escribió el nombre en la ficha, contó las letras y realizó un cálculo sencillo.

—Su número de la suerte es el cuatro —dijo como si aquello fuera una proclamación—. Utilícelo sabiamente. Y, ahora, ¿cuál es la primera pregunta que le desea hacer a la hermana Jessie?

—Me... me gustaría saber un número de lotería —dijo Lilian Marlowe—. Necesito un número ganador. Lo necesito.

El corazón de Eden sufrió un sobresalto. Odiaba las preguntas sobre el juego en general y la lotería en particular.

—Está bien. ¿Cuántos dígitos ha de tener el número?

—Cuatro —repuso la mujer con firmeza—. Necesito cuatro.

—Vamos a ver —contestó Eden, emitiendo un sonido que vibró como un mantra—. Está bien. Pero tendrá que ayudar, o no servirá. Quiero que se concentre en la idea de que va a ganar ese dinero. Quiero que lo visualice. Que vea el dinero con los ojos del espíritu y lo toque con la mano del espíritu. ¿Está dispuesta?

—Yo... yo nunca lo he hecho antes —repuso la mujer.

—Frótese los ojos e imagínese esos billetes hermosos y verdes —le ordenó Eden—. ¿Los ve?

Hubo un silencio incómodo.

—¡Puedo hacerlo! Los veo a mi alrededor en preciosos montones... —dijo la mujer con una voz llena de un temor reverencial.

—Muy bien. Ahora voy a entrar en trance y leeré su aura numérica.

Eden cogió una pequeña maza y golpeó con ella unas campanitas indias que colgaban junto al teléfono. Las campanitas tintinearon con

66

un escalofriante y dulce sonido que parecía provenir del otro mundo. Mientras tanto, Eden trató de pensar en un número, cualquier número.

Cuando se desvaneció la resonancia de las campanitas decidió, desesperada casi, optar por los primeros cuatro números del código postal de Jessie.

—Lo estoy viendo. Lo estoy viendo. Siete-dos-siete-seis. Lo veo con toda claridad. Apúntelo: siete-dos-siete-seis.

—Oh, gracias, hermana, gracias —dijo la mujer muy excitada—. No sabe cuánto necesito el dinero… para la operación de mi hijo.

Cuando escuchó aquellas palabras Eden sintió que el corazón se le contraía. ¿Estaba ayudando a aquella mujer a tirar su dinero cuando lo que necesitaba era la ayuda de un médico?

—Una operación —repitió.

—Quiere ser un doble de Elvis Presley —dijo la mujer con orgullo—. Pero le tienen que arreglar la nariz. Se la rompió en una pelea.

La sensación de culpa de Eden le desapareció de golpe, sustituida por la sorpresa.

— ¡Oooh! —exclamó.

—Vamos a Graceland dos veces al año. Es como un peregrinaje —dijo la mujer— Tengo todas las camisetas de The King, los vídeos, todo; hasta mi teléfono es una copia del suyo.

—Ahhh —murmuró Eden.

—Gracias, hermana. Rezaré por usted la próxima vez que vaya a Graceland. Adiós.

Eden colgó el teléfono y se cubrió la cara con las manos.

—Señoras y señores —murmuró—. Elvis ha abandonado el edificio.

Hizo un esfuerzo para garabatear una rápida anotación sobre Lily en la ficha. Luego se levantó y salió de la habitación para ir a ver a Peyton.

La televisión seguía encendida y ahora estaban pasando los dibujos de «Fearless Fran» en los que Eden había trabajado hacía unos años.

Peyton se encontraba estirada frente al aparato, con el cuerpo relajado; el lápiz se le había deslizado de la mano: se había dormido. Se apoyó en el marco de la puerta, preguntándose si debía despertarla. La niña necesitaba dormir. Pero, si lo hacía ahora ¿dormiría luego por la noche?

El teléfono volvió a sonar y Eden tuvo que aplazar la decisión para más tarde. Volvió a la mesa del despacho y levantó el auricular. Bajó la voz una octava y se dispuso a imitar la forma de hablar de su abuela.

—Hermana Jessie. Vidente por la gracia de Dios.

Se trataba de Lionel Bevans que telefoneaba desde Nueva York. Eden localizó rápidamente la ficha y le sorprendió ver que era un corredor de bolsa que llamaba con regularidad para pedir consejo.

—Jessie… no he podido contactar contigo esta mañana —dijo Bevans con voz cordial—. Quiero consultarte algo acerca de ciertos activos.

—Pregunta —contestó Eden, que sabía tanto de activos como de los anillos de Saturno.

Al otro extremo de la línea oyó el ruido de papeles.

—Espero que tengas bien pulida la bola de cristal.

—Está resplandeciente —mintió Eden imitando a la perfección el tono seguro de su abuela.

—Muy bien. Ahora dime algo sobre Hammer Amalgamated.

A Eden le rechinaron los dientes.

—¿Qué quieres saber?

—¿Mantengo o vendo?

Eden garabateó las palabras «mantener» «vender» en un pedazo de papel, cerró los ojos y pinchó el papel con la punta del bolígrafo. Luego abrió los ojos cautelosamente.

—Vende.

—¿Seguro?

—Seguro. «¿Así es como funciona la economía?», pensó Eden horrorizada.

—Me encanta cuando estás tan segura —rió él con alegría—. Siempre es una buena señal para mí. ¿Qué hago con Amondale? Es una empresa de investigación. ¿La compro? ¿No la compro?

Eden garabateó «comprar» y «no comprar» en el otro lado del papel, cerró los ojos y volvió a pincharlo. Luego examinó el resultado.

—No compres —le ordenó.

Él pareció decepcionado.

—Me sorprendes. ¿Es que percibes algo negativo? ¿Puedes decirme de qué se trata?

—Las estrellas lo desaconsejan —replicó Eden escuetamente—. Y con las estrellas no se discute.

—Bueno, tú eres la vidente. —Suspiró—. De acuerdo, ahora viene una interesante. ¿He de comprar o no? Polar-Nilsen Limited. Han desarrollado un nuevo protocolo de comunicaciones asíncronas que podría ser lo más grande que ha aparecido desde la multiplexión.

"Dios mío, si ni siquiera habla inglés", se inquietó Eden, pero volvió a repetir el juego insensato del bolígrafo.

—Compra —contestó con un profundo suspiro y con la autoridad de una empresaria.

—Jessie —dijo él con voz risueña—, eres maravillosa. Si todo va bien te enviaré una caja de esos bombones que tanto te gustan.

Cuando el hombre se despidió a Eden le temblaban las manos por su osadía.

—Qué demonios —murmuró—. Sólo es dinero. Su dinero.

Casi inmediatamente el teléfono volvió a sonar. Era una mujer de Peoria que le encargaba el horóscopo de los gatitos que acababa de tener su gata.

Owen sólo estuvo en la habitación de Jessie unos minutos, pero suficientes para darse cuenta de que la anciana estaba muy cansada. Tenía la piel pálida como el pergamino y la espalda, normalmente recta como un palo, ahora estaba curvada. Jugueteaba con la baraja del tarot, mezclándola una y otra vez con mano experta. La luz del sol otoñal entraba por la ventana y sacaba reflejos de la cantidad de anillos y pulseras que llevaba.

—Siento mucho todas esta situación —murmuró—. Sé que querías ir de caza.

Owen apoyó la mano en el brazo desnudo de la anciana y le sorprendió lo fría que estaba.

—No importa. Necesitas descansar.

—Estoy bien —insistió Jessie. Distribuyendo las cartas en forma de cruz.

Frunció el entrecejo.

—Demonios, no quiero aquí la carta de la luna.

Owen sabía muy bien que no se podía discutir con ella.

—Tengo que irme —dijo dándole unas palmaditas en el brazo. Pensaba en la cacería en los bosques. En Tulsa, en Cossette's.

Jessie levantó la vista y fijó en él sus extraordinarios ojos.

—No… espera. Te dije que te ocuparas de Peyton. ¿Puedes hacerlo?

Owen sintió un nudo en el estómago.

—Me ocuparé. Puedo hacerlo.

—Me preocupa Mimí. Hay un hombre mezclado en todo esto, lo presiento. Y no quiero que venga por aquí —echó otra carta y meneó la cabeza—. Hablando del diablo, aquí está. Hola, cara de cabra. Sal de la vida de mi nieta.

Owen reprimió una sonrisa. Ese era el estilo de Jessie hasta para hablar con el diablo. Pero la anciana no le devolvió la sonrisa.

—Hay algo que no puedo decirte. Que no se lo puedo decir a nadie.

Él sintió que le dominaba un presentimiento y no dijo nada, esperó a que ella continuara.

—Si algo le sucediera a Mimí —dijo con expresión sombría— y a mí también me sucediera algo… que Eden se quede con la niña. Que se la lleve. Es su deber. Tienes que hacer que lo comprenda.

Owen tensó los músculos.

—Jessie, te vas a poner bien. Y encontraremos a Mimí.

—Dile a Eden que te lo he dicho, por favor.

Después volvió a apoyarse en la almohada con expresión cansada.

—Esto es entre tú y ella, no es asunto mío…

—¿Acaso me escucha?. Por favor, díselo tú. Por favor.

«Dios, ¿dónde me estoy metiendo?» se increpó a sí mismo.

Jessie estaba tan débil y macilenta que temió por ella.

Apretó las mandíbulas.

—Se lo diré. ¿Te basta con eso?

—Sí

—Estás cansada. Me voy. Debes descansar.

La anciana agitó la mano débilmente pidiéndole que se quedara.

—Todavía no. Una cosa más. La mujer de ayer, la del coche. Te dije que no podía acordarme mucho de ella. Era tan corriente… edad corriente, estatura corriente, todo era corriente.

—Dijiste que tenía el pelo castaño, con canas.

—Un castaño corriente —dijo Jessie—. Con unas canas corrientes. Pero recuerdo algo más de ella.

—Bien, quizá ayude.

—Llevaba una camiseta desteñida con un estampado de un coche o un camión. Decía «Ness Ford» o «Ness Chevrolet».

—¿Estás segura?

—Lo recuerdo por lo del monstruo del lago Ness. Quizá fuera «Ness Hudson».

—Ya no se fabrican Hudson.

—De todas formas, era Ness. Aunque también podría haber sido Loch —añadió cerrando los ojos.

«Vamos, Jess —pensó Owen—, no estás en tus cabales. No debí creerte nunca. Estás vieja.»

Apartó la bandeja con las cartas y la dejó fuera de su alcance.

—Descansa; es una orden —dijo suavemente.

Decidió que mientras ella estuviera en el hospital llamaría a Alwin Swinnerton de GuardLok para instalar un sistema de seguridad en casa de Jessie; era algo que ella siempre había rechazado. Luego se volvió y salió de la habitación.

El pasillo olía a loción y a antiséptico; y, a tristeza.

No tenía ganas de volver a casa de Jessie. Le repelía la niña y le atraía la mujer; y ambas cosas le disgustaban.

Decidió bajar por las escaleras en lugar de hacerlo en ascensor. Luego deseó no haberlo hecho. Tuvo que pasar por delante de la habitación en la que Laurie murió. Mecánicamente echó un vistazo al interior. Una mujer yacía inmóvil en la cama. Era tan joven y estaba tan esquelética como Laurie. Tuvo que apartarse de allí a toda prisa.

Eden salió del despacho. Necesitaba una taza de café negro y fuerte para recuperar toda su energía. Hacer horóscopos, incluidos los de los gatos, resultaba un trabajo agotador. Pero cuando alcanzaba a la puerta, el teléfono volvió a sonar. «Demonios», pensó. Volvió atrás y descolgó el receptor.

—Hermana Jessie. Vidente por la gracia de Dios.

Durante un segundo, sólo respondió el silencio.

—Hermana Jessie —dijo, al fin, una voz de mujer— soy yo. Connie, Constance. Tengo que hablar con usted.

«Dios santo —pensó Eden con un escalofrío—. Dios mío.» Casi había olvidado a Constance. La mujer tenía una voz áspera, susurrante y velada.

—Está bien, Constance —dijo Eden—. Hola, querida. ¿Cómo está?

Buscó afanosamente entre las fichas que había en la caja, y sacó una cubierta con la caligrafía puntiaguda de Jessie.

*Nombre Constance (¿apellido?)*
*De se ignora*
*Fecha de nacimiento 21 de marzo de 1965 (nacimiento en cúspide)*

*Llamadas:*
*11-9 Preocupada por un proyecto que ella tiene, desea saber cuándo lo conseguirá. Dice que sacó mi nombre de alguien que me conoce. No recuerda quién. Hay algo que la altera. Le interesa saber de una niña nacida el 2-8-93.*

*17-9 Me pregunta si va a ir a un lugar diferente del que tiene proyectado. Yo le pregunto qué lugar es ése y ella dice que NO PUEDE HABLAR DE ELLO. Le digo que las cartas dicen que un viaje puede ser peligroso. Que tenga cuidado. Pregunta si la fecha en octubre es buena. No le contesto claramente. Presiento a Mimí con mucha fuerza.*

*2-10 Pregunta si tendrá suerte y en las cartas sale la Fuerza. No se lo digo. Está atenta a lo que vaya a decirle. Me consulta fechas y fechas de nacimiento de otras personas. Una de ellas es de Mimí.*

*2-10 Pregunta si tendrá suerte esta noche y las cartas responden que sí. Algo la pone muy nerviosa y yo tengo una visión muy real en la que Mimí necesita mi ayuda. En mi mente aparecen las imágenes de las serpientes.*

—Estoy preocupada hermana Jessie —dice Constance—. Tengo que hacerle... unas preguntas.

Si la mujer estaba preocupada de verdad, su voz sonaba extrañamente calmada, casi abstraída. Y su voz cascada sonaba ligeramente a falso. O había bebido o la falsedad formaba parte de su lenguaje.

—¿Desea una consulta de tarot, querida?

—Sí.

Eden volvió a sentarse ante el escritorio y cogió la baraja de cartas. Empezó a barajar con dedos nerviosos.

—Quiero hacer una consulta sobre la muerte.

Aquellas palabras la sobresaltaron, se puso tensa.

—¿Sí?

—Cuando la gente muere de repente, sin esperarlo, ¿sufre mucho?

—Eso depende de cómo sea la muerte.

—Como esa gente que murió en el accidente de avión —dijo la mujer—. Ese que explotó en Miami. No sufrieron, ¿verdad?; o, ¿sí sufrieron?

Eden repasó mentalmente las posibles respuestas de Jessie para justificar la tragedia.

—Ahora ya no sufren. Todo sucede siempre por una razón. Se cree que hay almas que han de abandonar la vida rápidamente. Así aprenden una lección.

—No lo comprendo —la voz llegó como un susurro de hojas muertas y ramas rotas.

«Yo tampoco —pensó Eden—. Nunca lo comprendí y nunca lo comprenderé». Procuró no pensar en su madre que había muerto de repente atropellada por un coche cuando cruzaba descuidadamente una calle oscura y llena de niebla. Y recordó las empalagosas perogrulladas de Jessie; algo en lo que ella no tenía ninguna confianza.

—La muerte enseña tanto como la vida. De esto no hay duda.

De nuevo la mujer vaciló antes de responder.

—En general no me da miedo la muerte —dijo con voz ronca y susurrante— Pero… a veces… me paraliza.

«¿Este es tu problema, Constance? ¿Estás enferma, moribunda? ¿Por eso tu voz suena de esta manera?»

—No hay que temerla —recitó Eden—. Te adentras en un túnel de luz. No hay sufrimiento ni dolor, ni miedo.

«Estoy haciendo que la muerte se parezca a ir a un dentista que no hace daño. No ha dolido, ¿verdad? Y ahora, enjuáguese. Por favor, límpiese los dientes con hilo dental.»

—¿Me ha entendido? —preguntó Eden.

Hubo una larga pausa que encontró siniestra.

—Sí; quizá. No lo sé.

—¿Quiere hacer otras consultas?

—Sí, sobre una niña —dijo la mujer con la voz bronca y entrecortada—. La niña ha salido de viaje. ¿Se encuentra a salvo? ¿Ha llegado bien?

«Una niña. Peyton.» Eden se sobresaltó como si hubiera recibido un golpe. «Jessie estaba en lo cierto —pensó—. Oh, esta vez Jessie tenía razón.»

—Yo... yo —tartamudeó— ¿quién es esa niña?

—Hábleme de ella —dijo la mujer, que respiraba trabajosamente—. ¿Ha llegado bien?

La cabeza de Eden empezó a dar vueltas, no sabía qué contestar.

—Esa niña —dijo con cautela— ¿tiene un nombre que empieza por p?

A la mujer se le quebró la voz debido a algo que parecía un sollozo o un suspiro.

—Sí. ¿Está a salvo?

Eden apretó la mano alrededor de la baraja y se mordió el labio herido. Ni siquiera sintió dolor.

—¿Hermana Jessie? ¿Me ha oído?

Eden lanzó un suspiro largo y profundo.

—La niña está a salvo.

—Lea las cartas —dijo la voz en tono quejumbroso—. Dígame si tendrá suerte. Tengo que saberlo.

Eden, desesperada y angustiada, tuvo la sensación de que aquella mujer era vulnerable y estaba alterada, que podía colgar el teléfono en cualquier momento y que ella no debía presionarla.

—¿Desea saber si tendrá suerte? —preguntó Eden cautelosamente—. ¿Nada más? Voy a echar las cartas.

Constance vaciló.

—Eso, y cuándo me marcharé de aquí —murmuró—. Aunque creo saberlo. ¿Qué dicen las cartas?

Eden fue sacando cartas y disponiéndolas hasta formar una cruz celta. Dominó un estremecimiento cuando vio que la carta central era un mal presagio, el nueve de espadas.

—¡Aaah! —dijo con falsa alegría— esta niña va a tener mucha suerte.

Dio la vuelta a la primera carta. Era el colgado, otro signo de adversidad.

—Mucho más feliz que usted —mintió—. ¿Dónde está ahora, querida? ¿A dónde quiere trasladarse?

—Mmmmm.

—Constance, ¿dónde está?

—Mmmm. No puedo decirlo —respondió con su voz ronca.

A Eden le rechinaron los dientes. Había algo indefinible en aquella voz que le molestaba, que la ponía nerviosa.

Intentó ganar tiempo y giró la carta siguiente: el ocho de espadas auguraba lo impredecible.

—Su suerte se va dilatando y dilatando —dijo Eden con un falso tono confidencial—. Está hablando con la persona adecuada. De hecho, creo que los espíritus me la han enviado para que pueda ser su amiga.

Eden contuvo la respiración. La mujer no contestó.

—Confíe en mí —dijo Eden—. Por favor. Confíe en mí.

Un largo silencio. Eden pensó en la niña que dormía en la sala de estar y sintió los latidos del corazón en las costillas.

Apoyó un codo en la mesa y la barbilla en la mano. Cerró los ojos y luchó contra el dolor endiablado que empezaba a nacerle en la frente. La mujer seguía sin responder.

—¿Tiene algún problema? Cuéntemelo. La ayudaré.

—Ya lo ha hecho. Gracias —un suave clic resonó en el oído de Eden.

Está atormentada pensó Eden, cogió las fichas y releyó lo que Jessie había escrito. Una sospecha comenzó a formarse en su mente, aunque era demasiado terrible para pronunciarla, para decirla siquiera en silencio.

Empezó a escribir mecánicamente en la parte inferior de la ficha, pero el teléfono volvió a sonar. «¡Demonios!» se dijo mientras dejaba el bolígrafo con un gesto de frustración. Enderezó la espalda, se aclaró la garganta, y se dispuso a interpretar su papel. Levantó el auricular.

—Hermana Jessie. Vidente por la gracia de Dios.

Se quedó mirando fijamente la bola de cristal que parecía burlarse de ella.

La mujer de la habitación del motel dio una calada al cigarrillo y se pasó la mano por los oscuros cabellos enmarañados. Puso un trozo de papel de periódico en la mesilla de noche al lado de los billetes; sus ojos se llenaron de lágrimas.

«No debí llamar —pensó, y ladeó un poco la cabeza. Se enjugó los ojos con el dorso de la mano—. Pero tenía que llamar. No debí hacerlo. Oh, mierda.»

Suspiró y levantó los ojos contemplando el humo azulado que se elevaba dispersándose como un fantasma.

«Como yo —pensó—. Como yo.»

Se había registrado en la habitación del motel con el nombre de Constance Caine, un nombre que se había inventado de pequeña. Era el nombre que habría utilizado cuando se hubiera convertido en una cantante famosa de country & western. La hermosa y talentuda Miss Constance Caine y su fabulosa voz.

Ahora su voz daba asco, y Constance era sólo un nombre como cualquier otro de los que utilizaba habitualmente… ni siquiera los recordaba todos. ¿Qué importancia tenía? Todo estaba a punto de acabar.

Tenía una botella de vino y un cartón de cigarrillos y había comprado entradas baratas para casi todos los espectáculos de la ciudad. Era una verdadera Rhinestone Cowgirl y ese iba a ser su rodeo adornado con lentejuelas.

Se volvió a mirar la pantalla del televisor. Desde ayer, la Cable News Network no dejaba de hablar de la explosión del vuelo 217 de la Nassau-Air. Cada hora repetían la noticia y pasaban las imágenes. Estaban empezando otra vez.

«Una explosión misteriosa, cuya causa se desconocía. Los trece pasajeros que iban a bordo habían muerto; también el piloto y el copiloto».

Se sentó en el borde de la cama y contempló la pantalla como si estuviera hipnotizada. Sintió náuseas, estaba aturdida, paralizada por la culpa, como si ésta fuera un enorme gancho y ella colgara de él retorciéndose.

Drace, el muy jodido, lo había conseguido. Él lo había hecho realidad. La explosión de la bomba había sido real, había trece cuerpos. Ella había participado y no tenía escapatoria.

El último informe decía que se había llamado al FBI para que ayudara en las investigaciones de la explosión… Dios mío, el FBI, Dios mío, Dios mío, Dios mío.

Reprimió un sollozo. Tenía los ojos enrojecidos de tanto llorar.

Se levantó aturdida y descorchó la segunda botella de vino barato que había comprado. Era consciente de que no debía volver a beber, pero ¿qué diablos importaba ya? Fue a darse una ducha. Volvió y se sumergió en una borrachera ciega y oscura.

En el tocador había media docena de barritas dulces. No las había tocado desde que las compró, pero ahora cogió una de Hershey. No había comido nada desde el día anterior.

Volvió a la cama, vertió vino en un vaso de plástico y le quitó el papel a la barrita dulce.

Bebió un buen trago y luego otro. No le ayudó ni le facilitó nada. Recordó las trece personas muertas en Miami. «¿Qué hemos conseguido? ¿Cómo ha podido suceder? ¿Cómo?»

Durante semanas el miedo la había dominado. Se había alimentado de sus pensamientos cuando estaba despierta y por la noche enfermaba en sueños. «¿Qué hemos conseguido? ¿Y cómo, en nombre de Dios, vamos a salir de esta?»

Se necesitaría un milagro para que continuaran en libertad, pensò.

El milagro había llegado al menos en parte. Le fue revelado a través de un medio humilde e inesperado... en la parte de atrás de un periódico de supermercado.

No sabía quién había comprado el periódico ni por qué; Drace en estas ocasiones fruncía el entrecejo: «Los medios de comunicación», decía siempre, «son el nuevo opio del pueblo». Lo había estado leyendo sentada a solas en la cocina de la granja, mientras los hombres jugaban en la cantera con los eternos explosivos. Los rayos del sol se filtraban a través de la ventanita. Motas de polvo danzaban en el aire. Entonces vio el anuncio. Decía así:

*TU VIDENTE PARTICULAR. Hermana Jessie Buddress, vidente y sanadora por la gracia de Dios. Clarividencia. Espiritismo y Medium. $3.99 el minuto. 1-900-555-6631. Endor, AR.*

Leyó estas palabras y fue como si se abriera el cielo y enviara más luz a través de la ventana; una luz que resplandecía con un brillo de pureza azul y blanco. Se inclinó sobre el periódico barato y comenzó a sollozar.

Jessie, estaba viva, y seguía en Endor.

Fue una señal: Jessie se ocuparía de Peyton, lo haría con toda seguridad, era de su misma sangre. Esperaría a la próxima vez que Drace le diera permiso para coger el viejo Mercury que se estaba oxidando. Cuando lo hiciera, conduciría hasta el Nitehawk Diner de la autopista y llamaría a Jessie por teléfono desde la cabina. Robaría una de esas tarjetas de peaje a las que Drace les tenía tanto cariño.

No le dijo a Jessie quién era. ¿Cómo hubiera podido hacerlo? «Me llamo Constance», le dijo con su voz ronca y estropeada. Sin embargo, la voz de Jessie apenas había cambiado. Mimí la encontró tan reconfortante y familiar, que le permitió que le leyera las cartas no porque creyera en ellas, sino por la resonancia de su voz.

Antes Mimí odiaba la voz de Jessie; se rebelaba contra todo lo que simbolizaba su abuela. Pero, ahora, aquella misma voz, llena de misterio y consuelo, representaba la única seguridad que había conocido.

No podía volver a casa, era imposible. Pero podía enviar a Peyton.

Y Peyton ya había llegado. ¿No se lo había dicho Jessie?

«Peyton, Peyton, ¿estás a salvo? Dile a Jessie que la quiero, que hasta ahora no lo he sabido. Dile que esta vez voy a hacer las cosas bien.»

# Capítulo 6

La interlocutora, una viuda de Peoria, dijo que mantenía correspondencia con un caballero encantador que deseaba casarse con ella. El único problema era que estaba injustamente encarcelado en la psisión de Joliet State por fraude y apropiación indebida a pesar de ser tan inocente como un recién nacido. ¿Qué le aconsejaban las estrellas?

Con firmeza, pero con tacto, Eden le dijo que las estrellas no es que deszconsejaran tal unión, sino que la prevenían contundentemente para que no lo hiciera.

La viuda, claramente disgustada, comenzó a discutir.

Eden suspiró e intentó iniciar la despedida.

—Si no me cree, llame a otro vidente.

Ese fue el momento en que Peyton, en la sala de estar, empezó a gritar.

Eden colgó el teléfono y corrió al pasillo en dirección a los gritos de la niña. El corazón le latía con fuerza en la garganta.

Peyton estaba sentada ante el televisor, la cabeza echada hacia atrás, aullando como un lobezno.

—¿Dónde estás? —gemía—. ¿Dónde estás? ¡Ayúdame! ¡Tengo sueños malos!

Eden se dejó caer de rodillas junto a la niña y la cogió en brazos.

—Estoy aquí, estoy aquí —dijo con la cabeza junto al cabello de la pequeña estrechándola con fuerza.

El cuerpecito de Peyton estaba húmedo y caliente, y tenía los rizos enredados. Se apretó contra Eden y estalló en sollozos.

—Vamos, vamos —dijo Eden inútilmente—. ¿Qué sucede? ¿Pesadillas?

Eden sintió las cálidas lágrimas de Peyton en el hombro.

—Malos sueños —repetía con voz alterada—. Malos sueños, malos sueños, malos sueños.

Eden le dio unas palmaditas en el hombro y la meció en sus brazos.

—Los sueños no son reales —dijo con la voz más suave que pudo encontrar—. Shh. Shh. Los sueños ya se han ido.

—Mamá decía que ellos me dispararían —sollozó Peyton—. No quiero que me disparen.

Eden se quedó un momento sin habla. No podía imaginar a Mimí diciéndole a la niña algo tan terrible.

—No permitiría que nadie te hiciera daño… nunca —insistió Eden—. ¿Quién iba a disparar contra ti? ¿Quién?

—Yo… no puedo decirlo —murmuró la niña entre sollozos—. Ellos me cogerán.

—No —dijo Eden con ferocidad, apretando su mejilla contra la mejilla mojada de Peyton—. Nadie va a cogerte. Estoy aquí. Estás a salvo.

Mantuvo a la niña abrazada hasta que los sollozos fueron disminuyendo y transformándose en dolorosos hipidos. A Eden le sorprendió el intenso impulso que sentía de consolar a Peyton, la marea de sensaciones que esa extraña niña hacía emerger de su interior.

Peyton suspiró y se metió el pulgar en la boca.

—Me has dejado sola —la acusó.

Eden acarició los negros rizos desordenados.

—No. Estaba aquí. En la habitación de la abuela. No te he abandonado.

Peyton se apoyó en el hombro de su tía sin dejar de succionar el pulgar.

—Todos me abandonan. ¿Dónde está la abuela?

Eden apretó a la niña entre sus brazos.

—La abuela está en el hospital. Los médicos la están curando.

—Nadie me quiere.

Eden se sintió culpable. Ella no había querido a la niña, pensar en tenerla le producía rechazo, pero no podía decir que no. Se apartó un poco y la cogió por los hombros.

—Ahora yo estoy aquí. Y aquí me quedaré hasta que la abuelita vuelva del hospital.

«Pero no más. Me ocuparé de ti si tengo que hacerlo. Pero no se me puede pedir más. No puedo quedarme contigo. No puedo quedarme con nadie. No es mi estilo.»

Louise Brodnick, una viuda de cincuenta y dos años, vivía en una casita azul en una colina de más de dos hectárteas poblada de cornejos y pinos de monte bajo, a unos diecinueve kilómetros al norte de Sedonia, Missouri.

Era una mujer de estatura y peso corriente, con el cabello castaño, corto, seco y encrespado por una mala permanente casera. La cara ancha había sido una vez agradable, aunque ahora era vulgar y estaba arrugada, las preocupaciones y las malas épocas le habían añadido una profunda expresión de dureza.

Aquel día tenía una expresión adusta. Estaba sentada ante la mesa de la cocina bebiendo café y fumando un cigarrillo tras otro, mirando fijamente el teléfono que estaba al otro lado de la repisa de la cocina. Se preguntaba qué iba a hacer, o si ya era demasiado tarde para hacer algo.

Había vuelto tan sólo hacía unas horas, pensó que al estar en casa recuperaría la paz. Por el contrario, se sentía culpable. Haber dejado allí a la niña, sin una explicación o una disculpa… a cargo de una anciana… aunque, la anciana, era una mujer impresionante.

Louise había conducido los últimos kilómetros hasta la casa de Jessie Buddress con nervios de acero, completamente resuelta a hacer lo que iba a hacer y con el corazón más duro que una piedra. Pero había algo en la niña —y en su madre— que la había emocionado desde un principio y, a la vez, le había dado miedo. De hecho deseaba hacer lo que iba a hacer y, por encima de todo, acabar de una vez.

En el prado que había delante de la casa de Louise había un letrero escrito a mano que decía: CANGURO PARA VUESTROS HIJOS, junto con su número de teléfono. Había puesto anuncios similares en tablones de anuncios por toda la ciudad: en el Wal-Mart, en la tienda de comestibles IGA, en el supermercado Piggly-Wiggly, en Harv's Stop'n'Shop, en Gas'n' Go, y en las tres iglesias baptistas.

Louise no había trabajado nunca. Cosía un poco y poseía una aptitud natural para que crecieran las hortalizas en su parcela de dos hectáreas. Vendía colchas y hortalizas, y cuidaba niños. Había criado a cuatro hijos y se había ocupado de los tres de su hermana durante los años que estuvo trabajando en el Tripmann's Restaurant.

Ahora todos los niños habían crecido y se habían marchado de Sedonia y, ella vivía demasiado lejos para ir de casa en casa buscando clientes. Así que cuando apareció Mimí Storey proponiéndole ese extraño negocio, aceptó porque necesitaba dinero.

Mimí se había plantado la semana anterior en la polvorienta entrada de su casa, conduciendo un Mercury de cinco puertas pasado de moda. La joven vestía unos tejanos sucios, cortados por encima de la rodilla, botas del ejército, y una camiseta ajustada y sin mangas con manchas de ketchup. Louise la conocía y también a su hija porque en verano, de vez en cuando, se detenían ante su casa a comprarle hortalizas.

Aunque Mimí era pequeña de estatura, y delgada, tenía unos brazos muy musculosos; llevaba tatuado en un bíceps una bandera americana. Tenía el cabello castaño, largo, crespo y natural.

Llevaba a Peyton a remolque, tirando de su mano; la niña no se parecía en nada a ella. Era tan morena como una gitana, vestía unas ropas mugrientas y tenía las rodillas sucias. Se sentó al lado de Mimí en el viejo sofá naranja y no abrió la boca.

Mimí tenía unos pómulos prominentes y una larga cicatriz blanca le atravesaba la parte delantera de la garganta como una gargantilla torcida. Cuando hablaba se le torcía la boca y tenía una voz bronca y jadeante. Le dijo que necesitaba ayuda con Peyton.

—Mire, la situación es complicada —le dijo, sentándose en el borde del sofá con un cigarrillo entre los dedos—. Es por el tipo que vive conmigo, no se lleva bien con la niña. Yo debo irme de aquí por un tiempo, pero no puedo dejarla con él, ¿me comprende?

Peyton se chupaba el pulgar y abrazaba un oso de peluche cuya pelambre estaba enredada y mugrienta. No quería mirar a Louise, a cambio, miraba fijamente la madera del suelo.

Mimí sacudió la ceniza del cigarrillo.

—Es una larga historia. En resumen, tengo que sacarla de aquí.

Mimí rodeó a Peyton con su brazo delgado y nervudo, la niña no se movió; parecía encerrada en sí misma.

—Entonces —dijo Mimí sacudiendo su abundante cabellera—, vi su anuncio y pensé: «¿por qué no?». Podría pagarle para que la llevara con mi abuela. Sé que tiene un coche, lo he visto en el camino de entrada. Nadie tiene que saberlo. ¿De acuerdo?

Louise tenía grandes reservas.

—De acuerdo —respondió, entre dientes.

—He procurado que nadie me viera entrar aquí con ella —añadió Mimí—. Es mejor que viva a las afueras de la ciudad, lejos.

A Louise todo el asunto le iba gustando cada vez menos.

—¿Usted es una de las personas que viven en Wheaton, verdad?

Del rostro de Mimí desapareció toda expresión.

—Eso no importa —contestó sacudiendo el cabello.

Louise sintió que un hormigueo de aprensión le recorría todo el cuerpo. Había rumores acerca de los habitantes de Wheaton. Que eran ocultistas o hippies o guerrilleros. A la mujer le habría gustado hacer muchas preguntas, pero no dijo nada.

Sweeney, el perro de Louise, salió renqueando de la cocina. Era un terrier mestizo, agrisado, medio ciego por las cataratas, gordo e hinchado por los gases. No se movía a no ser que le fuera absolutamente necesario.

—¿Qué le pasa a tu perro? —preguntó la niña, que dejaba oír su voz por primera vez.

—Es viejo —murmuró Louise. Se levantó y abrió la puerta para que el perro saliera al exterior a hacer sus necesidades.

—¿Se está muriendo? —preguntó Peyton directamente.

—Supongo que sí —contestó Louise suspirando. Dejó abierta la puerta y contempló a Sweeney caminar cojeando por la hierba y acuclillarse para mear. Era demasiado viejo y débil para levantar la pata.

Se volvió hacia Peyton y cruzó los brazos.

—Eso no te asusta, ¿verdad? —preguntó con toda la amabilidad que pudo mientras se preguntaba si alguien le habría hablado alguna vez a esa niña del cielo, de los ángeles y de Jesús.

Peyton se limitó a bostezar, mostrando unos dientes mal alineados.

Mimí se encogió de hombros y miró a Louise a los ojos.

—Mire, le puedo pagar seiscientos dólares para que la lleve a Arkansas y la deje allí. Es bastante dinero. Todavía no lo tengo preparado todo y la avisaré con poco tiempo. Por eso le voy a pagar tanto.

Luego dejó estupefacta a Louise, porque metió la mano el bolsillo trasero de los mugrientos tejanos y sacó un fajo de billetes aplastados.

—¿Ve? —dijo—. Le puedo pagar una parte por adelantado. Cien dólares. Se los doy ahora mismo.

Ante la visión del dinero, las reservas de Louise se desvanecieron como aves al vuelo. «Seiscientos dólares. La cantidad de cosas que podría hacer con seiscientos dólares.»

La necesidad dominó a Louise y se derrumbaron todas las barreras. El coche necesitaba neumáticos nuevos, la calefacción una reparación de urgencia ya que el invierno estaba a punto de llegar y la ventana del cuarto de baño que se había roto, aún se aguantaba con cinta adhesiva...

Mimí sonrió y la miró a través de las pestañas.

—Es bastante dinero, ¿verdad? Y cuando haya dejado a mi niña, le pagaré el resto.

La pequeña miraba fijamente al suelo y abrazaba al osito. «Haré un acto de caridad llevando a la niña», pensó Louise. «Será un acto de caridad cristiana llevar a esta pobre niña a casa de la abuela.»

—¿Cuándo quiere que lo haga? —preguntó Louise.

—Pronto —contestó Mimí de forma vaga—. Como ya le he dicho, la avisaré con poco tiempo.

—¿Qué significa pronto? —preguntó Louise con aprensión—. ¿Y con cuánta antelación me avisará?

—Dentro de un par de días, quizá antes. La llamaré. Se reunirá conmigo en algún sitio fuera de aquí y se la llevará. Para que el tipo no se entere, ¿de acuerdo?

«Malo», pensó Louise. «Es todo muy extraño. Esta mujer y su hija son muy extrañas. Wheaton es un lugar extraño.» Sin embargo, el dinero de Mimí había desvanecido todas sus dudas.

—Quizá —contestó Louise—. No estoy segura.

—Mírela —insistió Mimí con expresión zalamera rodeando a la niña con el brazo—. Es una niña fácil de tratar. Es tranquila. Sólo es un poco rara con la comida, nada más.

La niña frunció el entrecejo y continuó con la mirada fija en el suelo.

—No lo sé —dijo Louise mientras pensaba en una nuevas gafas y en que volvería a ver con toda claridad—. ¿Y a dónde tengo que llevarla?

—A Endor, Arkansas. Sólo son siete u ocho horas —contestó Mimí.

Louise lanzó un profundo suspiro y permaneció pensativa. No podía conducir siete u ocho horas de una tirada. Tendría que pararse a mitad de camino, a la ida y a la vuelta. Eso significaba ir a un motel, lo que costaría más dinero…

—No lo sé —repitió Louise.

Toda la dureza de Mimí se desvaneció y en sus ojos apareció una expresión de ruego.

—Por favor —dijo—. Tiene que ayudarme. Las cosas se me han ido de las manos.

Levantó los oscuros mechones que cubrían la frente de Peyton y le mostró la magulladura que tenía allí la niña.

—Por favor —volvió a decir—. Le levantó el brazo y le mostró otras marcas de magulladuras, marcas azuladas de dedos encima y debajo del codo—. Tengo que hacer algo. Por favor. Por el amor de Dios.

El miedo y la repulsión dominaron a Louise.

—Tiene dinero —dijo—. Escápese.

—No es tan fácil —contestó Mimí febrilmente mientras su rostro delgado pareció de pronto no sólo demasiado delgado, sino también vulnerable—. Eso me llevará algún tiempo.

—Y Louise accedió en contra de su buen juicio, sin saber si la razón había sido la piedad o la avaricia.

Mimí le puso los primeros cien dólares en la mano.

—Es nuestro secreto, ¿de acuerdo?

Louise asintió aunque no estaba muy segura si ese secreto debía mantenerse.

—Sea lo que sea que tenga que decirme, no me llame a Wheaton —le advirtió Mimí—. Yo me pondré en contacto con usted, no puede ser de otra manera.

En la mente de Louise danzaron una docena de preguntas.

—¿Y si cuando lleve a la niña surge alguna urgencia? —preguntó—. ¿Qué hago?

—Llame a mi abuela —replicó Mimí enseguida—. Le daré su número de teléfono. No tengo su dirección. Tendrá que llamarla cuando llegue a la ciudad. Y le daré unos documentos que deberá entregarle. Se llama Jessie Buddress. No le diga nada a ella. Sólo entréguele a la niña, ¿de acuerdo? Yo... yo iré a buscarla en cuanto pueda.

—¿Cuándo? —preguntó Louise—. ¿Qué trata de decirme?

—Sólo eso —le aseguró Mimí—. Iré a buscarla en cuanto pueda —volvió a acariciar a Peyton—. ¿Ves a esta señora tan simpática? Pues dentro de poco te llevará a ver a tu abuelita. Pero es un secreto, ¿sabes? No debes decírselo a nadie. A nadie.

La niña parecía tener miedo. «No quiero participar en esto», quiso decir Louise. Pero no lo hizo.

—La abuelita va a quererte mucho —le explicó Mimí a la niña.

Peyton asintió con indiferencia.

—Debemos irnos —dijo Mimí, mientras se levantaba—. A él no le gusta que estemos demasiado tiempo fuera.

—Espere, le daré unas manzanas —contestó Louise al sentir un repentino impulso de hacer algo amable por la niña—. No hay muchas, sólo algunas que han caído del árbol, pero sevirán para hacer una tarta.

Mimí no pareció agradecérselo, ni siquiera parecía interesada, pero Louise corrió a la cocina y cogió una de las bolsitas con manzanas magulladas que tenía en la repisa.

—Hay una copia con la receta de mi tarta favorita —dijo Louise—. Y también de mantequilla de manzana. Y un verso de la Biblia.

Mimí aceptó la bolsa casi a regañadientes, luego cogió la mano de Peyton y se dirigió al exterior de la casa. En el porche, la mujer se volvió y miró a Louise.

—La expresión de los ojos de Mimí era dura, pero al mismo tiempo obsesiva, desesperada casi.

—¿Va a ayudarnos? —dijo con su voz rasposa—. Cuento con usted.

Louise asintió en silencio y las vio marchar. Luego entró en la casa con el perro cojo.

«Debería llamar al centro social de la infancia —se dijo—, y al sheriff. Denunciar todo esto.»

Pero no hizo nada, y sólo esperó con una sensación de recelo la llamada de Mimí. La telefoneó el domingo por la noche.

—Vaya al NiteHawk Diner a la una de la madrugada —le dijo—. Reúnase con nosotras en el lavabo de señoras.

Louise así lo hizo. Mimí vino vestida como el día en que fue a su casa: los mismos tejanos sucios y una camiseta, aunque esta vez también llevaba una chaqueta vaquera descolorida. En cuanto a la niña, parecía que la había lavado un poco.

Observó que Peyton estaba agotada.

—Está cansada —dijo Mimí bruscamente—. Hemos venido caminando.

«¿Habían venido a pie?» pensó Louise. Debían de haber caminado más de seis kilómetros en medio de la oscuridad.

Mimí le entregó a Louise un sobre cerrado en el que había escrito: «abuela Peyton, Jessie Buddress, Endor, Arkansas 1-900-555-6631.»

—Su abuela ya sabe que va a ir —le dijo Mimí a Louise—. Le he dicho que probablemente llegarán mañana por la mañana.

—¿Tiene su dirección? —preguntó Louise, nerviosa.

—No la sé —contestó Mimí—. De todas formas haré con usted parte del camino.

—¿Qué? —exclamó Louise, a la que aquello le gustaba cada vez menos—. No me dijo nada de eso antes.

—¿Y qué diferencia hay? —preguntó Mimí. Tendrá que conducir igualmente.

—Metió la mano en el bolsillo de los tejanos y sacó un fajo de billetes. Los contó y los puso en la mano de Louise.

—Aquí tiene seiscientos dólares —dijo—. Vámonos. Quiero que nos lleve por Branson.

«¿Branson? —se preguntó Louise—. ¿Esa ciudad con tantos espectáculos musicales? ¿Por qué?» Pero no dijo nada.

Cuando subieron al coche, Mimí se mantuvo callada, mientras la niña, en el asiento trasero, parecía muy cansada y temerosa. Se puso a fumar y a mirar a través de la ventanilla con el aspecto de alguien embargado por la pena.

Al llegar a las afueras de Branson, Missouri, Mimí quiso detenerse un momento en una tienda de licores, pero no encontraron ninguna abierta.

—Al infierno con ellos —dijo Mimí con petulancia—. Dentro de poco le diré que se detenga. Me voy.

—Pero… pero… —tartamudeó Louise.

—Haga lo que le digo —le ordenó Mimí con tanta brusquedad

que Louise cerró la boca. Estaba cansada, nerviosa y, a decir verdad, tenía miedo. Deseaba acabar de una vez esa dichosa aventura.

Unos cuantos kilómetros más adelante, le dijo que se detuviera en un motel que no tenía mejor aspecto que otros de mala muerte que habían visto. En el aparcamiento que había enfrente de la oficina de recepción, Mimí la miró con expresión fiera.

—Cuide bien de la niña.

Entonces salió del coche y abrió la puerta trasera. Se inclinó hacia delante y puso las manos en los hombros de la pequeña.

—Pórtate bien con la señora Brodnik —dijo—. Y sé buena con la abuela. Cuidará muy bien de ti, te lo prometo. Mamá se va a quedar aquí un tiempo. Vendré a buscarte en cuanto pueda.

Peyton miraba a su madre con recelo, como si no la creyera.

—Te quiero mucho y estoy muy orgullosa de ti —le dijo a Peyton—. Quiero que lo sepas. Te quiero muchísimo —acabó, dando a la niña unos sonoros besos en las mejillas.

Luego salió del coche, se enderezó y miró a Louise de arriba abajo.

—Llévela a casa de mi abuela. ¿Entendido?

—Entendido —contestó Louise, mientras el corazón le latía con demasiada fuerza y demasiado deprisa.

—Adiós, pequeña —le dijo Mimí a Peyton. Luego se dio la vuelta bruscamente y se alejó.

Peyton no dijo nada. No intentó seguirla. No se echó a llorar. Sólo la miró alejarse sin dejar de chuparse el pulgar.

Louise, con el corazón desbocado, no supo qué decir en ese momento. Puso el coche en marcha y se encaminó hacia Endor.

La niña era tan poco comunicativa que la ponía nerviosa. Sólo le hizo una pregunta. Pasados veinte minutos, le dio unos golpecitos en el hombro y le preguntó:

—¿Tu perro ya se ha muerto?

—Sí —contestó ella muy nerviosa. El viejo perro se levantó una tarde para acercarse al cuenco del agua y se desplomó muerto. No deseaba hablar de ello.

Louise hizo un esfuerzo para seguir conduciendo hacia el sur, hacia Endor. «No debería de haberme metido en esto» se decía con desasosiego. «Sin embargo, Dios sabe que esta niña necesita ayuda.»

Pero sabía que ella no lo hacía por caridad o por deber cristiano. Lo hacía por dinero.

Y recibiría un castigo por ello. La niña no durmió en toda la noche, se orinó en la cama del motel y Louise creyó que iba a volverse loca. Al día siguiente, agotada, pagó la cuenta y volvió a ponerse en camino.

No obstante, cuando llegaron a Endor, poco después del mediodía, y llamó por teléfono a la abuela, aún recibió una desagradable sorpresa.

—Ya hemos llegado, tal como le dijo su hija. Traigo a la niña. ¿Dónde tengo que dejarla?

La anciana le dijo que su única hija había fallecido hacía años y que no entendía nada de lo que le estaba diciendo.

Aquella respuesta la dejó aterrorizada. ¿Tendría que quedarse con esa niña tan problemática? Por fin, cuando nombró a Mimí, Louise consiguió que la mujer le diera la dirección.

Temiendo que la anciana no aceptara a la niña, Louise se deshizo literalmente de la cría en el porche de la casa, le entregó el sobre a nombre de Jessie Buddress y huyó de allí.

Acto seguido condujo directamente hasta la frontera de Missouri, con una taquicardia tal, que creyó que iba a sufrir un ataque. A primera hora de la tarde se detuvo en otro motel, completamente exhausta. «Dios mío, ayúdame. Dios mío, ayúdame», no dejaba de decir. «Y perdóname por lo que acabo de hacer.»

Anhelaba, como alma en pena, la comodidad y seguridad de su hogar. Se sentía enferma y vomitó dos veces.

Una vez en casa, y después de pasarse media hora bebiendo café y fumando, se dijo: «Ya ha pasado. Ya ha pasado todo». Pero el corazón seguía latiéndole frenéticamente.

Eden vio el coche de Owen entrar en la parcela de Jessie. Sus emociones sufrieron un conflicto irrefrenable. No deseaba verlo. La ponía nerviosa y, sin embargo, él era su único aliado en esta tierra extraña que una vez había sido su hogar.

Se apartó de la ventana y esperó a que llamara. Cuando lo hizo, lanzó un profundo suspiro y fue a abrir la puerta.

Owen estaba en el pequeño porche de la entrada con una mano apoyada en el marco de la puerta. Tenía un aspecto tan cansado y nervioso como el de ella.

—¿Cómo se encuentra Jessie? —preguntó.

—Preocupada —repuso él bruscamente.

—¿Está preocupada? —preguntó Eden.

Feliz ella, que se encontraba a buen resguardo en el hospital.

Owen le dirigió una mirada helada que significaba que no estaba de humor para discutir.

—Está bien, lo siento —dijo Eden, aunque no era sincera—. ¿Y aparte de eso, cómo se encuentra?

Owen no se tomó el trabajo de contestar. Entró en la habitación sin que ella lo invitara a hacerlo y cerró la puerta tras de sí.

—Tú y yo tenemos que hablar.

Eden meneó la cabeza

—Me gustaría poder hablar sin tener que suplantar a nadie. Me siento muy extraña. Ha habido unas llamadas muy raras. Entre ellas una de Constance, la amiga de Jessie. Me ha puesto muy nerviosa.

La expresión de sus ojos no cambió, pero frunció el entrecejo y apretó las mandíbulas. Ella observó que a veces tenía un aspecto peligroso, de predador.

La miró de arriba abajo.

—¿Dónde está Peyton?

—Poniéndose un jersey más grueso —contestó Eden dándole la espalda y mirando por la ventana—. Está inquieta. Le he dicho que la voy a llevar al parque. No voy a dejarla salir sola.

—Bien —dijo Owen con voz inexpresiva—. Iré contigo.

Eden siguió dándole la espalda.

—No me has dicho cómo está Jessie.

—Como cabe esperar —replicó él.

«El señor Comunicación —pensó Eden llena de ira—. Su pelo puede ser de plata, pero su lengua es de oro puro.»

Se volvió cuando oyó a Peyton por el pasillo. La niña se había puesto una sudadera azul desteñida, llevaba las zapatillas de tenis desabrochadas y tropezó con uno de los cordones. Dio un traspié en el pasillo y luego quiso ponerse bien la sudadera que llevaba del revés.

Los cabellos le cubrían la cara, parecía una golfilla. Eden, a pesar de que hacía esfuerzos para no ablandarse, sintió que el corazón se le encogía.

—Oh, Peyton —dijo, con un suspiro de resignación y arrodillándose para ayudarla.

Cuando sintió la mirada de Owen clavada en ella mientras hacía un doble nudo los cordones de las zapatillas de Peyton, las manos le empezaron a temblar.

—Vamos —le dijo a Peyton—. Llevas la sudadera del revés.

—Así está bien —insistió Peyton, apartándose de ella—. Da buena suerte.

Eden parpadeó, sorprendida. Esa era una de las supersticiones de Jessie.

—¿Te ha dicho eso tu madre?

Peyton pareció ofenderse.

La joven lamentó haber sobresaltado a la niña e intentó arreglarlo.

—Si te la pones al revés a propósito, no cuenta. Ha de ser por casualidad. Ven.

Eden le quitó la sudadera, cosa que pareció no gustarle a Peyton.

—Quiero tener buena suerte.

—Buscaremos un trébol de cuatro hojas —dijo Eden, poniéndola del derecho—. Levanta los brazos. —Y se la puso por la cabeza.

—Oh —gruñó Peyton—. Uf.

—Pórtate bien —le advirtió Eden—. O no salimos. Ve a cepillarte el pelo.

—Ya lo he hecho.

—Vuelve a hacerlo.

Cuando Peyton se dirigió hacia el cuarto de baño, Eden, que seguía arrodillada en la alfombra, dominó el impulso de inclinar la cabeza y rezar para encontrar fuerzas. Se levantó e intentó ocultar esa exasperante sensación de falta de adecuación.

Al volverse, observó la fría mirada de Owen.

—Ya lo sé —dijo—. No sirvo para esto. Pero no tienes porqué recordármelo.

—Oh, no —exclamó él—, eres todo lo que tiene.

—Por ahora —contestó Eden, a la defensiva.

—Quizá sea una suerte. Jessie dice que quiere que prometas que cuidarás de ella si tu abuela no puede hacerlo.

Eden se sobresaltó. El corazón comenzó a latirle desbocado. No estaba hecha para la maternidad.

—¿Quedarme con ella? ¿Yo?

Peyton irrumpió en la habitación, apenas se había pasado el cepillo.

Eden no dijo nada más. No podían hablar de ese tema delante de la niña.

—Os llevaré al parque —dijo Owen—. Ella podrá jugar y nosotros hablaremos allí.

El modo de mirarla le produjo un profundo escalofrío que la recorrió de arriba abajo.

El estrecho sendero atravesaba el bosque que había detrás de la casa y conducía hasta los límites de un pequeño parque estatal. Eden lo recordaba de hacía años, cuando sólo era un espacio de tierra sin cultivar, y no un parque.

Ya no era un lugar silvestre. Ahora estaba «arreglado», desbravado y domesticado. Una red de caminos pavimentados y senderos para pasear se habían abierto en la falda de la montaña. Eden observó con disgusto el claro donde habían talado los árboles para abrir espacio para las tiendas de los excursionistas y las mesas de cemento del merendero.

En el extremo del claro, habían levantado un parque infantil. Los postes de acero y las cadenas de los columpios despedían un brillo frío a la luz del sol de la tarde.

Lo que más molestaba a la vista eran cuatro animales de plástico montados encima de gruesos resortes metálicos, con sillines de plástico y agarraderas también de plástico en la cabeza. Sin embargo, a Peyton esos animales le parecieron bonitos. Saltó a lomos de un pez rosa y empezó a brincar con precaución, como si no estuviera acostumbrada a jugar.

Eden hundió las manos en los bolsillos de los pantalones y miró a Owen a los ojos.

—Está bien —dijo—. ¿Qué es exactamente lo que te ha dicho Jessie?

—Pues que «si algo le sucede a Mimí o a mí, que Eden se quede con la niña. Es su deber».

Eden estuvo a punto de lanzar un juramento. Levantó la barbilla.

—¿Yo? ¿Y cómo? No sé nada de criaturas. Ni quiero saberlo.

—Alguien tendrá que hacerse cargo de ella —dijo Owen con tono antipático—. Jessie tiene más de setenta años y, francamente, no está para cuidar de una niña.

Eden se volvió hacia él y meneó la cabeza.

—Yo tampoco.

—Está preocupada. Quiere que prometas que cuidarás de ella.

Eden le dio la espalda con un gesto obstinado e inútil, pero no le importaba. Estaba abrumada... ¿hacerse cargo de Peyton? Eso era imposible.

Le sorprendió sentir su mano en el codo y le sorprendió aún más cuando la obligó a darse la vuelta y a mirarle de frente.

—Miente, si has de hacerlo —dijo—. Palabras... es todo lo que desea de ti ahora. Sólo palabras. Mientras tanto, procuraré encontrar a Mimí.

Eden se quedó helada, sin aliento. Miró sorprendida aquellos ojos azules.

—¿Tú? ¿Y cómo vas a encontrarla?

—Jessie me ha dicho que cree que la mujer que trajo a Peyton llevaba una camiseta con las palabras «Ness Chevrolet» estampadas. Además, también cree que el coche tenía matrícula de Missouri. Cuando salí del hospital fui a las oficinas del área pública donde tienen un ordenador de consulta.

La mano de Owen seguía en su brazo y ella era consciente de ello, como si su roce la quemara. No pudo decir nada.

—Tuve suerte —añadió—. Hay un Ness Chevrolet matriculado en Sedonia, Missouri. Me voy a acercar a hacer algunas preguntas.

—¿Cuándo? —preguntó ella con un murmullo.

—Ahora —contestó él—. Si salgo antes de medianoche, mañana por la mañana podré empezar a investigar. Y tú, mientras tanto, dile a Jessie lo que desea oír.

Eden miró a Peyton, que ahora estaba montada en el elefante de plástico azul. La niña la miró y ella apenas consiguió sostener su mirada. Hizo acopio de valor y sonrió hipócritamente.

—Prométeselo a Jessie ahora —le dijo Owen en voz baja—. Luego rompe la promesa. A mí me importa un bledo que te vayas y sigas tu camino. Quien ahora me preocupa es tu abuela.

Eden tuvo la sensación de que caía lentamente en un pozo de pesadilla, sin límite. «Ya lo sabías antes de venir —se dijo—. Jessie es demasiado vieja para hacerse cargo de una niña. Y esto ha de sucederme a mí, oh Dios, a mí.»

—Es vieja —dijo él—. Prométeselo. Es lo que quiere.

«No puedo hacerlo», pensó, pero miró aquella cara implacable y no pudo reprimir sus palabras.

—Está bien. Lo… lo prometo.

Él se inclinó un poco más y le habló al oído.

—No te desanimes. Si encontramos a Mimí, se te habrán acabado todos los problemas.

—No —repuso Eden meneando la cabeza y mirando a Peyton—. Con Mimí los problemas nunca se acaban. Nunca.

La mano de Owen le apretó el codo con más fuerza y se acercó un poco más.

—Has dicho que ha telefoneado esa mujer que se llama Constance —dijo de repente—. ¿Qué te ha dicho? ¿Crees que Jessie tiene razón? ¿Esa mujer conoce a Mimí?

—Sí —contestó Eden—. Ha preguntado si había llegado la niña. Sabía que Peyton estaba en camino. Y ha hecho unas preguntas muy extrañas…

—¿Qué clase de preguntas? —insistió él.

—Preguntas misteriosas. Enfermizas. Me preguntó, espera que ordene mi cabeza, me preguntó a dónde debía ir.

Owen frunció el entrecejo.

—¿Desde dónde llamaba?

—No me lo ha dicho. Y también me ha preguntado sobre la muerte.

—¿La muerte? —su mano se hundió en la carne del brazo de Eden.

—Me ha preguntado si las personas que fallecen repentinamente sufren mucho. Se ha referido a las que murieron en ese accidente de avión.

—¿El de Miami? No fue un accidente —dijo él con brusquedad—, sino una bomba. Lo he oído en las noticias.

—De cualquier manera, es una pregunta muy extraña. Estaba muy nerviosa. Me he dado cuenta por el tono de su voz. Una voz extraña, deteriorada. Como si tuviera algo en la laringe. Pero hay otra cosa más. Yo… yo…

—Estás temblando —dijo él en voz baja y con un tono neutro.

—No —replicó ella.

—Sí, estás temblando —insistió Owen—. Puedo sentirlo. ¿Qué sucede?

—He tenido la horrible sensación —le explicó Eden—, de que quizá ella conozca a Mimí. De que quizá sea Mimí.

Owen se la quedó mirando con rostro inexpresivo.

—¿No crees que Jessie la habría reconocido?

—El oído de Jessie ya no es lo que era —contestó Eden—. Y como te he dicho, tiene la voz estropeada. El ritmo del habla también es distinto. Sin embargo, hay algo que me resulta familiar. No sé. Quizá sólo son imaginaciones...

—Estás temblando —repitió.

La llevó hasta un banco de cemento, la obligó a sentarse y luego él lo hizo a su lado. Apartó la mano que le sujetaba el brazo y ella se sorprendió deseando que no lo hiciera. Tenía un cuerpo fuerte y tremendamente reconfortante.

—¿Crees de verdad que podría ser Mimí? —preguntó.

—No lo sé. No lo sé.

—Si es ella, y sigue llamando, la encontraremos.

Eden meneó la cabeza.

—¿Y si no quiere a Peyton? ¿O no puede tenerla con ella?

—Entonces quizá podamos encontrar al padre de la niña.

—Mimí no sabe quién es el padre.

—Eso es lo que dice la partida de nacimiento. Pero ¿y si hay un padre y está en algún lugar? ¿Y un montón de parientes... abuelos, tías, tíos? Puede haber gente que la busque, que se preocupe por ella... que la quiera.

Eden no contestó. Ese argumento le ofrecía una nueva y tentadora posibilidad de escapar.

—No me digas que no se te había ocurrido —dijo Owen—. Esta niña puede tener otra familia, además de Jessie y de ti.

—No, no se me había ocurrido —contestó ella—. Estoy acostumbrada a pensar en todos nosotros como en seres solitarios...

Hizo una pausa, no quiso acabar la frase.

—¿Todos nosotros? —preguntó Owen.

—Sí. Jessie. Mimí. Yo... solitarios —dijo lánguidamente—. No pienso en nosotras como si fuéramos una... una familia.

Owen le dirigió una sonrisita muy poco alegre.

—Mimí no tuvo a la niña como la Inmaculada Concepción. Tiene que haber un hombre en algún sitio.

—Conociendo a Mimí, scrá el menos adecuado.

—A lo mejor querría a su hija.

Eden no dijo nada. El padre de Peyton podía desconocer su existencia. O podía no querer conocerla. Podía no querer ocuparse de ella.

Y quizá, pensó agobiada, la que llamaba ni siquiera era Mimí después de todo. Toda la situación le pareció surrealista.

—Jessie no tiene un identificador de llamadas en el teléfono —dijo Owen—. Le traeré uno. Y le pondré una grabadora. A ver si Mimí, si se trata de ella, vuelve a telefonear. Y me ocuparé de instalar un sistema de seguridad.

—No necesito tu ayuda —argumentó ella—. Puedo cuidarme de mí misma… siempre lo he hecho.

—Se lo he prometido a tu abuela —insistió él.

Entonces alargó la mano y le enderezó suavemente el cuello de la blusa, con unos dedos ligeros como si fueran reacios a hacer lo que estaban haciendo y aún más reacios a no hacerlo.

Eden hundió la mirada en aquellos ojos azules y entonces se dio cuenta: «demonios —se dijo—, me desea. Y yo a él. Vaya complicación. No lo necesito. Demonios. Demonios. Demonios».

# Capítulo 7

Eden se sentó en el columpio y se meció suavemente. Desde el rato que había pasado con Owen lleno de una tensión inesperada, ninguno de los dos volvió a hablar.

Peyton siguió jugando en el parque infantil, pero ya no estaba tan animada como antes; acto seguido se subió al tobogán, se sentó en lo alto y se quedó contemplando la distancia: una figura pequeña y solitaria.

Eden hizo un esfuerzo para no mirar a su sobrina. En su lugar, se puso a observar el trébol de cuatro hojas que le había dado la niña. Lo retorció entre el índice y el pulgar.

«Comprendo cómo se siente —pensó—. Sé lo que es que tu madre no pueda cuidar de ti, que desaparezca, que te abandone. Sé lo que es tener que quedarte con unos parientes a los que no has visto nunca.»

Owen estaba de pie apoyado contra uno de los soportes metálicos del columpio, con los brazos cruzados, y miraba a la pequeña en lo alto del tobogán.

—Parece que ya se ha cansado. ¿Quieres volver ya? —preguntó.

—No quiero volver nunca —contestó Eden columpiándose.

—No exageres.

—No eres tú el que tiene que contestar a ese teléfono. O cuidar de la niña todo el día. Yo no pertenezco a este ambiente. Soy de California.

Owen se encogió de hombros.

—Puedo ayudarte. O intentarlo —dijo entonces él ante su sorpresa.

El corazón de Eden sufrió una sacudida que se debía tanto a un sobresalto como a la excitación.

—Debes tener cosas más importantes que hacer.

—Tenía que ir de caza —repuso él—. Pero puedo disponer de mi tiempo como quiera.

—Que afortunado —contestó ella dando un impulso al columpio—. ¿No trabajas?

—Mi familia tiene propiedades y desde que falleció mi padre, yo las administro.

—Mi familia tiene propiedades —repitió Eden mofándose suavemente—. Me gusta como suena eso. Nosotras nunca hemos podido decirlo. ¿Qué propiedades? ¿Castillos? ¿Caballos de carreras? ¿Minas de diamantes?

—Bienes inmuebles —murmuró él—. Eso es todo. También administro los bienes de mis hermanas. Me ocupo de las rentas, pero no de los números.

—Bienes inmuebles, suena bien, un negocio agradable —añadió ella—. Y entonces ¿por qué te hiciste policía?

—Lo último que deseaba era convertirme en una especie de pijo —contestó—. No tengo talento para eso.

—Pero ¿abandonaste la policía? —preguntó ella, arqueando el cuerpo para mover el columpio—. ¿Y te transformaste en un pijo?

—Dejé la policía —contestó aproximándose a ella—. Pero no me convertí en un pijo —sujetó las cadenas y la obligó a detenerse. Sus delgadas manos casi rozaron las suyas—. Vamos —dijo—. Volvamos.

Raylene cogió su coche en el aeropuerto de Dallas y pasó la noche en un Holiday Inn, a las afueras de la ciudad. Se había tomado otras ocho pastillas de Xanax para dormir. Por la mañana se levantó pronto y condujo directamente hacia Sedonia.

Cuando aquella tarde entró en los terrenos de la granja, estaba enferma de los nervios y exhausta. Al salir del coche se sintió vieja y consumida.

Pero entonces apareció Drace en el porche, la miró profundamente a los ojos y sonrió, y ella le devolvió la sonrisa, trémula y feliz. Lo habían conseguido. El vuelo 217 se había pulverizado.

Sin decir una palabra la abrazó y la mantuvo así durante un momento largo e intenso. Lágrimas de alegría y de agotamiento le llenaron los ojos mientras se aferraba a él.

—Soldado —dijo Drace con la boca hundida en sus cabellos y abrazándola aún más fuerte—. Mi hermosa soldado.

Raylene cerró los ojos embargada de placer y con el corazón palpitando. Luego, poco a poco, observó que el cuerpo de Drace y los brazos que la rodeaban se estaban poniendo tensos y rígidos.

—Vamos al río —le dio Drace al oído—. Tenemos que hablar.

Drace dio la vuelta pero sin apartar el brazo de los hombros de ella. Caminaron uno al lado del otro hasta el campo que separaba la granja del río. Volvía a estar en casa, pensó. Al fin en casa.

Drace era un hombre muy alto y de movimientos gráciles y sinuosos. Llevaba los cabellos largos y divididos de manera que le caían hacia delante en dos ondas que le enmarcaban la frente. Tenía unos hermosos rasgos, ojos azules y estaba orgulloso de tener el ciento por ciento de sangre aria en las venas.

Su piel perfecta, se parecía mucho a la de Raylene, que era su prima. Ella opinaba que tenía la sonrisa más bonita y arrebatadora que había visto nunca, la sonrisa de una estrella de cine.

Ella, de estatura más baja y de apariencia más delicada que él, era fuerte para su tamaño sin ser musculosa. Podía hacer cualquier maniobra como el mejor de los hombres, incluido el propio Drace.

Él le acarició los cabellos con afecto, aunque parecía distraído, como si no fuera feliz del todo.

—¿Cómo está Yount? —preguntó Raylene, pasando el brazo alrededor de la cintura de Drace. No había visto señales de los demás.

—Mejor. Se está recuperando.

—¿Ya ha vuelto Stanek?

Stanek había viajado por separado para reunirse con Raylene en Florida. Él había preparado la bomba. Era su especialidad. En un principio eligieron a Yount para colocarla, pero el día antes se había herido un pie con un hacha. Drace quiso ir a poner la bomba él mismo, pero Raylene insistió que podía hacerlo ella.

Ahora los dos primos paseaban en silencio. El brazo de Drace rodeando los hombros de Raylene. No preguntó por Mimí, no le gustaba. Odiaba que Drace deseara a otras mujeres, hasta que deseara a otros adeptos, aunque él decía que tales pensamientos no eran propios de ella.

Frotó ligeramente la mejilla contra su brazo desnudo y musculoso.

—¿Dónde pondremos la próxima bomba? —preguntó—. ¿Ya lo has decidido?

—Todavía no —contestó él, con expresión ausente. Levantó los ojos al cielo que estaba dorado con la luz del atardecer—. Quizá en Nueva Orleans, quizá no.

—¿Quién se encargará esta vez? ¿Yount? ¿Yo?

«Yo —pensó ella casi como rogándoselo—. Déjame hacerlo otra vez».

Yount, si ya se encuentra bien.

A Raylene el corazón le dio un brinco, pero mantuvo el rostro inexpresivo con estoicismo. No dijo nada.

Al fin llegaron a la sucia orilla del río. Drace apartó el brazo de los hombros de su prima, se detuvo y cogió un puñado de guijarros.

Se quedó contemplando el agua de color marrón que discurría a sus pies. Lanzó un guijarro sobre la superficie del agua. Luego se volvió y le dirigió a su prima una mirada de aprecio.

—Mimí se ha marchado —dijo en voz baja—. Cogió a la niña y desapareció.

En un primer momento, Raylene sintió un arrebato de alegría. Pero luego, la verdadera importancia de lo que él acababa de decir desvaneció todo su regocijo.

«Mimí», pensó atónita, que golfa más despreciable. ¿La muy puta se había ido? Eso podía hundirlos a todos.

Oh, Raylene ya lo había sospechado cuando Drace las llevó allí a ella y a su criatura, pero ¿qué podía decir? Nunca le gustaron, ni Mimí ni esa extraña hija suya, con esos ojos negros siempre vigilantes y esas orejas con esos horribles y enormes pendientes, siempre escuchando.

Se quedó mirando a Drace, demasiado impresionada para hablar.

Drace meneó la cabeza con tristeza y sus rubios cabellos le rozaron la cara.

—¿Cuándo te fuiste a Miami?

Drace la miró.

—Esa misma noche, cogió a la niña y se marchó a pie. Se marchó durante la noche.

Raylene sintió que se le doblaban las rodillas, que los árboles a su alrededor empezaban a girar y a bailar como borrachos mientras se preguntaba si se iba a desmayar.

—¿A pie? —repitió ella—. Pero hasta dónde cree que puede ir caminando?

—Yo tenía las llaves del coche guardadas bajo llave, —dijo Drace.

Raylene asintió. Claro. Drace era quien guardaba las llaves y las armas. Y a Mimí nunca se le había permitido el acceso a ninguno de los vehículos, excepto al viejo Mercury. Aunque se hubiera hecho una copia de las llaves en secreto, el motor de ese coche estaba tan viejo que no la habría podido llevar muy lejos.

Sedonia, la población más grande de los alrededores, estaba a más de veinte kilómetros de distancia. Ella y su bastarda debieron de coger allí el autobús, pero ¿cómo habían podido caminar más de 22 kilómetros?

—La han ayudado —dijo Drace, apretando las mandíbulas.

—¿Ayudado? —preguntó Raylene levantando la voz—. ¿Y quién ha podido hacerlo?

—Tengo que pensar —contestó Drace secamente. Abrió los dedos poco a poco y los guijarros fueron cayendo al suelo.

—Aquí no tenía amigos —dijo Reylene frunciendo el entrecejo, sinceramente desconcertada—. Sólo nos conocía a nosotros. Nunca iba a ninguna parte.

Drace se inclinó hacia ella y le dio un golpecito tierno en el cogote.

—Cogió dinero. Unos doscientos dólares o más. Pagó a alguien para que la ayudara. Y sé a quién.

Su aliento era perfumado, podía sentirlo, cálido, en su rostro. Se sumergió en su hermosa mirada impotente.

Drace le permitía salir de la granja; Stanek y Yount solían acompañarla. Mimí rezongaba y se quejaba, pero él sólo le permitía ir a algunos sitios, pero nunca a la ciudad.

A veces, sólo para que ella y Peyton lo dejaran en paz, las enviaba a dar un paseo. Le permitía, por ejemplo, ir al NiteHawk Diner y a la tienda a comprar pan, leche o queso.

—El restaurante —dijo Raylene con expresión acusadora—. Subió a un remolque o algo parecido.

Drace sonrió en silencio y meneó la cabeza.

Creo que entró en contacto con alguien la última vez que se llevó el coche. Revisé el interior y descubrí una bolsa con manzanas.

—¿Manzanas? —repitió Raylene sin comprender.

—Podridas —dijo él completamente serio—. Apestosas. Llenas de gusanos. Y esto estaba con ellas.

Sacó del bolsillo de los tejanos un trozo de papel doblado en cuatro y se lo entregó a Raylene. Ella lo desdobló y vio que se trataba de una mala fotocopia de dos recetas y un verso de la Biblia. En el reverso estaba escrito: «De tu amiga Louise Brodnik».

El papel le resultó familiar a Raylene, porque había visto otros iguales en bolsas de cerezas, judías y tomates. Recordó de pronto a la mujer de la casita azul y los anuncios en el césped de venta de hortalizas y de cuidado de niños.

—¿La mujer del jardín? —preguntó conteniendo la respiración.

Drace le acarició la mejilla con el dorso de la mano, luego le dio la espalda y se quedó mirando el riachuelo.

—Busqué su número de teléfono y la llamé. No contestó. Finalmente, ayer por la noche, me acerqué allí. No había ninguna luz encendida. Ningún coche en el garaje. Se había ido.

Raylene estaba desconcertada.

—¿Entonces no ha sido ella?

—Tenía el presentimiento —dijo Drace con expresión contemplativa—. Así es que hoy me he acercado con Stanek a echar otro vistazo. Hemos ido cada hora más o menos. Ha vuelto esta tarde.

Raylen sintió que el corazón le latía con fuerza. Asintió, esperando que él continuara hablando.

—He llamado y le he dicho que las estaba buscando. Que tenía mis razones para creer que ella había visto a Mimí y a la niña. Le he dicho: «será mejor que me lo diga, señora, porque soy el padre de la niña y la estoy buscando. No quiero echarle a la ley encima.»

El corazón de Raylene se puso a latir aún con más fuerza. La mentira de que era su padre era buena, se dijo, muy buena.

—Creo que la he asustado —dijo Drace con una risita—. Pero es una mujer valiente. «No me pregunte sobre su paradero. Eso pregúnteselo a los suyos», me ha dicho.

—¿A los suyos? —inquirió Raylene desconcertada—. ¿Qué ha querido decir?

«¿Qué quiere decir con eso de su gente? —le he preguntado—. Su familia. La gente de su misma sangre». Entonces me ha colgado el teléfono. Muy brusca. Es una mujer muy brusca.

—Entonces sabe dónde están —dijo Raylene maravillada del poder de detección de su primo.

Drace se volvió y la miró. El sol del atardecer hizo que su rostro pareciera dorado.

—Tenemos que ir a buscarlas. Las quiero aquí. Esto está que arde. Saben demasiado. Las dos.

Era cierto, pensó Raylene al tiempo que volvían sus temores. Mimí lo sabía casi todo sobre lo de la bomba y esa endemoniada niña siempre estaba pegada a ella, escuchando y observando como un duende oscuro.

—¿Y qué vamos a hacer para encontrarlas? —preguntó ella.

—Voy a enviar a Stanek a que haga una visita a esa vieja —dijo Drace levantando la vista al cielo. Se estaba haciendo oscuro.

—Pero… pero… —tartamudeó Raylene —¿Y la familia de Mimí? ¿Los de su sangre? Ella siempre ha dicho que no tenía familia.

Drace la besó suavemente en los labios y sonrió con su seductora sonrisa.

—Hablaremos de ello con la mujer del jardín —dijo—. ¿No te parece?


Owen se fue al despacho de Jessie a instalar la grabadora y el identificador de llamadas y Peyton lo siguió. Se quedó en el umbral de la puerta con una expresión irritada en la cara.

—¿Te vas a ir a casa pronto? —le preguntó.

—¡Peyton! —exclamó Eden—. Eso no es de buena educación. Pide disculpas.

Owen se inclinó sobre el escritorio de Jessie e instaló su identificador de llamadas en el teléfono desenchufado.

—No deberías tocar el teléfono de mi abuela —dijo Peyton con expresión acusadora.

—Yo quiero que lo haga —intervino Eden—. Y ahora pídele disculpas.

—Lo siento —dijo la niña con una voz muy poco sincera.

Eden le puso la mano en el hombro y se la llevó al pasillo.

—Ve a ver la televisión. Dibuja. Deja al señor. Charteris.

Peyton se encogió de hombros y corrió pasillo abajo.

—Oh, Dios —dijo Eden, pasándose la mano por los cabellos.

—Olvídalo. ¿Has utilizado alguna vez un identificador de llamadas?

—Sí —repuso ella—. ¿Servirá? Jessie recibe muchas llamadas de larga distancia. La mayoría no quedarán registradas.

Owen meneó la cabeza.

—Cualquiera que no quiera que salga en la pantalla su número y su nombre puede hacerlo. Sin embargo, creo que funcionará.

Metió la mano en la bolsa de cuero gastado que se había traído de su casa y sacó un sofisticado aparato negro con botones y alambres.

—Es una grabadora —dijo—. Grabará todas las llamadas, las que entren y las que salgan. Hay ocho horas de grabación.

Desprendió el cable que unía el auricular al teléfono y lo conectó al aparato de grabación.

Eden lo miraba con expresión de duda.

—Parece complicado.

—No lo es. Una vez lo instale, se activa con la voz. No tienes que hacer nada, sólo cambiar la cinta cuando se encienda la luz roja. Sacas el casete y colocas otro. Así de sencillo.

—¿Y esto es legal? —preguntó—. ¿Se puede grabar a una persona sin decírselo?

—Varía de estado a estado —contestó Owen—. Aquí está permitido.

Eden vacilaba.

—Algunas de las personas que llaman dicen… bueno, dicen cosas íntimas.

—Entonces las borraremos. Sólo nos interesa Constance.

Eden meneó la cabeza con expresión de duda.

—¿Y si llama de nuevo, qué ganaremos grabándola?

Owen metió un casete, apretó una tecla, se enderezó y la miró a los ojos.

—Si se identifica, si tiene un desliz, quedará aquí grabado.

—¿Y si no se identifica? Entonces ¿qué?

—Quiero que Jessie escuche las grabaciones. Para ver si cree que podría tratarse de Mimí.

—Eden no estaba segura de que Jessie le hubiera confesado sus sospechas, pero se calló.

—Además —siguió diciendo—, si vuelve a llamar, entreténla para que hable un buen rato. Provócala. Juega con ella. Eres lista. Puedes hacerlo.

—Muy bien —se burló—. Eden Storey, chica G junior.

—¿Quieres que deje el teléfono tal como estaba antes?

—Claro que no.

—Bien —dijo él y lo conectó.

A Eden le rechinaron los dientes y miró la caja con las fichas que estaba encima de la mesa.

Debería preguntarle a Jessie unas cosas sobre los clientes habituales. Voy a ciegas con ellos.

—Ya llamará ella —dijo Owen—. Y ahora déjame encargar una pizza.

Ella se enderezó con una expresión estoica.

—Creo que deberíamos utilizar el otro teléfono.

Owen asintió.

—Se dirigió a la puerta deseando no sentir su presencia detrás de ella.

—No sé qué hacer con Peyton —dijo mirándolo—. Está muy mal educada. Pero no quiero ponerle una disciplina férrea ahora que su madre ha desaparecido y todo su mundo se ha venido abajo. No sé qué hacer…

El teléfono del despacho de Jessie empezó a sonar con estridencia. Se detuvo con el cuerpo en tensión.

—No —exclamó con disgusto—. Todavía no. Es demasiado pronto.

El timbre la volvió a reclamar. El rostro anguloso de Owen adquirió una expresión casi de simpatía.

—Ve —dijo.

Ella suspiró y atravesó la habitación en dirección al despacho. Owen se quedó en el umbral. Levantó el auricular con tanta cautela como si estuviera agarrando una serpiente venenosa.

Se sumergió dentro de sí misma para encontrar la personalidad, la voz y la cadencia adecuadas.

—Hermana Jessie, vidente por la gracia de Dios —dijo.

—Jessie, aquí Floyd S. Copley, de Las Vegas. ¿Me recuerda? Uno de Phoenix me ha ofrecido un negocio que suena demasiado bien para ser verdad. Écheme las cartas, ¿quiere? Y dígame sí o no.

Eden apoyó la cabeza en la yema de los dedos, empezaba a dolerle otra vez.

—¿De cuánto dinero estamos hablando, Floyd?

—De un par de millones, querida Jessie. Vamos. Siempre me da suerte. Saque esas cartitas.

Una sensación de incompetencia pinchó a Eden como si fuera un alfiler. «Floyd», pensó con tristeza, «le estás preguntando al ciego que dirija la ceguera». Aun así, lanzó un profundo suspiro y empezó a repartir las cartas.

Veinte minutos más tarde, Owen oyó de nuevo el timbre del teléfono de Jessie y salió al pasillo. Llamó a la puerta con los nudillos, la abrió y se apoyó en el quicio, alzando una ceja con expresión interrogadora.

Eden le dirigió una breve mirada y meneó la cabeza en sentido negativo. Ninguna de las personas que estaban llamando se salía de lo normal.

Se volvió otra vez hacia el auricular y contestó con una voz que se parecía a la de Jessie más que la de la propia Jessie. A él le resultó extraordinario escuchar la voz profunda y siniestra de la anciana saliendo de los hermosos labios de Eden.

Owen se quedó en el umbral de la puerta contemplándola. Una concentración intensa marcaba su frente lisa, mantenía el cuerpo rígido y, sin embargo, nada en su voz resultaba forzado o falso. También pudo observar que a Eden el trabajo de Jessie no sólo le resultaba incómodo, sino que lo odiaba.

Pero lo hacía muy bien. Owen se permitió una sonrisita cínica. Cuando ella, con mano experta, echaba las cartas, se permitió dirigirle una breve mirada que significaba «vete. No me gusta que me observen».

Sin dejar de sonreír, Owen dio la vuelta y se alejó, aunque su imagen lo persiguió como una obsesión. Por primera vez se permitió imaginar que la desnudaba, le desabrochaba los botones, y le quitaba la ropa pieza a pieza. Imaginó el cuerpo de ella junto al suyo, desnudo y abriéndose a él.

No, se dijo dando paso al sentido común. No. Ella era demasiado diferente y, además, era la nieta de su amiga. Lo que estaba deseando era un polvo. Y eso siempre lo podía encontrar.

En la sala de estar, Peyton estaba estirada en el suelo delante del televisor y con los lápices esparcidos a su alrededor. Estaban dando las noticias, y en ese momento el presentador hablaba de la explosión del avión de la Nassau-Air en Miami.

La niña miraba fijamente la pantalla, con el lápiz apoyado e inmóvil en el papel y, por una vez, no se había metido el pulgar en la boca. Tenía una expresión de asombro, casi como narcotizada, y la cara muy pálida. ¿Vio Owen unas lágrimas en aquellos ojos o tan sólo fueron imaginaciones suyas?

La miró con expresión preocupada.

—Hola —dijo bruscamente—, ¿te encuentras bien?

La niña no respondió. Su mirada, sin pestañear, continuó clavada en la pantalla como si la hubiera hipnotizado. Su respiración se volvió superficial y algo sonora.

El locutor hablaba con el tono solemne del director de un funeral.

Varios grupos terroristas se han hecho responsables de la explosión, pero el FBI ha comunicado que las investigaciones todavía siguen abiertas. La bomba seguramente estaba en la bodega de equipajes…

Peyton se restregó los ojos y se tapó los oídos con las manos.

La preocupación de Owen se transformó en alarma. ¿Acaso la niña estaba sufriendo un ataque, una convulsión… o qué? Se arrodilló a su lado y la sujetó por los hombros.

—¿Peyton? —dijo—. ¿Peyton?

—El avión se ha quemado —dijo con voz temblorosa—. Todos se han quemado.

Las manos de Owen le apretaron los hombros y la obligó a sentarse. Estaba fláccida como una gatita, pero se sentó, con los ojos cerrados y las lágrimas cubriéndole las mejillas. Hizo una mueca que mostró su dentadura estropeada.

—Peyton —dijo él muy serio—, todo está bien. Lo que le ha pasado al avión ha sucedido muy lejos de aquí.

La niña intentó desembarazarse de él.

—Quiero que venga Eden.

—Eden está en el despacho de la abuela —contestó Owen—. Vendrá en un minuto. Te lo prometo.

—Quiero que venga ahora —insistió Peyton, con una voz que era como un gemido.

Owen se preguntó si debía intentar cogerla en brazos, pero pensó que no le dejaría hacerlo.

Intentó cogerla de la mano. Los ojos de Peyton brillaron furiosos y aunque su mirada todavía tenía aquella expresión hipnotizada, se apartó de él con una fuerza sorprendente.

—¡No! —gritó.

—No voy a hacerte daño —dijo él, alargando la mano hacia ella, pero la niña no la aceptó.

¿Qué debía hacer?, se preguntó Owen desfallecido. ¿Llamar al médico, a una ambulancia, a un psiquiatra, a un exorcista?

Sonó el timbre de la puerta, un sonido brusco e inesperado que sobrecogió a la niña. Owen, sobresaltado, se dirigió a la puerta principal.

Oyó que Peyton lanzaba un suspiro largo y profundo, como el de alguien que se prepara para lanzarse a un enorme abismo. Owen esperó que no empezara a gritar.

—No pasa nada —dijo sin mirarla—. Probablemente es el repartidor de pizzas.

—Se dirigió a la puerta, miró por la mirilla. Un muchacho delgaducho, con una camisa amarilla que sostenía una caja grande y plana que rezumaba grasa.

—Es el repartidor de pizzas —le aseguró Owen—. Voy a abrir la puerta, ¿vale?

La niña permaneció en silencio mientras él cogía la pizza, la pagaba y le daba una propina al muchacho. Si este observó algo extraño en Peyton, no lo dio a entender.

Owen se volvió y cerró la puerta. La sala estaba vacía. La puerta trasera de la cocina abierta, agitándose con la fría brisa nocturna.

Peyton se había ido. Había huido desvaneciéndose en la más completa oscuridad.

# Capítulo 8

La encontraron en el bosque, oculta en el saliente de unas enormes piedras. Estaba entre la suciedad, acuclillada bajo una repisa de piedra caliza moteada de musgo y líquen.

Se había acurrucado tanto como había podido, como un animal que se oculta porque teme por su vida. Fue Owen quien la descubrió cuando el halo de la linterna que llevaba iluminó su carita aterrorizada.

La niña había desaparecido casi durante veinte minutos interminables, una eternidad. Eden estalló en sollozos cuando la vio. Fue ella quien la sacó de la hondonada en la que se había ocultado. Luego hundió la cara en el cuello de la niña y se derrumbó a su lado, incapaz de mantenerse de pie.

Peyton lloró apoyada en su pecho, un lloro que a Eden le pareció desgarrador porque a la niña le era imposible contenerlo.

—No pasa nada —le repitió ella una y otra vez a la temblorosa Peyton—, no pasa nada.

Más abajo, la colina descendía suavemente y el bosque se aclaraba en la tierra domesticada del claro con la zona de recreo. La luna centelleaba plateada en las cadenas de los columpios, y los animales de plástico parecían dormir, encantados, bajo las estrellas.

Al fin Peyton cayó en un sueño agitado debido, quizás, al agotamiento. Owen la tomó de los brazos de Eden y la levantó. La sostuvo con un brazo, mientras con la mano que le quedaba libre sujetaba la linterna e iluminaba el sendero de vuelta a casa.

A Eden le dolían los huesos, estaba agotada, tenía las manos, la cara y la ropa sucias y se sentía emocionalmente exhausta. Caminaba a duras penas al lado de Owen y las hojas crujían bajo sus pies. En algún lugar, un arrendajo le cantaba a la luna. Ella apenas se dio cuenta.

Meneó la cabeza débilmente.

—¿Cómo habrá encontrado este sitio? Está fuera del sendero de tierra batida.

—No está demasiado lejos —dijo Owen en voz baja—. Las rocas se ven a la luz de la luna. El instinto ha debido decirle que no se dirigiera hacia el claro.

Eden lo miró, los duros ángulos de su cara variaban con los cambios de luz y de sombra.

—¿Cómo la has encontrado? ¿Cómo sabías dónde buscar?

—Mis sobrinos conocen este lugar. Los hijos de mi hermana Rita. Hacen ver que es un fuerte.

—¿Y cómo lo has adivinado? —preguntó Eden, señalando el bosque que los rodeaba, con unos árboles como oscuros pilares.

Owen encogió el hombro que tenía libre.

—Es un buen sitio donde detenerse y ocultarse. He tenido suerte, eso es todo.

«Eres listo», pensó Eden, pero no dijo nada.

—La ha atemorizado oír el timbre de la puerta —dijo en voz baja—. Ha sido como si creyera que alguien venía a buscarla. Pero ya estaba asustada antes de que llamaran. Cuando he entrado en la sala de estar, estaba mirando la pantalla del televisor como si fuera una serpiente. Estaban dando un reportaje. Y entonces ella ha enloquecido.

—¿Un reportaje? —inquirió Eden, sorprendida.

Owen asintió.

—Sobre el avión que estalló en Miami. No quería mirar ni oír.

—¿El avión de Miami? —preguntó Eden—. Esa mujer… Constance… ha mencionado el mismo avión. ¿Qué crees que significa todo esto?

—No lo sé —repuso él—. Tenía que ver con el reportaje, aunque quizá sólo era pura coincidencia.

Peyton se removió inquieta en sus brazos. Owen enfocó la linterna hacia Eden.

—Tómala, ¿quieres?

Ella lo hizo y pareció inquietarse cuando él cambió de posición a Peyton y le sujetó la nuca con la mano. La niña suspiró y se arrebujó contra su hombro. Parecía encontrarse bien en sus brazos.

Entonces a Eden se le ocurrió que los brazos de Owen Charteris debían de ser un lugar muy agradable donde poder descansar y recuperar las fuerzas. Avergonzada, apartó estos pensamientos con una fuerza casi salvaje.

—¿En qué piensas —preguntó él en voz baja—. ¿La metemos directamente a la cama, o hay que lavarla y darle de comer primero? ¿Qué harías en un caso como este?

—No tengo ni idea —contestó Eden.

En una de las numerosas curvas del sendero y a través de la oscuridad, Eden vio la primera luz procedente de la casa de Jessie.

«Casi un hogar», pensó, aunque luego rechazó aquella palabra.

Ese no era su hogar y nunca volvería a serlo, nunca. Encontrarían a Mimí y le devolverían a la niña y entonces Eden podría regresar a su verdadero hogar, un lugar tan alejado de allí como fuera posible.

Una vez en la casa, Owen llevó a Peyton al dormitorio y la puso en brazos de Eden quien, con toda precaución, metió a la niña en la cama. Le desató los cordones de los zapatos que estaban llenos de barro y se los quitó. Dejó abierta la luz de la habitación, se llevó los zapatos a la cocina y los dejó junto a la puerta trasera para que se secaran. Owen la siguió.

Cuando se incorporó, Owen la estaba mirando con una expresión intencionada.

—Escucha. Tenemos que hablar de esta niña.

Ella tenía los músculos entumecidos y le silbaron los oídos, como si todavía escuchara las voces fantasmales del teléfono. La pizza estaba fría y sin abrir sobre la mesa. Pero sólo quería tomar un café, caliente, negro y fuerte.

—Te hemos causado un montón de problemas. Lo siento. Has sido muy amable —le dijo.

Unos profundos surcos aparecieron en la frente de él.

—Francamente, antes de que desapareciera corriendo, me pareció que sufría una especie de hechizo, o algo así. Pero ahora creo que a esta niña le pasa algo mucho peor.

—¿Un hechizo? —a Eden el corazón le dio un vuelco.

—Tuvo un shock, estaba a kilómetros de distancia... probablemente deberíamos llevarla a un psiquiatra. Y a un médico. Sea lo que sea lo que le sucede, esta niña no es normal.

«No es normal, no es normal, no es normal». Esas palabras martillearon en la cabeza de Eden. Se lo temía. Dado el historial de la familia, si alguna vez ella o Mimí tenían un hijo, no sería normal.

—No te atormentes —dijo él—. No es culpa tuya.

Pero a ella sí le parecía que era culpa suya, o al menos de una herencia inevitable, algo sucio que ella y Mimí llevaban en los genes.

—A su manera es una niña preciosa —dijo Eden suavemente—. Parece lista y creativa. Es una vergüenza... —no pudo acabar la frase—. Es una vergüenza... —murmuró.

Se puso a preparar el café simplemente para mantenerse ocupada. No quería encontrarse con los ojos azules de Owen.

Owen se le acercó.

—Creo que me he explicado mal. No era eso lo que quería decir. Me refería a que su situación no es normal, eso es todo. Y la está afectando.

—Sí, bueno. Afectaría a cualquiera, ¿no crees? —dijo Eden con viveza—. Y mi familia tiene sus peculiaridades, yo soy la primera en admitirlo.

—Dije que era peor que eso —repitió Owen—. No sé mucho de esas cosas, pero lo que le sucede no es nada bueno.

Eden siguió ocupada con el café. Se preguntó, molesta, si él no estaría disculpándose.

Owen apoyó la cadera en la repisa de la cocina y cruzó los brazos. En las reducidas dimensiones de la estancia, estaba demasiado cerca de ella para que resultara cómodo.

Por primera vez se dio cuenta de lo sucia que estaba. Del suéter blanco le colgaban hojas y hierbas y las rodillas y los pantalones también estaban manchados porque había tenido que arrastrarse por el suelo para sacar a Peyton de su escondite.

De repente, todas las emociones de la noche se le echaron encima: la preocupación por Mimí, la sorpresa y el desespero ante la desaparición de Peyton, el pánico mientras la buscaban, y la sensación de alivio que había sentido al encontrarla, tan fuerte que había estado a punto de desmayarse.

Se le doblaron las rodillas y le dio la espalda a Owen para que no pudiera ver las lágrimas. Se puso la mano en los ojos para ocultárselas.

—Dios mío —dijo con voz estrangulada—. ¿Y qué voy a hacer con ella?

Inmediatamente se despreció por ser tan débil. Apretó los labios, pero los sollozos reprimidos le hicieron sacudir los hombros.

Le sorprendió sentir las manos de Owen, unas manos fuertes y cálidas.

—Oh, ven aquí —dijo, rodeándola con sus brazos, obligándola a darse la vuelta y acercándola más a él.

Eden intentó aguantarse las lágrimas y resistirse a los esfuerzos de Owen para consolarla.

—Llorar no es malo —oyó que le decía—. No te reprimas.

Su cuerpo sintió la rigidez y la torpeza de su abrazo, fue consciente de que debía apartarse de él, aunque no sabía si las piernas la aguantarían. Entonces se dejó llevar por las emociones y se apretó contra él. Y allí lloró hasta quedar agotada.

Owen la sujetaba con fuerza y no movía las manos. Su mejilla descansaba en su pecho duro y sentía los poderosos latidos de su corazón. Entonces se dio cuenta de que le sujetaba los brazos casi convulsivamente.

Hizo un esfuerzo, aflojó los dedos y se apartó un poco.

—Lo siento —dijo temblando—. No debería haber hecho esto. Ni siquiera te conozco.

Owen levantó despacio una mano y con el dedo pulgar le enjugó una lágrima que descendía por su mejilla.

Eden contuvo el aliento. Vacilante, como si obrara en contra de su voluntad, el pulgar volvió a deslizarse por su mejilla.

—Me conociste hace años —dijo él en voz baja.

Eden sintió los fuertes latidos de su corazón en las costillas.

—Nunca te conocí de verdad. Ni siquiera sabía que conocías a Jessie. Ni sé por qué la estás ayudando como lo haces.

Su mano seguía sobre ella pero aunque él no se había movido, fue como si se insinuara una distancia entre ellos que creció y se ensanchó.

—Cuando mi mujer se estaba muriendo, Jessie... la ayudó.

—Oh —exclamó ella.

«Claro, tenía una mujer. Un hombre como este tenía que tener una mujer. Un hombre como este debía de tener una mujer perfecta.»

—Oh —repitió—. Lo siento.

—No tanto como yo —contestó él mientras su rostro se le endurecía.

Se quedaron mirándose el uno al otro. Se separaron. Ella, confundida, intentó reorganizar sus pensamientos, recuperar su dignidad, su frialdad habitual.

—¿Café? —preguntó, procurando que su tono no revelara su confusión.

—No, gracias —contestó él—. Tengo que ir a Sedonia. Llevaré el teléfono móvil. Te dejaré el número.

Eden se lo quedó mirando mientras él anotaba el número en el bloc de notas que Jessie tenía en la repisa. Cogió el bolígrafo y lo garabateó rápidamente. Luego él la miró con sus ojos azules inexpresivos.

—Si Peyton dice algo que pueda ayudar, llámame.

Eden asintió, procurando parecer indiferente.

—Yo estaré en contacto contigo —dijo Owen.

Se miraron como si fueran casi adversarios que se midieran el uno al otro.

—Te quedarás toda la noche sola. ¿Estarás bien?

Eden desvió la mirada.

—Claro —estaba acostumbrada a estar sola, sabía cuidarse de sí misma. Había crecido como si estuviera sola en el mundo.

—Muy bien —contestó él—. Bien. Sacaré al perro y luego me iré. Dejaré la llave debajo del felpudo. Si lo sacas por la mañana, te lo agradeceré.

—Claro —repuso Eden—. Lo haré encantada.

—Gracias —dijo—. Saluda a Jessie de mi parte.

Eden asintió. Le oyó dirigirse hacia la puerta de la cocina y luego salir. Oyó el sonido de sus botas en el cemento del porche, bajar los escalones y perderse en el silencio.

El corazón todavía le latía con fuerza en el pecho.

Quince minutos más tarde, oyó el ruido del coche al salir al camino. «Se va», pensó con una extraña sensación de alivio.

Sin embargo, se sentía sola, como nunca se había sentido en Los Ángeles. Aquella casa le parecía pequeña y vulnerable y perdida en medio de ningún lugar. Sin él le pareció que era más frágil que una cáscara de huevo. Owen le había dicho que había encargado un sistema de seguridad y eso la tranquilizó.

Vertió café en la taza sólo para mantenerse ocupada y se dijo que no había ido a ver a Jessie, que ni siquiera la había telefoneado.

—Demonios —murmuró.

Entró en la sala de estar, descolgó el teléfono y marcó el número del hospital. Cuando Jessie respondió, lo hizo con una actitud guerrera.

—Bueno, al fin me llamas —dijo—. Te ha costado… finalmente.

Eden lanzó un suspiro de exasperación.

—Lo siento. He tenido que hacer muchas cosas.

—¿De veras? Esperaba que trajeras a la pequeña Peyton a verme. ¿Cómo está? ¿Cómo está mi pequeña gatita?

Eden sabía que no podía decirle a Jessie la verdad, que Peyton se había escapado. Así que le explicó una media verdad,

—Estaba agotada. Se ha dormido hace media hora.

Jessie emitió un sonido de sospecha, una especie de «ummmm».

—¿Has tenido noticias de Mimí? —preguntó.

Eden parpadeó y apretó los dientes. ¿Tenía noticias de Mimí? ¿O eran sólo imaginaciones desbocadas?

—Jessie, si supiera algo, te lo habría dicho enseguida.

—He soñado con ella —dijo Jessie con su voz de sibila—. He soñado que estaba en el río. Que iba flotando por el río y que venía a casa.

—Owen va a ir a Missouri a buscarla —y le explicó lo del Chevrolet matriculado en Sedonia.

—Sedonia —dijo Jessie con expresión pensativa—. El nombre me produce vibraciones. Sedonia. ¿Y qué dice Peyton?

—Peyton no habla. Está muy asustada. Y no quiero agobiarla. Es una niña muy… emotiva.

—¿Cómo va mi línea? ¿Ha llamado Constance?

—Sí. Pero no he podido hablar mucho con ella. Decía vaguedades. Cosas extrañas. Me ha hecho unas preguntas muy extrañas —contestó con un tono frío y seguro.

—¿Sobre qué?

—Sobre el accidente de avión en Florida por un lado. Quería saber si esas personas habían sufrido.

Jessie permaneció en silencio un rato.

—He soñado con el avión —dijo al fin—. Vi a una mujer. Estaba de pie con la mano llena de un fuego que danzaba como una cosa viva.

Eden frunció el entrecejo.

—¿Una mujer?

—Sí, una mujer —aseveró Jessie—. Tenía el pelo de un color chillón. Por fuera era hermosa como una pintura, pero por dentro, como una bandera ardiendo.

—¿Una bandera ardiendo? —repitió Eden, confundida.

—No sé por qué lo habré soñado, pero así es —dijo Jessie—. Tenía las manos llenas de fuego y el corazón también.

—Pero ¿una bandera? —preguntó Eden—. ¿Por qué una bandera?

—No sé por qué —se impacientó Jessie—. Eso ha sido lo que los espíritus me han mostrado. Esto y la letra d. Alguien importante en su vida cuyo nombre comienza por la letra d.

—Jessie hay millones de personas cuyo nombre empieza por d —objetó Eden—. Tu nombre tiene una d. Y el mío también.

—No tengo ganas de discutir —respondió Jessie.

—Está bien, pero hay más. Referente a esa… esa Constance. Me dijo que estaba preocupada por una niña que estaba de viaje. Me preguntó si había llegado sana y salva. Se refería a Peyton. Y en cuanto le dije que la niña estaba bien, colgó el teléfono.

—Ya —dijo Jessie—. Ya lo sabía. No me creerás, bueno ya veremos.

Eden meneó la cabeza aturdida. Jessie no parecía nerviosa, ni siquiera aturdida. Pero sí triunfante.

—Jessie… —Eden se detuvo inquieta—. ¿Esa mujer, Constance, te ha parecido familiar?

—Ya. Recuerdo su voz. Se parece a la de un cuervo.

—¿Crees que podrías saber de dónde procede?

Jessie ignoró la pregunta.

—Mañana tráeme a Peyton —dijo—. Y mientras tanto, ocúpate del teléfono. ¿Me oyes?

—Lo he oído. Lo he oído. Pero…

—Acaba de entrar la enfermera con el somnífero —gruñó Jessie—. Te meten las pastillas en el gaznate, te pinchan todo el día. Dale un abrazo a Peyton de mi parte. Ahora tengo que colgar.

Jessie colgó el auricular con una agresividad que asustó a Eden.

Se volvió y vio el bloc de dibujo y los lápices de Peyton esparcidos por el suelo delante del televisor. Se inclinó para recogerlos, pero cuando vio el dibujo de la niña su mano se detuvo en el aire y se le heló la sangre.

El dibujo volvía a mostrar la casa con la puerta encarnada. Junto a ella había una mujer de cabellos rubios que alargaba un brazo hacia delante. En su mano danzaba un fuego de color naranja brillante.

La cerilla despidió una luz anaranjada y brillante. Mimí dio una calada al cigarrillo.

Era casi medianoche. Durante un rato, la música la había hecho sentirse casi curada, pero ahora ya no la oía, por lo que había decidido acallar su dolor con el vino.

Drace no permitía que nadie fumara o bebiera, excepto él. Y solamente a Raylene se le permitía tomar pastillas de cualquier tipo. Mimí deseó haberle quitado más de cien de esas píldoras.

Pero al menos tenía vino y cigarrillos.

A la tenue luz de la lamparilla de la mesilla de noche estaba escribiendo con las piernas cruzadas en ropa interior en la cama sin hacer, encorvada sobre el bloc y moviendo el bolígrafo con esfuerzo.

Las palabras danzaban y se cruzaban ante ella. Cuanto más bebía, peor deletreaba y escribía, pero no le importaba. Sólo le importaba una cosa: decir la verdad a todo el mundo.

*A quien le pueda interesar:*

*No quiero verme implicada en la explosión de la bomba del vuelo a las Bahamas. Pensé que sólo se trataba de un plan que estaba en la imaginación de quienes lo tramaban, hasta que fue demasiado tarde. Para entonces empecé a temer, a temer y a temer por mi vida y por la vida de mi hija. Cuando les amonesté por lo que estaban tramando, ellos se enfadaron y nos mantuvieron con ellos como prisioneras y yo no estuve realmente segura de que fueran a hacerlo hasta que lo hicieron, como ya he dicho.*

*Mi primera preocupación era poner a mi hija a salvo porque temía que si me quedaba con ella la pondría en peligro, así como a mi familia. Al principio pensé en enviarla fuera y volver con mis antiguos compañeros para quedarme allí, pero eso ya no me importa, ya he arruinado mi vida.*

*Pero tuve miedo de que si volvía me obligaran a decir dón-*
*de estaba la niña. Así que cuando la envié con mi familia yo sa-*
*bía que no podía volver con ellos, porque me harían hablar y*
*me matarían y yo no podría volver con ella pero ellos sí podrían*
*ir a buscarla y matarlos a todos.*

*Escribo esto para que las autoridades sepan quién es el res-*
*ponsable de la explosión, porque no quiero volver a la cárcel*
*otra vez y porque deseo que mi familia esté a salvo y feliz y*
*porque deseo hacer bien las cosas.*

*Las personas que están implicadas en la explosión son las si-*
*guientes:*
*Drace Johansen*
*Raylene Johansen*
*Win Stanek*
*Jame Yount*
*Aseguraban que estaban en contra del gobierno corrupto*
*pero me engañaron, creí que estaba entre amigos, Drace se hizo*
*amigo mío, me convenció, yo creí que me amaba pero no era*
*así. Es una persona que sólo se ama a sí mismo y son dos*
*Desde la infancia han sido*
*Él sólo me quería para*
*Cuando yo protestaba él y ella*
*Cuando empecé a comprender que él y ella*
*Cuando comprendí que él y ella y yo*

Mimí frunció el entrecejo e intentó escribir las últimas líneas. Le temblaba la mano, perdía el tacto e hizo un garabato en la página.

«Oh, Dios», exclamó enfadada y disgustada. «Lo único que estoy
haciendo es incriminarme. Será mejor que Jessie y Peyton nunca se
enteren de todo esto. Y Eden tampoco.»

Había sido una jodida locura intentar explicarlo, porque no había
nada que explicar, nada. Y de repente comprendió lo que verdaderamente tenía importancia:

«No le cuentes la verdad a nadie.»

Irrumpió en el cuarto de baño con el papel hecho pedazos. Lo
tiró al retrete y se quedó allí de pie, apoyada en la repisa.

Una o dos copas más, se dijo. Luego podría dormir. Volvió a la
cama, llenó el vaso, tomó un trago largo y luego otro.

La bebida le hizo cerrar los ojos. Se recostó en la almohada. Medio dormida recordó la música y pensó, «antes tenía una hermosa voz y podría haber sido alguien. Ahora odio mi voz. La odio.»

Se durmió y soñó en su infancia, ella y Eden jugando detrás del remolque. Cantaban juntas con sus voces fuertes y juveniles. Fue un sueño agradable.

Junto a ella, en la mesilla de noche, estaban los cigarrillos, las entradas del espectáculo y las cerillas. La botella de vino, casi vacía.

La otra botella, la que no contenía vino, estaba cerrada en la repisa del cuarto de baño, esperándola.

Owen no llegó a Sedonia hasta pasada la medianoche. Cogió una habitación en un motel de las afueras. El colchón parecía que lo hubieran rellenado con cascos de bala y pedazos de hierro.

Tuvo un sueño agitado y, hacia el amanecer, un sueño inquietante en el que aparecía Laurie. Estaba viva, sana, era muy joven, dieciocho años, quizá.

Era el atardecer y se dirigía hacia él atravesando el claro del parque, en el que había una tenue niebla. Entre ellos se levantaban aquellos estúpidos animales de plástico encaramados en los toboganes, que estaban vacíos.

—Quiero tener hijos —decía ella con expresión triste—. Quiero tener hijos.

—Ya lo sé —respondía él, tragando saliva. Quería ir hacia ella, pero no conseguía moverse. Estaba clavado al suelo, como los animales artificiales.

—¿Por qué no puedo tenerlos? —preguntaba ella.

—No puede ser —decía él—. Pero no me importa. No los necesito. Tú eres todo lo que yo quiero.

Sus bellos ojos pardos se llenaron de lágrimas.

—¿Por qué no puedo tenerlos?

—Yo no quiero tenerlos. Sólo te quiero a ti.

Entonces ella alargaba las manos como si quisiera alcanzar a unos niños que estuvieran corriendo entre la niebla hacia ella. Pero en lugar de los niños, se materializaba su madre y las manos de Laurie la cogían a ella.

Su madre parecía muy vieja, casi centenaria, aunque sólo tenía sesenta y cinco años. Llevaba una bata de hospital y un tubo de oxígeno sujeto a la cara, metido en los agujeros de la nariz. Lo miraba sin reconocerle.

—¿Quién eres? —le preguntaba la madre, mirándolo temerosa—. ¿Quién eres y qué quieres?

Se despertó con un sobresalto, porque sabía dónde iba a acabar el sueño: en el hospital, con Laurie muriéndose al dar a luz. Moría en el sueño entre horribles dolores; lo que daba a luz era un frágil esqueleto, con los ojos vacíos y una sonrisa vacía que yacía inmóvil en medio de un charco de sangre.

Se incorporó en el lecho con el corazón latiendo desbocado y con terribles pulsaciones en las sienes. Se pasó la mano por la cara, sin saber al principio dónde estaba. Tenía el labio superior cubierto de sudor.

Poco a poco fue recomponiendo las piezas: la niña extraña y abandonada cuya madre había desaparecido, el accidente de Jessie, la llegada de Eden Storey. Missouri, la suerte de haber encontrado el rastro de Mimí.

Volvió a frotarse la cara e hizo un esfuerzo para levantarse de aquella cama llena de protuberancias. Sabía que no se volvería a dormir.

Se duchó, se afeitó y se vistió. Se metió en el Blazer y observó entonces que todavía llevaba el equipo de caza en el portaequipajes.

Qué sencillos le habían parecido los planes de salir a cazar hacía algunos días.

Condujo hasta un establecimiento que estaba abierto toda la noche, el Gas'n'Go. Se compró una taza de café negro, condujo hasta el borde del río Gasconade y aparcó. Mientras bebía el café, contempló la salida del sol que teñía la bruma que había encima del río. Entonces recordó a Eden Storey.

La pasada noche, le había ofrecido consuelo con demasiada facilidad. Luego le molestó haberlo hecho y, en contra de su voluntad, también le excitó. Se parecía demasiado al deseo de cuidar de ella, y él ya no quería que una mujer volviera a importarle de ese modo.

●　●　●

Mientras Owen contemplaba el amanecer junto al río, Drace, Raylene y Stanek atravesaban el bosque lleno de niebla. El bosque que bordeaba las tierras de Louise Brodnik.

Raylene se sentía orgullosa de que Drace la hubiera dejado acompañarlos, sentía cierto orgullo femenino. Era mejor tiradora que Stanek, y en general mejor con las armas de fuego que él o Yount. Drace y ella habían crecido con rifles de caza y pistolas; sabían disparar desde que eran niños.

Ahora el grupo atravesaba el bosque apenas iluminado con jirones de una niebla que poco a poco iba desapareciendo. Avanzaban con sus pesadas botas en medio de un silencio espectral sobre una alfombra de agujas de cedro y de hojas caídas y húmedas.

Llevaban puestos pantalones de camuflaje. Raylene se había remetido los suyos, para que se le adhirieran mejor. También llevaban máscaras de esquiador, jerseys térmicos negros y guantes de cuero negro.

Salieron sin hacer ruido al borde del bosque y se detuvieron a observar la parte trasera de la casita azul de Louise Brodnik. El cielo aclaraba, aunque el sol todavía no era visible y la niebla se arremolinaba a su alrededor como un fantasma que danzase con una música lenta e inaudible.

Drace les hizo una seña para que avanzaran hacia la casa y ellos le obedecieron. Él cubría la retaguardia. Stanek cogió unos alicates muy afilados que llevaba en el cinturón y cortó el cable del teléfono. El cable cayó como una larga serpiente de juguete al suelo cubierto de rocío.

Luego utilizó un cortador de vidrio y dibujó un círculo en la ventana de la puerta trasera, succionó y retiró el disco de cristal sin que se rompiera ni cayera. Metió la mano por el agujero y abrió la puerta.

La puerta crujió un poco al abrirse, Stanek entró en la cocina seguido de Raylene y de Drace. La habitación era pequeña y estaba en penumbra, con las persianas de la única ventana echadas. Raylene sacó la linterna de la funda y la encendió. Vio la cesta pequeña y vacía de un perro en un rincón, pero no vio al perro.

Se dirigió a la puerta que conducía a la sala de estar. Ahora Stanek iba detrás de ella y Drace cerraba la marcha. La sala de estar estaba en silencio, lo único que se oía era el tic tac de un reloj de cucú que había encima del televisor.

Drace se adelantó y salió en silencio al pasillo, abrió suavemente las puertas que iba encontrando, primero la de un armario ropero, luego un cuarto de baño y, finalmente, un dormitorio. Una silueta encogida yacía en la cama en medio de la oscuridad, roncando tranquilamente. Era la mujer.

Junto a Drace, Raylene sujetó el rifle con más fuerza y sintió el olor de la excitación que le pareció triunfante e inesperadamente sensual.

# Capítulo 9

Cuando salió el sol, lo ocultaron unas nubes grises y durante una hora estuvo ascendiendo con su pálida luz velada.

Aunque la habitación seguía a oscuras, Peyton se encaramó en el lecho de Eden y le sacudió el hombro para despertarla. Dio unos saltos arrodillada encima del colchón.

—Eden, levántate. Es por la mañana. Tengo hambre.

Eden lanzó un gruñido y se cubrió los ojos con el brazo. De repente, le asaltaron los recuerdos cuando se dio cuenta de dónde se encontraba y quién estaba caracoleando encima de la cama.

Peyton se levantó, luego se dejó caer sentada para que la cama temblara como si se hubiera producido un terremoto.

—¡Levántate! —gritó.

—Oh, síííí —dijo Eden incorporándose medio dormida—. Vamos a tener que trabajar un poco los buenos modales.

Se levantó y entró en la cocina con la niña pisándole los talones. Aunque Peyton quería comer pizza, Eden la engatusó para que tomara cereales con leche y bebiera un zumo de naranja.

La niña todavía vestía la ropa llena de barro que llevaba la noche anterior y todavía tenía hojas enredadas en el pelo. Comía haciendo ruido y muy deprisa, como la persona que no sabe cuándo volverá a hacerlo. Eden se disponía a corregirla, pero un momento después cambió de parecer.

Poco a poco, pensó, contemplando a la pequeña mientras se engullía el segundo bol de cereales. Iba a necesitar tiempo para ganarse la confianza de Peyton y civilizarla un poco. Era como intentar domesticar a una criatura salvaje.

Tras la cuarta ración, Peyton apartó el bol y se enjugó la boca con el dorso de la mano. Se volvió hacia Eden y, de repente, en sus ojos apareció una expresión de recelo.

—¿Te quedarás aquí todo el día? Henry dice que deberías quedarte.

Eden sintió en el corazón un pinchazo de pena y de remordimiento.

—Me quedaré todo el día —contestó—. «No te quiero, pequeña, pero por ahora vamos a tener que estar juntas.»

—¿Y te quedarás mañana? —preguntó Peyton, inquieta.

—Sí. Ve a cepillarte los dientes. Iremos a casa del señor Charteris y sacaremos a pasear a su perro. Después volveremos aquí, te daré un baño y te lavaré el pelo.

La cara de Peyton tenía una expresión malhumorada, pero obedeció si rechistar. Eden se vistió rápidamente con unos tejanos y una camiseta de color aguamarina. Se puso los zapatos y ayudó a Peyton a ponerse los suyos.

Con la niña de la mano, atravesó los centenares de metros que separaban la casita de Jessie de la gran casa de Owen. Encontró la llave debajo del felpudo y abrió la puerta.

Entró con Peyton, que no quería atravesar la puerta.

—No me gusta esta casa —dijo la niña, arrugando la nariz con disgusto—. No es una casa feliz.

Le sorprendieron las palabras de la niña, en las que observó una inesperada agudeza. La casa, vacía, amenazadora, en penumbra, olía a serrín y no era una casa feliz.

Le pareció imposible que alguien viviera allí. La sala de estar y el comedor estaban vacíos, destartalados, con las vigas a la vista y los cables colgando del techo como ganglios en carne viva. El único mobiliario lo constituía un par de caballetes de serrar y una escalera de tijera salpicada de pintura.

Un polvo de escayola cubría los suelos de madera como si fuera hielo y el único sonido parecía proceder de algún roedor o de un insecto grande que huyera de los intrusos humanos.

En la cocina, había una nevera antigua en uno de los extremos. Habían quitado el hornillo y en lo que quedaba de la repisa, instalado un pequeño microondas cuya modernidad era poco congruente con el resto. La puerta trasera estaba cerrada.

Había un fregadero nuevo, una mesa desvencijada con una silla plegable y en la esquina más alejada, un plato para la comida del perro, otro para el agua y el jergón gastado del animal.

En ese jergón yacía el perro viejo, muy viejo a decir verdad, que las miraba con unos ojos velados por las cataratas. Olisqueaba el aire mientras el rabo iniciaba un movimiento vacilante.

Por instinto, Eden supo que aquel animal debió de pertenecer a la mujer de Owen; no era el perro de un hombre, sino esa clase de animal criado para las faldas y para llevar lacitos en el pelo.

La correa colgaba de un clavo que había en la pared, encima del plato del agua. Eden la cogió y luego se arrodilló al lado del perro. Le habló y el animal meneó el rabo con más entusiasmo. Cuando ella alargó la mano, él la olió, meneó el rabo y le lamió los dedos, primero con delicadeza y luego con una expresión semejante al éxtasis.

Entonces Eden comprendió. El perro se sentía feliz con una mujer. «No voy a ponerme sentimental con este miserable perrito —se dijo con dureza—. No lo haré». Le abrochó la correa, lo obligó a levantarse y empezó a caminar hacia la puerta principal.

—Este perro se va a morir —dijo Peyton detrás de ella.

—Vamos. —Eden ignoró sus palabras.

—Sé cómo se mueren estos perros. Una vez vi morir a uno —siguió insistiendo Peyton.

El instinto de Eden se puso alerta.

—¿Tenías uno? —preguntó como si no le importara—. ¿Dónde?

Peyton la miró con recelo.

—En algún sitio —fue la respuesta.

Entraron en un corredor que antes no había visto. Al fondo vio una puerta que estaba entornada. Peyton también la había visto y se apresuró a ir a mirar.

—Aquí duerme él —dijo la niña con aversión—. Ese hombre.

Dominada por la curiosidad, Eden cruzó el pasillo y se asomó a la habitación. Inmediatamente se arrepintió de haberlo hecho. Ella, que con tanto fervor defendía su intimidad, acababa de invadir la de otra persona. Pero Peyton tenía razón: aquella habitación era la suya.

En el suelo había un colchón estrecho, cubierto con unas sábanas arrugadas y mal emparejadas. En un rincón, un escritorio desvencijado y una silla de madera.

Encima del escritorio, pequeñas herramientas y un aparato semejante a una abrazadera que sujetaba lo que parecía una flecha que estaba parcialmente emplumada.

—¿Has visto? —dijo Peyton, de pie a su lado.

«Dios mío, vive como un monje», pensó Eden. El perro se retorcía en sus brazos, gemía e intentó lamerle la cara.

—Vámonos —le ordenó a Peyton—. Vayamos a pasear al perro.

Eden salió por la puerta principal y cogió al animal en brazos para bajar los escalones. Peyton los fue saltando uno a uno.

—Esto es una granja —dijo la niña frunciendo el entrecejo—. No me gustan las granjas.

Eden volvió a ponerse en tensión.

—¿De verdad? ¿Y eso por qué?

—No lo sé —contestó Peyton—. ¿Tendremos pizza para almorzar?

Eden dejó al perro en el suelo y lo llevó hacia el sendero del bosque. Peyton caminaba y brincaba a su lado.

—La, la, la —canturreó.

«Procura que no se desvíe», se dijo Eden. «Hay unas preguntas que necesitan una respuesta.»

—Peyton —dijo eligiendo cuidadosamente las palabras—, la pasada noche hiciste un dibujo. Un dibujo precioso. Una mujer rubia que tenía fuego en la mano. ¿Quién es?

Peyton dejó de saltar y se quedó mirando a Eden, casi con temor.

—El señor Charteris se ha ido a Sedonia, Missouri, a buscar a tu madre. ¿Has oído hablar alguna vez de Sedonia? —le preguntó.

Peyton lanzó un doloroso suspiro. Se le llenaron los ojos de lágrimas y entonces Eden comprendió que no podía hacer preguntas a la niña sobre Sedonia, el avión o cualquier otra cosa que la pusiera nerviosa.

—Bueno, no importa —dijo suavemente, alargando la mano hacia ella—. No tienes que hablar de ello si no lo deseas. Ya no te haré más preguntas.

Peyton se encogió como si creyera que iba a recibir un golpe y Eden se sobresaltó ante el temor de la pequeña.

—¿Me has dicho que quieres pizza para almorzar? —preguntó con una sonrisa y cogiendo la mano de la niña.

El rostro de la pequeña estaba inexpresivo.

—No lo sé —contestó—. A lo mejor Henry quiere.

—Estupendo —dijo Eden apretándole la manita—. Es la pregunta más importante de todas: lo que Henry quiere para almorzar.

El corazón le latía con fuerza por el pequeño triunfo, porque Peyton había reconocido el nombre de Sedonia. Estaba segura. Estaba completamente segura.

A última hora de la mañana, el sol pegaba fuerte.

Raylene estaba sentada en el porche trasero, contemplando cómo Drace guardaba las armas detrás del falso suelo de la furgoneta. Se había cambiado de ropa y ahora llevaba unos pantalones marrones y un jersey de angorina de color amarillo. A Drace le gustaba ese jersey.

Tiró un par de esposas entre los rifles y los cubrió con un falso panel, un trozo de moqueta. Luego puso unos periódicos encima del panel y encima el teléfono móvil.

Se incorporó, se volvió y miró a Raylene con disgusto.

—Un ataque de corazón —dijo, haciendo una mueca—. Un jodido ataque de corazón.

Raylene procuró no acobardarse ante su descontento. Ella había sido la primera que se había puesto nerviosa por lo que había sucedido.

Esa mujer, la Brodnik, había muerto retorciéndose en el suelo ante sus incrédulos ojos. Ellos casi no la habían tocado, sólo la habían golpeado un poco y le habían roto un dedo.

Raylene sabía que Drace necesitaba su confianza y afecto. Se levantó y se dirigió hacia él. Puso los brazos alrededor de su cintura y apoyó la cabeza en el pecho de su primo.

—Todo va a ir bien —dijo con voz suave—. Harás que todo vaya bien.

Él la rodeó con sus brazos y apoyó la barbilla en la cabeza de ella.

—No contestó a la mitad de nuestras preguntas.

—Pero algo es algo —le consoló Raylene.

Antes de morir, Louise Brodnik balbuceó que había dejado a Mimí sola en Branson, en un motel cuyo nombre ahora no podía recordar, quizá llevara la palabra «inn». Dijo que se habían quedado un rato en Branson y que luego se había llevado a Peyton.

Drace le había dado una bofetada y la había sacudido bruscamente, para que le dijera dónde estaba ahora la niña. La mujer había balbuceado algo apenas comprensible acerca de alguien que se llamaba Jessie que vivía en Endor, Arkansas.

Entonces, de pronto, Louise Brodnik se empezó a tambalear, aunque Drace la sujetaba, como un perro que sufriera una convulsión, y le vomitó encima un coágulo.

Drace la soltó y ella cayó al suelo como una marioneta rota que se tambaleara en un charco de porquería. Raylene se la quedó mirando unos instantes llena de asco y de algo semejante a la incredulidad.

Ellos habían planeado la muerte de esa mujer, pero sólo después de haberla interrogado. Tenía que ser un acto militar limpio, un acto audaz de la guerrilla. ¿Cómo podía fracasar su operación, cómo podía abortarse de una manera tan sucia y confusa?

Luego, mientras contemplaban el cuerpo y el vómito, a Raylene se le abrió el entendimiento. Ellos querían que Louise Brodnik muriera, y un poder más alto se había encargado de ejecutarla. Fue como si el destino exaltase el juicio de Drace, que se doblegara a él y lo sirviera. No habían obtenido todas las respuestas, pero las que tenían ya eran suficientes. Encontrarían a Mimí y a Peyton. De eso no cabía duda.

Incendiaron la casa de Louise Brodnik, aunque Stanek, imprudentemente, se atrevió a poner objeciones. Raylene no dudó en obedecer las órdenes de Drace; estaba segura de que la muerte de la mujer no había sido una chapuza o un descuido, sino una señal. Un mensaje, una lección.

Ahora Raylene cerró los ojos y besó a Drace en el pecho, encima del corazón. Sintió los firmes latidos bajo su boca, su calor.

—¿Crees que Mimí está todavía en Branson? —murmuró.

—Si ha estado bebiendo, todavía estará —contestó él—. De una manera u otra, la encontraré.

—Sé que lo conseguirás —dijo Raylene, besándolo de nuevo en el mismo lugar, dejando que sus labios se demoraran allí.

—Quiero que me acompañes —murmuró él, sorprendiéndola.

Ella se apartó un poco y se lo quedó mirando con expresión incrédula.

—¿Yo? ¿De veras? —preguntó con una sonrisa temblorosa.

—Sí —repuso él, asintiendo y poniéndole las manos sobre los hombros.

—Pensé… pensé que te llevarías a Stanek.

—Puedo necesitar a una mujer.

—¿Para ayudarte a buscarla?

—Sí —contestó él dirigiéndole una media sonrisa y apretándole los hombros—. Además, eres mejor tiradora. Dejemos que Stanek se quede y juegue a ser la enfermera de Yount.

Raylene le rodeó la nuca con las manos y le besó la barbilla.

—Gracias —murmuró con fervor—. Gracias.

—¿Te fastidiará mucho matarla? —preguntó luego muy serio.

Miró su rostro de facciones perfectas. Drace era el instrumento elegido de la libertad, de eso estaba más segura cada día, y ella lo amaba más aún por esta razón. Antes creía que no iba a poderlo amar más de lo que ya lo amaba.

Mimí había sido una rival, Mimí lo había traicionado y, al traicionarlo a él, había traicionado la fuerza divina de la libertad. Por esto tenía que morir y también su hija. Raylene estaría orgullosa de matarlas a ambas.

—No —contestó con sinceridad—. En absoluto. Nunca me llegó a caer bien.

—Estabas celosa —dijo Drace—. Y no deberías de haberlo estado.

—Pero lo estaba —dijo ella, apretándose contra él.

—¿Y la niña? —preguntó—. ¿Tampoco te costará matarla?

—En absoluto —contestó sin vacilar—. Me gustará hacerlo, por ti.

—¿Estás segura? —preguntó él, buscando sus ojos.

—Oh, Drace —murmuró Raylene—, durante un instante, en Miami, después de la explosión, me sobrevino un pensamiento anticuado. Pensé, «estás condenada». Pero no lo estoy. Ni lo he estado nunca. Contigo estoy a salvo.

Drace le acarició el rostro con ternura.

—Eres una criatura —dijo.

●  ●  ●

Peyton, limpia y oliendo a las sales de baño de lavanda de Eden, entró tímidamente en la habitación del hospital, vestida con sus ropas más nuevas, el cabello cepillado y brillante. Se balanceaba sobre un pie y sobre el otro, el pulgar dentro de la boca y tratando de ocultarse detrás de Eden.

—¿No eres tú esa cosita tan linda? —preguntó Jessie—. No te escondas de mí. Sal donde pueda ver lo preciosa que eres.

Peyton se escondió aún más y dio un tirón a la camiseta azul de Eden.

—Tengo ganas de hacer pipí —dijo.

—Ve —Eden señaló el cuarto de baño—. Y después lávate las manos.

Peyton entró en el cuarto de baño y cerró la puerta tras de si.

—Qué pequeñita —rió Jessie.

—La pequeñita necesita un millón de cosas —comentó Eden—. Cuando salgamos de aquí, la voy a llevar de compras. Todo lo que lleva son harapos.

—No vayas a rondar por ahí inventándote cosas que hacer. Tienes que volver a casa y atender al teléfono.

—Tengo que volver a casa y utilizar el teléfono. Voy a llamar al dentista para que me dé hora para la niña. Y a un pediatra y a un psicólogo.

—¿Un psicólogo? —Jessie se puso en guardia.

—No hay que avergonzarse por ir a la consulta de un psicólogo —dijo Eden—. La niña está traumatizada. No quiere hablar del pasado.

Hizo una pausa mientras se preguntaba si debía contárselo todo a Jessie.

—Hace unos dibujos muy extraños, extrañísimos.

—¿Cómo qué? —preguntó Jessie en un tono de desafío.

De nuevo Eden volvió a dudar antes de seguir hablando.

—Jessie, ¿le hablaste a Peyton de tu sueño? El de la mujer rubia con fuego en las manos.

—Pues claro que no —replicó Jessie—. Lo tuve ayer por la noche. Y ayer por la noche no hablé con ella. Gracias a alguien cuyo nombre no quiero decir.

Eden frunció el entrecejo con expresión preocupada.

—Bien, pues ella dibujó lo mismo que soñaste tú: el retrato de una mujer rubia con fuego en las manos. ¿Cómo pudo hacerlo?

—Oh —repuso Jessie—. Muy sencillo.

—¿Sencillo?

—¿No te lo imaginas? —preguntó Jessie—. Ella es carne de mi carne y sangre de mi sangre. Mis poderes ven el interior de su cabeza. Es así de simple.

Eden era muy escéptica, pero se dominó y no dijo nada. Se limitó a apretar los labios con fuerza.

Jessie meneó la cabeza.

—En cuanto a la chica rubia, no ha salido de mis sueños. Ha vuelto esta noche. Llevaba un libro de bolsillo lleno de caras y un anillo azul.

—¿Quééé? —exclamó Eden, poniéndose la mano en la cadera—. ¿Y qué se supone que significa eso?

—Significa que puede cambiar de apariencia. Como un camaleón. Y un anillo azul significa un anillo azul. Tiene una piedra azul. Como tu camiseta.

Eden se miró la camiseta.

—¿Una turquesa? —preguntó con expresión de duda.

—Sí —dijo Jessie, cruzando las manos—. Es verdad o me afeitaré la cabeza.

Peyton empujó la puerta del cuarto de baño y salió. Intentó dirigirse a la esquina más alejada de la habitación, pero Jessie la señaló con el dedo.

—Señorita Peyton, preciosa. Ven aquí, querida, siéntate en la cama de la abuelita.

Peyton se detuvo con una expresión en la cara que era a la vez de culpabilidad y de poco entusiasmo.

—No debería sentarse en la cama. Tienes la pierna rota.

—¡Psss! Trae a mi corderito aquí, a mi lado.

Eden suspiró y llevó arrastrando a la infeliz Peyton al borde de la cama de Jessie.

—No saltes —le advirtió—. Ni te muevas.

Peyton movió los hombros, se sentó y permaneció inmóvil, aunque con la vista clavada en la baraja del tarot que había en la bandeja de al lado de la cama de Jessie.

—Quiero que me cuentes algo de Owen Charteris —dijo Eden—. Esta mañana hemos ido a su casa a sacar al perro. Vive como un ermitaño. ¿Por qué? ¿Y por qué te protege tanto?

—No le atraen demasiado las cosas de este mundo —dijo Jessie con seguridad—, después de haber perdido lo que más significaba para él en este mundo.

Eden tuvo una sensación extraña que no comprendió, fue como una sensación de pérdida.

—Te refieres a su esposa.

—Su esposa. La mujer más dulce del mundo. Amaba a todo el mundo, estaba en su naturaleza, y uno no podía más que amarla también a ella. Todos. Él es protector porque así es su karma.

Eden hizo un esfuerzo para dominarse y parecer fría y desinteresada.

—¿Su karma?

—Sí señora. Cree que vive de prestado.

—¿Cómo es eso?

—Se fue a Tejas con una de esas becas de deporte —dijo Jessie—. Baloncesto. Le iba estupendamente. Pero en un partido, le dieron un golpe y se rompió el hombro. Ya no pudo volver a lanzar. La mayoría de la gente, no se habría dado cuenta de la diferencia. Para él todo cambió. Karma.

Eden vio que Peyton cogía la baraja de cartas de Jessie.

—¿Y entonces? —preguntó—. ¿Volvió aquí?

—Sí. Y entró en la policía. Se casó. Y fue feliz durante un tiempo. Pero las cosas le fueron mal. Murió su padre y su esposa enfermó. A su madre, le empezó a fallar…

Jessie se dio unos golpecitos en la sien con un gesto significativo.

—El Elsimer —dijo.

—Alzheimer —corrigió Eden.

Jessie se encogió de hombros.

—Sus dos hermanas, eran bastante bonitas, pero cuando se trató de elegir marido perdieron la cabeza. Ahora vuelven a estar solas, y las dos tienen hijos. Viven del dinero de la familia. Él se ocupa de todo.

Eden alzó una ceja. Ese sacrificio no le hacía feliz. Al contrario.

—Supongo que todo esto es muy noble. Pero no explica por qué se ocupa tanto de ti.

Jessie había empezado a echar las cartas del tarot encima de la sábana, en forma de cruz. Peyton, que seguía inmóvil como una estatua, no le quitaba ojo.

—¿Quieres que veamos lo que dicen las cartas, preciosa? —preguntó Jessie.

Giró la carta central. Era uno de los arcanos mayores. Sobre un pálido caballo cabalgaba un caballero de blanca armadura cuyo rostro era una calavera que sonreía burlona.

«La carta de la muerte», pensó Eden con un escalofrío.

Jessie se la quedó mirando, obviamente agitada.

—Dios mío —murmuró—. De repente, siento el fuego. Una casita azul convertida en cenizas. Siento a una mujer deshecha, muerta, todo ha desaparecido.

Peyton se la quedó mirando con el rostro sin color y con los ojos llenos de lágrimas.

—Jessie, no —le advirtió Eden—, la estás asustando.

—No puedo remediarlo —dijo Jessie, poniéndose las manos en las sienes—. Casa azul y mujer, todo quemado por el fuego.

Peyton ocultó la cara entre las manos.

—¿La casa, la señora? —dijo con un hilo de voz—. ¿Se ha quemado? ¿Ellos también se han quemado?

Eden cogió a la niña por los hombros.

—La abuelita no quiere asustarte. Cuéntamelo. Cuéntame lo que quieres decir.

Pero Peyton no contestó. Rompió a llorar en silencio y con un desespero que no parecía el de una niña de su edad.

Eden estaba asustada. Levantó a Peyton y la apoyó en su hombro.

—Jessie, ten cuidado —le advirtió—. No deberías decir esas cosas delante de ella.

Jessie estaba pálida.

—No puedo remediarlo —dijo—. Tengo una visión, una visión muy poderosa.

Eden vio que una vena le latía en la sien. Luego alargó una mano hacia la niña, pero le temblaba la mano llena de anillos.

—Y tú… necesitas un calmante —le dijo Eden—. Voy a llamar a una enfermera.

—No quiero una enfermera protestó Jessie bruscamente, pero Eden ya había pulsado el timbre.

Abrazó a Peyton. La niña ocultó el rostro en su cuello y lloró en silencio.

Las cartas del tarot estaban esparcidas encima de la cama y por el suelo.

—Dame las cartas —le ordenó Jessie—. Quiero ver lo que me dicen.

Pero Eden no podía hacerlo porque tenía a Peyton en brazos. Además, no quería tocar esas cartas, ni siquiera deseaba mirarlas. Apretó los labios y meneó la cabeza.

Apareció una enfermera morenita de expresión alegre y divertida. Eden a duras penas dijo adiós, rápidamente escapó de allí pisando las cartas y abrazando con fuerza a Peyton.

# Capítulo 10

Mimí había ido al espectáculo matinal de «Jemma in the Morning». La cantante, Jemma, tenía una buena voz, casi tan buena como la suya antaño, y la comedia fue divertida. El desayuno que servían consistió en café, salchicha y una pera no muy madura.

Durante casi noventa minutos, Mimí casi fue feliz, pero cuando el telón de terciopelo azul cubrió finalmente el escenario, su felicidad se disipó. No había otro espectáculo hasta las dos.

Volvió a la habitación del motel, pero antes se detuvo en la tienda de licores y compró otra botella de vino. Luego se sentó en la cama y se quedó allí fumando y pensando en Peyton.

Pensó en Jessie y en Eden. Durante todos esos años había sentido celos de ella. Pero ahora la echaba de menos, y mucho.

Bebió un trago de vino del vaso de plástico, y cuando el vaso estuvo vacío, volvió a llenarlo.

Owen no había conseguido nada.

Había pasado toda la mañana haciendo preguntas, pero las respuestas no habían sido satisfactorias.

Fue al servicio de ventas de Ness Chevrolet, que era el mayor distribuidor en tres condados. Tenían centenares de clientes, y docenas de ellos podían responder a la descripción que Jessie le había hecho de la mujer que había traído a Peyton.

Ronald Ness, el propietario de la distribuidora, le dijo que aquellas camisetas las habían regalado como promoción hacía cinco años, pero no sólo a los compradores, sino también a los empleados y sus familiares. También en la radio y en la feria del condado y durante las rebajas de verano.

Se habían distribuido quinientas camisetas Ness Chevrolet, le dijo Ronald Ness y las personas que no las querían llevar, se las regalaban a otras. Al final, la mayoría iban a parar al local del Ejército de Salvación, donde cualquiera podía adquirirlas por veinticinco centavos.

Owen llevaba una fotografía antigua de Mimí y una de Peyton que le había sacado con una Polaroid. Los retratos no le dijeron nada en absoluto a Ness.

Después visitó todos los servicios de canguros de las páginas amarillas de Sedonia. En ninguno reconocieron a Mimí o a Peyton. Le dieron los nombres de algunas canguros, pero sólo consiguió que menearan la cabeza en sentido negativo cuando les enseñó las fotografías.

Luego fue a tres escuelas primarias de Sedonia, porque pensó que Peyton podría haber asistido al jardín de infancia o a primer grado. Pero ningún maestro la conocía.

Después se dirigió al departamento de la policía y habló con un detective que le dijo que sí, que la policía de Endor se había puesto en contacto con ellos buscando a la mujer, pero que no existía demasiada información. Estaba claro que no deseaba ser molestado.

La misma historia se repitió en la oficina del sheriff, donde el grueso comisario con el que Owen habló, le dedicó un bostezo en el que exhibió una hermosa colección de fundas de plata en los molares.

El comisario, Carl Biddemeyer, le explicó que pertenecía al Departamento de Bomberos Voluntarios de Freedonia Hills y que le habían hecho levantar de la cama poco después del amanecer.

—Un incendio terrible —le dijo Biddemeyer, meneando la cabeza y moviendo sus enormes mofletes—. Cuando llegamos todo estaba destruido. No pudimos hacer nada, sólo apagar el fuego. Se quemó todo. Murió una mujer. No se pudo hacer una mierda.

Biddemeyer parecía afectado al recordarlo. Owen hizo un gesto de cortés simpatía y volvió a dirigir la conversación hacia Peyton y Mimí. Mostró las fotografías al comisario.

El hombre frunció el entrecejo.

—Quizá haya visto a la mujer en algún sitio. Puede ser. Quizá no.

—¿Recuerda dónde?

Biddemeyer se encogió de hombros.

—No lo sé. Por aquí hay mucha gente que viene y va. Es un lugar agradable, pacífico. Ahora se está llenando demasiado. La culpa la tienen esos negocios de pollos. Van a arruinar la ciudad. Por eso me he trasladado. Hace cuatro meses. Compré una pequeña granja. Con un estanque de barbos.

Owen se mantenía inexpresivo. Si el detective había sido muy tacaño con su tiempo, Biddemeyer en cambio parecía tener demasiado. Estaba dispuesto a charlar.

Owen le dio las gracias y se marchó. Pensó en telefonear a Eden, pero supuso que era temprano todavía. Condujo hasta Gas'in'Go, compró café y luego aparcó el coche en las proximidades del río.

Cuando marcó el número de Jessie, observó que el pulso se le había acelerado. Por alguna razón se sentía como el muchacho que llama por teléfono a su chica para pedirle una primera cita. Eso le molestó y apretó los dientes.

Respondió a la quinta llamada, con una voz que parecía sin aliento.

—Residencia Buddress. Jessie no está aquí ahora. Soy su nieta Eden. ¿Desea dejarme un mensaje?

Por primera vez observó lo profunda y flexible que era su voz y ese pensamiento le produjo unas inesperadas vibraciones en la sangre.

—Soy Owen. Estoy en Sedonia. Parece que te falte el aliento.

—Estaba en el cuarto de Jessie, atendiendo la línea esotérica. ¿Te has enterado de algo sobre Peyton y Mimí?

Su voz sonó a la vez esperanzada y ansiosa. Owen no podía disipar la ansiedad, sólo la esperanza.

—Nada —contestó—. Sólo he encontrado muros insalvables. Lo siento.

—Oh —hubo una pausa—. Gracias por intentarlo. ¿Vas a volver ahora?

—No. Todavía quiero investigar un poco más. Lo que significa que probablemente me voy a encontrar con más muros insalvables. Pero si tengo que derrumbarlos, lo haré.

Owen se dijo que los hábitos de policía eran difíciles de superar. Se dijo que era lo menos que podía hacer por Jessie. Se dijo que lo hacía para sacar a Eden y a Peyton de su vida, que eso era todo.

Con su voz clara, lenta y segura, Eden le contó la descripción críptica que Jessie le había hecho la noche anterior, de la mujer con la mano llena de fuego y cómo el dibujo de Peyton mostraba la misma imagen inexplicable.

Owen frunció el entrecejo cuando Eden le contó que la carta de la muerte había provocado una visión espontánea en la anciana.

—Espera un momento —la interrumpió Owen—. ¿Qué dijo? ¿Qué dijo exactamente?

Oyó que Eden lanzaba un profundo suspiro y luego repetía lo que Jessie le había dicho.

—Entonces Peyton se cubrió la cara con las manos y se echó a llorar, y dijo «¿la casa de la señora, se ha quemado? ¿Y ellos se han quemado? ¿Se ha quemado todo?

—Espera —dijo él—. ¿La casa y la señora? ¿Ellos se han quemado? ¿Qué casa? ¿Qué señora? ¿Jessie habló de un incendio? ¿Qué incendio? ¿Y quiénes son ellos? ¿Estás segura de que Peyton dijo ellos?

—No lo sé. No sé si dijo otra cosa. Aunque sí, dijo ellos. Estoy segura. ¿Por qué?

—No lo sé —repuso él. Pero el recuerdo de algo que parecía nimio e insignificante se removió en su cabeza como una serpiente que comenzase a salir de la hibernación.

—Jessie no debería de haber dicho tales cosas delante de ella —dijo Eden y él oyó la desaprobación que denotaba su tono de voz.

—Pero ¿en cuanto a esa visión? —preguntó quedamente—. ¿Qué crees?

—Todo lo que sé es que la pobre niña está traumatizada y Jessie la atemorizó. He telefoneado a mi amiga Sandy de Los Ángeles. Le he pedido que me busque al mejor psicólogo infantil de la zona. Tiene buenos contactos. No me importa si tengo que llevarla a Little Rock o a Tulsa. A Jessie no le gustará, pero…

—Sí —dijo él, pero no estaba pensando en un psicólogo. Cuando a Peyton le aterrorizó el reportaje sobre la explosión del avión, le había dicho «el avión se ha quemado. Se han quemado todos.»

¿Quiénes eran esos misteriosos personajes a los que se refería y por qué los había mencionado dos veces en relación con los incendios?

* * *

«Odio a Alexander Graham Bell y al caballo que montaba», pensó Eden desesperada.

En cuanto colgaba el auricular, el teléfono volvía a sonar. Todo el mundo, al parecer, deseaba contactar con la línea esotérica para que le desvelara los misterios del pasado, del presente y, sobre todo, del futuro.

Peyton estaba sentada en la sala de estar mirando la televisión y jugando con una caja de botones que Eden había encontrado en un armario; se entretenía pasándolos por un cordel. Parecía estar acostumbrada a jugar sola y estaba absorta en su quehacer.

Hoy la gente que solicitaba los servicios de Jessie era tan diversa como imparable. Llamó una mujer muy angustiada por la pérdida de su perro, un hombre que esperaba un consejo sobre una operación de cambio de sexo y otro que se dedicaba a la compraventa de terrenos, y solicitaba su consejo sobre las tierras que debía comprar.

Utilizando la numerología, Eden le aseguró a un ama de casa atosigada de Memphis que los augurios para el pollo a la Kiev que deseaba servir como plato principal esa la noche eran excelentes. Le leyó las cartas a un banquero de Ohio que deseaba saber qué le iba a suceder al yen japonés y le hizo un horóscopo a un granjero solitario de Iowa.

Cuando el granjero colgó, apoyó los codos en el escritorio y la cabeza en las manos. El teléfono volvió a sonar. Levantó la cabeza y se lo quedó mirando fijamente. «Demonios», murmuró. Y volvió a sonar.

Fue a contestar con un suspiro exasperado.

—Hermana Jessie —dijo—, vidente por la gracia de Dios.

Una voz ronca, mal articulada y jadeante la saludó al otro lado de la línea.

—Hola, Jessie. Soy yo, Constance.

A Eden le pareció que una mano gigante le apretaba el corazón y la dejaba sin aliento. De repente, sintió la boca seca. Comprobó la lucecita verde de la grabadora y miró la pantalla del identificador de llamadas. La lectura decía: «no disponible».

La mujer hablaba con precipitación.

—Quiero hablar con usted. Tengo que hacerle unas preguntas importantes. Quiero que me lea las cartas.

Eden procuró que su voz sonara tan antigua como la misma tierra.

—Constance... he estado pensando en usted, querida.

Pasaron tres segundos antes de que la mujer respondiera.

—¿Pensando en mí? ¿Y cómo es eso?

Esa voz, pensó Eden con desmayo. No se parecía en absoluto a la de Mimí. Sin embargo, volvió a sentirla terriblemente familiar, y le era difícil decir por qué.

—Me preguntó por una niña —dijo Eden con cautela—. Tuve una visión de la niña. Necesita a su madre.

—No —contestó la mujer con una fuerza sorprendente—. No puede. Su madre no es buena para ella. Nada buena.

«Ha estado bebiendo», pensó Eden, muy segura.

—La madre —continuó—, ¿podría estar metida en algún problema?

Oyó un ruidito extraño, ¿un sollozo, un grito?

—Sí, podría decirse que así es.

«¿Mimí? ¿Eres tú? ¿Qué te pasa?»

—¿Un problema muy grave? —preguntó Eden con el corazón desbocado.

—Tan grave como el que más.

Eden empezó a sentirse enferma y angustiada.

—Quizá debería ir a la policía.

—No. No puede.

—Entonces —Eden lanzó un profundo suspiro—, quizá debería ir a su casa, con su familia. Ellos la acogerían.

—No puede hacerlo. Ella —la mujer vaciló—, no estaría a salvo.

—¿Ella no estaría a salvo?

—Oh, Dios mío —dijo la mujer con voz angustiada—. Eche las cartas y léalas. La escucho.

Eden se pasó los dedos por los cabellos. La voz sonaba débil, desesperada, irracional. Parecía la de Mimí y, sin embargo, no era en absoluto como la de Mimí.

—Estoy tirando las cartas —contestó Eden—. Aquí veo a una hermana que ayuda, quiero decir, que ayuda en lo que puede.

La mujer emitió un sonido extraño, como un jadeo de cansancio.

—Esta mujer —dijo Eden—, creo que si vuelve a casa, se ocupará de todo. Estoy segura.

—No, no. Lea las cartas.

Eden recordó las palabras de Jessie y el dibujo de Peyton. Intentó otra táctica.

—¿Conoce a una chica rubia?

No hubo respuesta, sólo una respiración ronca.

—Lleva fuego en la mano.

—Oh, Dios —dijo Constance con voz áspera.

«Hay que ir por aquí», se dijo Eden.

—Es hermosa, muy hermosa. Pero puede cambiar de aspecto, igual que un camaleón. Lleva un libro de bolsillo lleno de caras.

—Oh, Dios mío, Dios mío —gimió.

«No vayas tan deprisa, que la estás asustando».

—No sé lo que significa esto —dijo suavemente Eden—. Lo dicen las cartas, eso es todo. ¿Y qué preguntas desea hacerme, querida? Estoy aquí para ayudarla.

—¿Qué más sabe de esa mujer? Dígamelo.

—¿Quién es, querida? Parece asustada. ¿La asusta ella?

—¿Qué más sabe de ella? —insistió con voz trémula.

Eden lanzó un profundo suspiro y tomó la decisión táctica de seguir con el sueño de Jessie.

—¿Tiene un anillo con una piedra azul? ¿Una turquesa, por ejemplo?

La mujer emitió un sonido semejante a un chasquido, a una aspiración.

—Veo a esa chica, tiene una bandera quemando en su interior y la mano llena de fuego.

—Miami —dijo la mujer con voz temblorosa—. ¿Sabe lo de Miami?

«¿Qué está diciendo? —se preguntó Eden llena de ansiedad—. ¿De qué está hablando, en nombre de Dios?»

—¿Miami? —repitió.

—¿Qué más sabe?

Eden se mordió el labio y se estremeció.

—Las cartas dicen que no haga nada temerario, que tenga cuidado. Oh, sí, acabo de girar otra carta y lo veo claramente, tiene que ir con mucho cuidado...

—Oh, Dios. Alguien llama a la puerta. Tengo que irme.

—Querida, los espíritus me están hablando. Dicen que quieren ayudarla. Pero tiene que hablar...

—Tengo que irme.

Un abrupto clic interrumpió la conversación y la conexión se cortó.

En Branson, Mimí se levantó aterida de la cama, las piernas casi no la sostenían. ¿Quién estaba detrás de la puerta? ¿La habían encontrado? ¿Stanek la había seguido? ¿O era Drace que iba a buscarla para castigarla?

¿O era la policía, el FBI o la ATF? De todos modos estaba muerta. ¿Por qué no se había puesto fuera de su alcance, del alcance de todos ellos?

Llamaron a la puerta con insistencia.

—¿Sí? —dijo Mimí, con el corazón desbocado por el pánico.

—Servicio de habitaciones —contestó la voz de una mujer mayor—. ¿Desea toallas limpias? ¿O no?

Mimí, aliviada, apoyó la frente contra la puerta.

—No —contestó—. No. Váyase, Váyase.

Se sentó en el borde de la cama revuelta y apoyó la cabeza en las manos. Se le estaba acabando el dinero. El tiempo también se le estaba acabando. Y la suerte, al parecer, se le había acabado hacía ya una eternidad.

Se echó a llorar.

Finalmente Owen encontró a John Mulcahy, de la policía estatal de Missouri, el oficial que había ido al escenario del incendio. Mulcahy era un hombre alto y delgado como un palillo con una barbilla prominente, nariz de pico y ojos verdes.

Estaba en su casa, removiendo la tierra del jardín y plantando tulipanes y bulbos de azafrán. La salida al escenario del incendio había sido su último turno.

—Me alegro de verle —dijo Owen—. Pensé que estaría durmiendo.

—Padezco desórdenes del sueño —contestó Mulcahy con voz agria—. Cuando no puedo dormir, salgo y trabajo fuera de la casa. Me sienta bien.

La casa, de color blanco, brillaba al sol de la tarde y las persianas verdes centelleaban. El porche y el sendero de la entrada estaban perfectamente barridos, el césped segado y rastrillado. Detrás del lecho de tulipanes, las margaritas amarillas se alzaban con una precisión casi militar. Hasta el comedero de aves parecía encerado. Mulcahy debía dormir muy poco, pensó Owen.

—No habría hablado con usted si no estuviera implicada una niña —dijo Mulcahy, sin levantar la vista—. Una niña lo cambia todo.

«Sí —pensó Owen—. Lo cambia todo».

—Esa Louise Brodnik, la mujer que murió en el incendio, me dijo por teléfono que a veces cuidaba niños.

Mulcahy asintió mientras daba unas palmaditas sobre un tulipán hundido en su fosa invernal.

—Gordon Freefoot, el que le llevaba el correo, se puso en contacto con nosotros. Estaba preocupado. Hacía un par de días que la Brodnik no recogía el correo. O estaba enferma o se había marchado. Pero nunca se marchaba. Ese hombre nos dijo que no salía casi nunca con el coche.

«A una mujer a la que no le gustaba conducir no conduciría hasta Endor —pensó Owen—. Pudo haberse marchado un par de días».

Sacó la fotografía que llevaba en el bolsillo de la camisa y se la enseñó a Mulcahy.

—¿Ha visto alguna vez a esta niña?

Mulcahy la miró con severidad y luego miró a Owen con una expresión todavía más severa.

—Debería ir con eso a comisaría, amigo.

—Lo haré. Y mire esta otra, ¿quiere? Es la madre. ¿La reconoce?

El hombre escudriñó la fotografía y meneó la cabeza. Refunfuñó y luego se concentró en el agujero del suelo, de una perfección geométrica.

Owen se guardó las fotografías en el bolsillo de la camisa.

—¿El cartero, ese Freefoot, conocía bien a la señora Brodnik?

—No, ella estaba en su ruta, eso es todo.

—Entonces, ¿quién la conocía?

—Nadie la conocía mucho. Sus hijos crecieron y se marcharon. Tenía una hermana que falleció hace dos años.

—¿Vecinos?

—Nadie cercano. La Brodnik no era una persona sociable. No se mezclaba con la gente.

—¿Cuándo dejó de recoger el correo?

—El treinta. No dejó ningún aviso de que no se lo llevaran. Debió de volver ayer.

—¿Adónde fue? ¿Lo ha comprobado?

Mulcahy lanzó otro gruñido de negación y enterró otro bulbo de tulipán.

Owen apretó la mandíbula.

—Y su muerte. ¿Cree el departamento que fue accidental?

Mulcahy le dirigió una fría mirada.

—Hasta que tengamos razones para pensar otra cosa.

—¿Hasta que le hagan la autopsia?

Mulcahy le dirigió otra mirada que significaba, «pues claro, gilipollas.»

Owen asintió.

—¿Cuándo esperan el informe?

Mulcahy se encogió de hombros.

—Tardará un día más o menos. Ahora hay poco personal —hizo una pausa y sonrió con amargura—. El forense falleció. Lo encontraron en el suelo del garaje, quizá fue un ataque de corazón. Como no se haga él la autopsia.

Una broma muy fúnebre, pensó Owen. Pero no le interesaba el forense.

—¿Sabe si Louise Brodnik tenía enemigos, alguien que deseara su muerte?

—Ni amigos, ni enemigos —dijo Mulcahy—. Era una persona cuya familia se había marchado. Se cuidaba de sí misma, y nada más.

Owen ignoró esas últimas palabras.

—¿Cuál fue la causa del incendio?

—No lo sabemos. Hay que esperar a que se enfríen las cenizas.

—¿Cuál es la explicación más factible al respecto?

Mulcahy aplanó los bordes de otro agujero.

—El departamento de incendios dice que explotó el calentador de agua. Pero no deberían de haber dicho nada. Todavía están investigando.

—¿Quiénes son los parientes más próximos de Louise Brodnik? ¿Con quién podría haber hablado de la niña?

—Hay dos hijas y dos hijos, todos viven fuera del estado. Varios sobrinos, pero ninguno aquí. Hable con el dueño de la funeraria… se llama Hastings.

Mulhany se sentó sobre los talones con los brazos cruzados y se quedó mirando a Owen casi con hostilidad.

—No debería de haber vuelto. Ese lugar se encendió como una llama, un infierno.

—Sí —dijo Owen—. Me lo imagino.

—¿Tiene hijos? —le preguntó Mulhany casi como un desafío.

—No —contestó Owen—, no tengo hijos.

—Pues debería tenerlos —le espetó Mulcahy—. Yo tengo tres. Viven con su madre. No hay nada más importante que los niños.

—Sí —dijo Owen, incorporándose—. Bien, muchas gracias.

—Vaya al departamento, dígales que ha hablado conmigo —dijo el hombre, poniéndose de pie. Se quitó los guantes sucios y le ofreció la mano.

—No se preocupe, encontraremos a la madre de la niña. Las mujeres... son unas putas. Te pueden partir en dos, ¿no es cierto?

Owen asintió en silencio. Le dio un apretón a esa mano esquelética y luego la soltó.

Mientras se dirigía al coche le invadió aquel vacío que le era tan familiar, un vacío amargo y repugnante. «Sí —pensó—, pueden partirte en dos.»

# Capítulo 11

Cuando la mujer colgó, a Eden le embargó la deprimente sensación de fracaso. «Dios, Dios, lo he fastidiado. La he asustado. Nunca más volverá a llamar.»

Se cubrió el rostro con las manos. Deseó con toda el alma que la mujer desesperada que había llamado, con la voz estropeada y el habla enturbiada, no fuera su hermana.

Oyó a Peyton que se acercaba al umbral de la puerta, a sus espaldas, y se incorporó. Se volvió hacia ella e hizo un esfuerzo para sonreír, le preocupaba que la niña todavía estuviera nerviosa por la visión del fuego de Jessie. Pero Peyton no parecía angustiada, sólo inquieta y aburrida.

—¿Podemos ir al parque? Henry quiere montar en el pez. Y yo quiero montar en el elefante.

«Cuéntame lo que sabes —pensó Eden, observándola—. ¿En qué clase de problema está metida tu madre? ¿Cómo puedo ayudarla?»

Sin embargo, no se atrevió a preguntarle nada, sobre todo después de comprobar la agitación que le producían sus preguntas. Pensó en cuál sería la mejor manera de ganarse la confianza de la niña. Desconectó la línea telefónica, se levantó y alargó la mano hacia ella.

—Vamos al parque —dijo, volviendo a sonreír.

Peyton, tímidamente, le devolvió la sonrisa mientras se apresuraba a coger la mano de Eden con un destello de adoración en sus ojos oscuros.

Fueron a casa de Owen a buscar al perro, pero el animal se cansó a medio camino y tuvieron que cargar con él. Luego se enroscó y se durmió en un lecho de hojas calentadas por el sol.

Eden hizo girar el columpio hasta que las cadenas se enrollaron y su corazón se enroscó con ellas con una sensación de culpabilidad. No deseaba el amor de la niña. Sólo deseaba la información que podía darle.

Peyton bajó del oscilante elefante, corrió hacia Eden, le puso las manos en los muslos y la miró en actitud de súplica.

—¿Podemos ir de compras? ¿Volveremos a tener pizza para cenar? ¿Me comprarás un helado con sirope?

—Sí —contestó Eden, cogiendo la barbilla de la niña con el hueco de la mano—. Haremos todas esas cosas.

La barbilla de Peyton no era redondeada como la de Mimí, sino afilada como la suya. Observó sus ojos, el ángulo de las cejas, cómo se le ondulaba el cabello, se parecía más a ella que a Mimí. De nuevo tuvo la incómoda sensación de que estaba contemplando su alter ego exótico.

Peyton le dirigió una sonrisita vacilante que puso en evidencia lo estopeada que tenía la dentadura. Eden le tocó uno de los grandes pendientes que llevaba puestos.

—También compraremos otros pendientes. Estos son demasiado grandes para ti.

Peyton se encaramó en su regazo. Alargó una mano y rozó el botón de diamante en la oreja de Eden.

—Quiero unos pendientes como los tuyos. ¿Me columpias, Eden?

Un inesperado temblor la recorrió por dentro y la hizo sentirse un poco mareada. «Te pareces a mí, demasiado», pensó. «No puedes contar con tu madre, no conoces a tu padre, y nadie te quiere, sólo Jessie. Eres diferente, no te adaptas, no eres como otras personas.»

Aun así, la apretó con fuerza, dio una patada en el suelo y con un dominio que hacía tiempo había olvidado, el columpio dibujó un gran arco. Peyton gritó con deleite.

El viejo perro pareció no oír nada; yacía sobre las hojas, dormitando a la hermosa luz que estaba empezando a morir.

Eden llevó a Peyton a cenar al Little Caesar's, a comprar a Wal-Mart y a Dairy Queen a tomar un helado.

«He conquistado a esta criatura con franquicias y rebajas —pensó—. Soy una tacaña y una tía de pacotilla.»

Ahora Peyton dormía en su habitación con el pulgar metido en la boca. Le habían lavado y cortado el pelo. Llevaba un pijama fresco y limpio y los grandes pendientes habían sido sustituidos por otros más pequeños con unos botones de circonita cúbica.

La mitad de Eden se decía: «Circonita cúbica: soy una tacaña y una tía de pacotilla». Y la otra mitad: «Peyton... son los únicos que puedes llevar».

Eden había hablado con Jessie, pero todavía no le había dicho que sospechaba que la mujer que se hacía llamar Constance podía ser Mimí. No quería pensar en ello.

Había sacado a pasear al perro y vuelto a la casa. Su amiga Sandy Fogleman la había telefoneado desde California para darle el nombre de dos psicólogos altamente cualificados, uno de Little Rock y el otro de Tulsa. La cita más rápida que pudo conseguir fue con el psicólogo de Little Rock, cinco días más tarde.

Le extrañaba que Owen no hubiera llamado por teléfono, pero ella no quería hacerlo. Se negaba un poco por tozudez y otro poco porque estaba agotada emocionalmente.

Pero el agotamiento estuvo a punto de llegar al quebranto cuando, entre los enseres de Peyton, descubrió un libro que les había pertenecido a ella y a Mimí. Era un tomo de cuentos de hadas de Hans Christian Andersen.

Jessie se lo había regalado una Navidad cuando eran pequeñas. La historia más larga y complicada era «La Reina de las nieves», y Eden ya había olvidado lo extrañas y perturbadoras que eran las ilustraciones.

Los diablos gordos y desnudos de «La Reina de las nieves» estaban sentados de tal manera que parecían que se estuvieran masturbando mientras exhibían un reflejo de humanidad frío y grotesco. «Amor, amor, amor», decía la historia sentimental, «el amor es lo que importa».

«Nada importa», decían mirando de reojo los diablos. «Nada».

Oyó que se acercaba un coche y se detenía en la entrada. Owen, pensó. Un momento de silencio tenso y luego el timbrazo en la puerta. Se levantó y fue a abrir.

Owen tenía una sombra de barba en las mandíbulas y sus plateados cabellos revueltos. Sus helados ojos azules parecían atravesarla.

—He llamado por teléfono, pero no ha contestado nadie.

Eden se sintió avergonzada, casi como una colegiala bajo aquella intensa mirada. Se alejó de él y dejó el libro encima del brazo del sofá.

—Hemos hecho muchas cosas. Hemos ido a comer, de compras y hecho… cosas de mujeres.

—Cosas de mujeres —repitió él, inexpresivo.

—La he llevado a que le cortaran el pelo, hemos comprado ropa decente y reemplazado esos horribles pendientes.

—¿Te ha dicho algo?

Eden meneó la cabeza e hizo un gesto de impotencia.

—No. Lo siento. ¿Quieres tomar una taza de café?

—No, gracias. Cogeré la botella de brandy que Jessie tiene en la cocina. Me tomaré un trago.

—Desde luego —dijo Eden, dejándolo pasar delante. Owen abrió la puerta de una alacena, sacó la botella y un vasito.

—¿Y qué hay de la mujer que dice llamarse Constance? —preguntó—. ¿Sabes algo de ella?

Eden le contó la conversación que había mantenido con ella a regañadientes.

—No sé qué pensar. Sin embargo, una parte de mí sabe que es Mimí, aunque no exista una razón lógica para pensarlo.

—La vida no siempre es lógica —contestó él.

—De todas formas, creo que lo he estropeado —dijo ella con disgusto—. No volverá a llamar.

—Sí que lo hará —repuso él—. Necesita escuchar la voz de Jessie.

Eden meneó la cabeza con expresión de duda.

—¿Y tú? ¿Has encontrado algo en Sedonia?

—No mucho —contestó frunciendo el entrecejo con enojo. Se apoyó en la repisa de la cocina, bebió un trago y le habló de Louise Brodnik.

—Su casa se ha incendiado esta madrugada —acabó—. Y ella estaba dentro.

A Eden se le hizo un vacío en el estómago.

—Oh, Dios mío. Qué horror.

—Es tal como lo explicó Jessie —tomó otro sorbo de brandy—. Eso del fuego y de la mujer y la casa.

Eden sintió su mirada clavada en ella, una mirada fría y penetrante.

—Esto te irrita, ¿no es cierto?

Eden levantó la barbilla con un gesto de desafío.

—Nunca he creído en los sucesos paranormales.

—¿No crees que tiene algún poder especial?

Eden se encogió de hombros.

—A veces tiene suerte, eso es todo —se volvió lentamente y lo miró con expresión de duda—. ¿Es que crees que los tiene?

—Sí, lo creo —replicó sosteniéndole la mirada.

Eden soltó una risita nerviosa.

—Has trabajado para la policía, se supone que tienes que ser un escéptico.

—Y soy un escéptico. Pero creo que tu abuela posee alguna clase de... poder. No acierta al cien por cien. Pero sabe cosas que otras personas no pueden saber.

Eden se cruzó de brazos y meneó la cabeza.

—Se equivoca con más frecuencia de la que acierta. Muchísimo más.

—Eres pesimista —dijo Owen.

—Soy realista —contestó suspirando profundamente—. Ya sé que ayuda a algunas personas. Y me satisface que te haya ayudado con tu... a tu mujer.

Owen se inclinó hacia ella.

—Fue más que eso. Jessie me ayudó porque yo fui uno de los que sacaron a Mimí de una situación desastrosa hace años.

Por un instante, Eden suavizó su expresión.

—¿Eso hiciste? ¿Fuiste uno de ellos? ¿Fuiste tú quien evitó que se desangrara antes de que llegara la ambulancia?

—Sí, fui yo. Era mi trabajo. Y después vine a decírselo a Jessie. La llevé al hospital. Estaba demasiado afectada para ir sola. Me quedé con ella hasta que nos dijeron que Mimí estaba fuera de peligro.

La expresión de Eden se ensombreció, debido quizá a la sorpresa o al arrepentimiento.

—No sabía que hubieras sido tú. Yo… yo no estaba aquí entonces. Me había ido a California en contra de la voluntad de Jessie. Apenas nos hablábamos.

—Ya lo sé. Pero la historia no se acaba aquí. Cuatro años después, Jessie me llamó, estaba fuera de sí. Me dijo que tenía una fuerte sensación de que debía tener cuidado esa noche porque me podía suceder algo.

—¿Y? —preguntó Eden.

—Pensé que se había vuelto loca. Me reí. Pero aquella noche nos llamaron para que nos acercáramos a unas caravanas que había entre Endor y Forth Smith. Nos dijeron que un tipo había raptado a dos de sus hijos y se había refugiado allí. Llevábamos una autorización judicial por lo que no pensábamos encontrar muchas dificultades.

Hizo una pausa, como si intentara encontrar las palabras más adecuadas. Sus oscuras cejas se unieron en un gesto ceñudo.

—Un par de detectives dieron la vuelta a la caravana y se acercaron a la puerta trasera. Mi compañero y yo lo hicimos a la delantera. Yo estaba en la escalerilla, justo en el escalón superior. Y entonces oí una voz… juro que oí una voz. La voz de mi mujer.

Extendió las manos, en un gesto de incomprensión.

—Oí que me decía, «ten cuidado. Ten cuidado». La voz era tan clara que me volví, esperando verla. Y justo en ese momento, se produjo el disparo de un rifle a través de la ventana.

Eden lo miraba fijamente con expresión incrédula. Owen se desabrochó los dos botones superiores de la camisa.

—La bala me atravesó por aquí —dijo, enseñándole la blanca cicatriz en el esternón—. Si no me hubiera detenido en ese preciso instante, habría ido directamente hacia el rifle. Me habría dado en el pecho probablemente en el corazón.

Eden contempló la cicatriz con expresión de horror y, a la vez, de fascinación. Owen le dio unos golpecitos con el dedo índice.

—Esto me hizo creer. Cómo sucedió, por qué sucedió, no lo puedo explicar.

Se lo quedó mirando.

—Me dijiste que abandonaste la policía. ¿Fue por esto?

—Mi mujer me pidió que lo hiciera —contestó él, volviéndose a abrochar la camisa—. Y que no volviera. La asustaba. Y se lo prometí.

Eden lo miró perpleja. No podía imaginarse a sí misma abandonando su carrera porque alguien se lo pidiera. Simplemente no podía imaginarse a ella amando a alguien hasta ese punto.

Owen se encogió de hombros.

—Jessie me dijo que no me había llegado el momento de morir, aunque había estado a punto. Un año después, ya fuera del trabajo, me encontré cuidando a mi mujer, porque se estaba muriendo.

—Lo siento —dijo Eden con una suavidad que casi fue un murmullo.

A Owen le pareció que había hablado demasiado, pero fue como si una fuerza que no podía comprender lo empujara a hacerlo y no pudiera retener las palabras.

—Laurie se sintió tan unida a Jessie después de lo del disparo, que llegó a considerarla una hada madrina o algo semejante, y cuando enfermó, hablaba con Jessie de la muerte. Como ya te he dicho, tu abuela le dio consuelo.

—Ya veo —dijo Eden—. Ahora comprendo por qué la proteges tanto.

—Entonces —continuó Owen haciendo un gesto de amargura—, me trasladé aquí. Para remodelar la granja. Jessie acababa de alquilar esta casa. Los dos estábamos aquí solos. Y desde entonces he procurado cuidar de ella. Está envejeciendo.

Eden hizo un gesto de impotencia.

—Yo no quise abandonarla. A decir verdad, le estoy agradecida. Cuando mataron a mi madre, Jessie nos acogió. Pero nunca consiguió dominar a Mimí y quiso hacer de mí algo que yo no deseaba ser. Las dos somos personas dominantes, y chocamos. Era inevitable.

—Tu abuela te quiere, lo sabes.

Eden meneó la cabeza.

—Pero ella nunca me ha perdonado. Lo cierto es que no. Sabe que no podemos estar juntas mucho tiempo.

—No la conoces tanto como crees —dijo Owen—. Has visto esta casa. ¿No has observado nada extraño en ella?

—Es una casa bonita —contestó Eden—. Estoy encantada de que al final haya podido abandonar esa vieja caravana. Esta casa es el colmo del lujo comparada con el sitio en el que crecimos.

—Había otras casas disponibles, más cerca de la ciudad, más convenientes, más pequeñas, más fáciles de mantener. Pues no. Ella quiso una casa con tres habitaciones. ¿Y para qué necesita una mujer sola tres habitaciones?

Eden lo miró interrogante.

—No… no se me ha ocurrido pensarlo.

Owen comenzó a desear tocarla, con un impulso perturbador. Inquieto, se levantó, hundió las manos en los bolsillos de los tejanos y se alejó del sofá.

—Una habitación para el despacho y otra para dormir.

Se volvió y miró a Eden.

—Otra para ti, y para Mimí. Dos camas para las dos chicas. Siempre ha deseado que vinieras, al menos a visitarla. Siempre ha soñado que Mimí enderezaría su vida y volvería a casa. No lo dice. Pero es lo que desea. Lo sé.

El labio inferior de Eden empezó a temblar peligrosamente.

—Es difícil de creer —dijo—. Nada de lo que hago parece gustarle.

—Le gustas mucho siendo como eres. No puede decírtelo, eso es todo. Y adora a Peyton.

—Peyton —dijo Eden con una nota de desespero en la voz—. ¿Qué se supone que voy a hacer con Peyton? Tengo que volver a California. Los ensayos empiezan pronto.

Una repentina frialdad se apoderó de él y sintió una oleada de disgusto consigo mismo. «¿Por qué le cuentas todas estas cosas? Lo largas todo. ¿Por qué no la mandas al infierno?»

—Ah, tu carrera —dijo casi sin abrir la boca—. Perdona. Había olvidado tu carrera.

Eden se levantó y se acercó a él, que seguía con las manos metidas en los bolsillos de los tejanos. Sus ojos verdeazulados echaban chispas.

—Tengo un trabajo que hacer con el que me gano la vida. Algunas mujeres son felices limpiando culos de bebé y sonándoles los mocos y haciendo bizcochos. Pues bien, yo no.

Owen la miró de arriba abajo con frialdad.

—No. Seguro que no.

Recordó a Laurie, que había deseado desesperadamente ser una de esas mujeres. Se había muerto esperando ser una de ellas, traicionada por su vientre infértil y enfermo.

Entonces Eden volvió la cara, una cara en la que se veía escrita la vergüenza. Owen pensó que había visto el brillo de unas lágrimas en sus ojos.

—Lo siento —dijo—. No deseaba disgustarte. No tengo ningún derecho.

Contra su buen juicio, casi en contra de su voluntad, puso la mano en la espalda de Eden.

—Estás cansada. Vete a la cama.

El cuerpo de Eden se puso rígido bajo el roce de aquella mano. Pero aunque Owen lo único que quería era mostrarse conciliador, dedicándole un gesto de camaradería, el mero contacto con ella fue poderoso como una llamarada, y le recorrió las venas un temblor feroz.

La mano se le puso tensa.

—Vete a dormir —dijo.

Recordó entonces la camiseta ajustada que llevaba para dormir. Pensó en sus pechos, sueltos y libres debajo de ella y en sus largas piernas desnudas. Se imaginó su cuerpo desnudo, cálido y fragante, abriéndose a él.

Se dijo que no podía seguir imaginando aquellas cosas. Pero no consiguió reprimirse. Entonces se inclinó y puso su cabeza a la altura de la de ella; su deseo era más fuerte que cualquier reticencia.

Eden pensó: «y ahora va a besarme, y voy a permitir que lo haga. Y esto no traerá más que problemas. Todo se vendrá abajo».

Lo percibió aún más cerca, su mano se deslizó de la nuca hasta el hombro. De repente sintió el cuello desnudo, frío y vulnerable. Owen apretó sus labios cálidos en la carne donde antes había estado su mano y ella no pudo reprimir un temblor. Tenía una boca dulce, una boca hermosa. Oh, Dios, Dios, Dios.

Lentamente abrió los ojos y volvió el rostro hacia él. Entonces las dos manos de Owen la sujetaron por los hombros mientras sus labios se movían hacia el mentón y luego hacia la boca.

Sintió el cuerpo débil y, a la vez, con energía. Lentamente, casi a regañadientes, levantó las manos hasta la cara de él. Era firme, angular y vital bajo sus dedos.

Owen empezó a temblar, como si hubiera topado con una fuerza demasiado poderosa para resistirla. Sus manos apretaron posesivamente los hombros de Eden y la besó de tal manera que ella pensó que se iba a desmayar, por lo que se apretó contra él.

Luego intentó apartarse aunque sólo consiguió hacerlo unos pocos centímetros, como si un extraño poder la mantuviera en un campo magnético. Alzó la vista y lo miró, turbada, confusa y, sin embargo, resentida con su ofuscación.

—No podemos hacer esto —dijo con el corazón latiéndole, desbocado—. Hay una niña aquí al lado.

—Ya lo sé —contestó él inclinándose y besándola otra vez.

Eden volvió la cabeza y cerró los ojos porque no quería ser consciente de su presencia.

—Esto no está bien —dijo con un murmullo lleno de tensión—. Si se despierta... No lo puedo hacer. No está bien.

—Lo sé —dijo Owen besándola en la oreja—. Apenas nos conocemos. En realidad no nos conocemos en absoluto.

Le besó la piel suave de debajo de la oreja.

—No sigas —insistió ella, jadeando.

—He pensado en ti todo el día —le confesó él en voz baja, mientras sus labios descendían por su garganta y se detenían sobre sus latidos acelerados.

La conciencia de su deseo le recorrió el cuerpo y sintió miedo, turbación y agitación. «Yo también he pensado en ti. No quería hacerlo. Pero lo he hecho.»

Un deseo que se parecía mucho al desfallecimiento, aunque no quisiera admitirlo.

—Yo no tengo aventuras. Tú y yo no tenemos futuro. Ninguno.

—Yo no deseo un futuro. ¿Tú sí? Yo sólo tengo un deseo, ahora —la apretó contra él con fuerza, pero ella se había enfriado, intentó desasirse de su abrazo y giró la cabeza.

Si permitía que la besara otra vez, ya no podrían volver atrás, y lo sabía. Su cuerpo ardía de deseo, pero la cabeza consiguió dominar la situación. No se rendía fácilmente.

—No tengo ningún «ahora» que darte —dijo—. Mi «ahora» está ocupado, gracias. Acabamos de utilizarnos el uno al otro... eso es todo. Pero yo no actúo así.

Durante unos instantes, Eden pensó que él ignoraría sus protestas y la volvería a besar; en cierto modo esperaba que lo hiciera. Pero Owen se apartó. Vio una extraña expresión en su rostro, mezcla de enfado y de tristeza. Parecía un poco disgustado. ¿Con ella? ¿Consigo mismo? Pero enseguida desapareció.

Owen le dirigió una sonrisita cínica.

—Yo sí —dijo—. Quiero decir, obrar de esta manera. Lo siento. Por un momento parecía que no era así como pensabas.

Eden lanzó un suspiro profundo y tembloroso.

—Te agradezco todo lo que haces por nosotras. Pero creo que es mejor que te vayas.

—Sí. Pero no hay necesidad que me des las gracias. Lo hago por Jessie.

Eden vaciló, dividida entre el deseo que sentía por él y el temor que ese deseo le despertaba.

Owen apartó las manos de ella, y se alejó con una expresión casi de aburrimiento.

Eden se levantó. «Esto es lo correcto», se dijo. «Esto es lo más correcto.»

—Buenas noches.

Owen no contestó, pero le dirigió una sonrisita irónica. Y la dejó allí, de pie, con el corazón latiéndole salvajemente, la mente llena de confusión y el cuerpo vibrante de deseo.

# Capítulo 12

Mimí salió del Prestons' Family Theater como si estuviera en un sueño y casi feliz.

Los cinco hermanos Preston aparecían en televisión desde que era niña, y el ídolo de su adolescencia fue Marlowe Preston, que era el más guapo de todos. Y todavía seguía siéndolo, porque los otros hermanos ya eran maduritos y sus brillantes cabellos negros empezaban ya a aclararse de manera sospechosa.

Sin embargo, seguían cantando, y sus melodías le resonaban en la cabeza, dulces y fantasmales. Intentó tararear uno de los temas, pero su garganta estropeada no lo consiguió; sólo consiguió emitir un gruñido roto y débil y se odió por ello.

Su frágil euforia desapareció y su humor cayó en picado. De repente, la noche sin estrellas le pareció helada y tuvo que ponerse una chaqueta.

«He perdido la voz», pensó.

Aunque la voz sólo era una de las muchas cosas que le habían sido dadas y que ella había echado a perder. Tenía talento, pero no había tenido la voluntad y el buen juicio para saber utilizarlo. Siempre se había burlado de las clases y de las horas de prácticas de Eden, de su dedicación. Y ahora, fuera cual fuera el talento que tuvo una vez, lo había destrozado y perdido.

Se tocó la cicatriz de la garganta, la odiaba, odiaba esa ruina ronca y rota en que se le había convertido la voz y deseaba castigarla, destruirla.

Pensó en Peyton, y la pena le nubló la mente. Se frotó la cicatriz como si así pudiera hacerla desaparecer. Seguro que la niña le había contado a Jessie cosas que no debía, de otro modo ¿cómo podía saber la existencia de Raylene? «Una mujer con fuego en la mano y una bandera ardiendo en el corazón.»

Y ella, sorprendida, había dejado escapar en un descuido la palabra «Miami». ¿Qué sabía Jessie de Drace, Raylene y Miami?

Nada, Mimí intentó convencerse a sí misma, pero estaba profundamente inquieta. Debía llamar a Jessie otra vez y decirle que no hiciera caso de ninguna de las cosas que pudiera contarle Peyton.

«Una vez más —pensó Mimí—. Tengo que llamarla otra vez, la última. Tendré cuidado con lo que le digo. Le diré sólo lo que tengo que decirle.»

Tenía entradas para dos días más de espectáculo. Se parecía a una película que había visto hacía tiempo, «Leaving Las Vegas», es decir, marcharse de Las Vegas. Sólo que Mimí se iba a marchar de Branson.

Aceleró el paso. Deseaba volver al resguardo de su habitación. Y deseaba un trago. Deseaba muchos tragos.

Se apresuró a atravesar la calle, ignorando la luz roja. Un coche giró la esquina y frenó para evitar atropellarla. El conductor hizo sonar la bocina, y se asomó por la ventanilla.

—¡Qué haces, puta!

Mimí se lo quedó mirando. Cerró la mano en un puño y golpeó con todas sus fuerzas la carrocería del coche.

—¡Eh! —gritó, sorprendido por el ataque—. ¡Eh!

Mimí volvió a golpear la carrocería.

—¡Eh! —repitió, mirándola como si estuviera loca.

—Que te jodan — exclamó ella. Luego le hizo un gesto obsceno con el dedo, sacudió la melena y, con una expresión de desafío, se perdió en la oscuridad.

La noche era fría y Owen podía haber cogido una manta. Había un viejo edredón en el armario, pero no fue por él: una penitencia, una mortificación voluntaria de la carne.

Sonó el teléfono, y consultó el reloj. Todavía no eran las ocho. Frunció el entrecejo cuando el interlocutor se identificó: era Mulcahy, el severo policía de Sedonia.

—Charteris —dijo—, tengo algo para usted. Acerca de la criatura. La hija menor de Louise Brodnik ha llegado esta mañana de Maine. Habló con su madre por teléfono la semana pasada. La Brodnik le dijo que le habían encargado un trabajo muy extraño.

A Owen se le pusieron los nervios de punta.

—¿Extraño? ¿Qué quiere decir?

—No tenía que cuidar de la criatura. Tenía que trasladarla a casa de su abuela.

—«Bingo —pensó Owen—. He dado en el clavo».

—¿Ha dicho algo de la madre de la niña?

—La hija ha dicho que la Brodnik sentía «una especie de lástima» por la madre. Pero no puede recordar nada más. No es muy coherente, todavía está muy afectada —dijo Mulcahy—. No hemos encontrado a nadie más que sepa algo. Seguiremos la investigación hasta el final, pero puede que nos conduzca a un callejón sin salida. Pensé que tenía que saberlo, eso es todo.

—Gracias. Se lo agradezco.

Colgó el teléfono, sorprendido de la amabilidad de Mulcahy. La información no era nada del otro mundo, sólo la confirmación de lo que sospechaba, pero tenía que decírselo a Eden. Miró a través de la ventana. La luz de la cocina de Jessie estaba encendida. Eden ya debía de haberse levantado.

Atravesó el césped en dirección a la casa de Jessie con expresión sombría, y llamó a la puerta. Oyó un movimiento en la cocina, y hasta él llegó el aroma a café recién hecho.

Eden abrió la puerta sin apenas desviar la vista de la tostada que llevaba en el plato. Iba vestida con tejanos y un suéter de color verde claro. El color hacía que sus ojos, con su forma gatuna, parecieran verdes.

Tenía los cabellos húmedos y se los había peinado con el cepillo. No iba maquillada y el único adorno que llevaba eran los pendientes. Daba la sensación de ser inalcanzable y, a la vez, deseable.

—Te he visto paseando al perro —dijo—. Peyton todavía está durmiendo. ¿Quieres un poco de café?

Su voz era neutra, impersonal. Se dirigió a la alacena y cogió un tazón. Lo llenó de café. Un café oscuro y fuerte como para despabilar a un muerto.

—Acabo de recibir una llamada de Sedonia —dijo—. De un oficial de la policía del estado. Ha llegado la hija de Louise Brodnik. De Maine.

Eden lo miró con expresión de recelo.

—¿Sí? —murmuró.

Le contó lo que le había dicho Mulcahy con la misma brevedad que lo había hecho el policía.

—Así que era ella —dijo Eden, apartando el plato, sin tocar la tostada.

—A primera hora de esta mañana Peyton ha tenido otra pesadilla. Ha soñado con fuego. Por lo que parece el fuego es un miedo recurrente.

Eden se cruzó de brazos y miró a través de la ventana.

—Sea lo que sea lo que le está sucediendo, sé que no es normal. Probablemente es algo que la afectará durante el resto de su vida. Cuando pienso en ella, el presente y el futuro se juntan con un pasado que creí haber dejado atrás.

—Nadie deja el pasado atrás —dijo él en voz baja—. La muerte, quizá. «Si tienen suerte», pensó.

Necesito el nombre de un pediatra —dijo Eden—. No sé si tenía un médico. Y tengo que encontrar a un dentista de niños. Tiene muy mal los dientes.

—Ya me enteraré, y te encontraré el mejor.

Eden no lo miró.

—He llamado al hospital. Jessie sigue igual. Y a la policía. Nadie sabe nada. ¿Por qué no pueden hacer algo tan sencillo como encontrar datos de una niña de seis años?

—Necesitan tiempo. Y suerte.

—Suerte —dijo Eden—. Es algo que esta familia no tiene.

—Eso puede cambiar.

Eden no dijo nada. No quería mirarlo.

—En cuanto a lo de anoche —empezó a decir—, lo siento. Fui un poco… —iba a decir «gilipollas», pero entonces se dio cuenta de que si continuaba hablando sería el mayor «gilipollas» de todos.

Ella hizo ver que no lo había oído.

—Peyton ha venido a mi cama otra vez. Tiene un sueño inquieto.

«¿Quieres decir que fue una buena idea que no te acostaras conmigo ayer noche —pensó—. No quieres pensar en ello, ¿verdad?»

Owen se volvió y vio a Peyton de pie, en el umbral de la puerta, con los pies descalzos. Se estaba chupando el pulgar y mirándole con su habitual hostilidad. Le habían hecho un corte de pelo como el de Eden, y los grandes pendientes habían sido sustituidos por otros, pequeños y brillantes. Por primera vez, se dio cuenta del parecido entre la mujer adulta y la niña.

—¡Buenos días! —exclamó Eden, alegre—. ¿Quieres cereales?

Peyton asintió y se dejó caer en la silla de la cocina. Luego miró a Owen con frialdad.

—Deberías irte —dijo—. No te queremos aquí. Y no te necesitamos.

Eden se horrorizó ante aquellas palabras, pero Owen cruzó los brazos y miró a la niña fríamente.

—Cuéntame algo que yo no sepa —dijo.

Owen fue al hospital a ver a Jessie y Eden se quedó con Peyton. Contempló a la niña que coloreaba un dibujo de la Sirenita en su cuaderno nuevo de dibujo que le había comprado. En silencio, con la cabeza inclinada, Peyton parecía tan normal, tan bonita y bien educada, que a Eden se le encogió el corazón.

Deseó con todas sus fuerzas poder exorcizar aquello que había tomado posesión de ella, para que pudiera ocupar su sitio en el mundo como un ser humano normal. Hería profundamente ser diferente, y Eden lo sabía.

De pequeñas, su hermana y ella padecieron la crueldad de otros niños.

«¡Eh, Eden, tu madre era una borracha!»

«¡Eh, Mimí, ya sé por qué tu padre se fue… porque vio tu cara!»

«¡Ja, Ja, Ja. Vuestra abuela es una bruja! ¡Pertenecéis al diablo! ¡Pertenecéis al diablo!

«¡Vuestra abuela baila desnuda y folla con Satán! ¡Le chupa la polla al diablo! ¡Y vosotras también!»

Eden siempre ignoraba esas burlas; se encerraba en sí misma, en un aura de frialdad. Como era muy aficionada, miraba películas antiguas que pasaban por la televisión y hacía ver que ella también era una actriz, un ser hermoso en un mundo hermoso lleno de finales felices.

En la ciudad, en la escuela, perfeccionaba su papel: se mantenía alejada de los demás. Nadie le importaba, nadie podía herirla, no importaba lo que dijeran o lo que pensaran. Algún día los dejaría atrás, y nunca volvería. Nunca.

Sin embargo, Mimí se tomaba todas esas cosas a la tremenda. Siempre lo hacía. Cuando era pequeña, pegaba a todo aquel que se metía con ella, le propinaba puñetazos, patadas y arañazos. Y en la adolescencia, se especializó en la rebelión y la huida: bebía, tomaba drogas y descubrió el poder del sexo.

Eden logró sobrevivir porque se convirtió en un modelo de disciplina. Mimí sobrevivía, o intentaba hacerlo, olvidando toda disciplina. Pero ahora estaba Peyton, otra niña cargando con el peso de la diferencia y de un pasado difícil, y el antiguo círculo comenzaba a formarse de nuevo, como una rueda condenada a girar eternamente para ir a ningún sitio.

El teléfono de Jessie sonó en el despacho, una llamada chirriante. Aunque el timbrazo la sobresaltó, se levantó del sofá, agradecida porque algo la apartara de sus recuerdos.

Corrió por el pasillo y alcanzó a descolgar el auricular al tercer timbrazo.

—Hermana Jessie, vidente por la gracia de Dios —dijo con una voz que repicó como una campana.

—Jessie, soy Constance —la voz estropeada le llegó como un murmullo.

«¿Mimí? ¿Eres tú?» El corazón de Eden empezó a latir con fuerza y se quedó sin aliento.

—Necesito hablar contigo —dijo la mujer—. Yo, yo… no debería, pero tengo que hacerlo.

Eden, esta vez, estaba determinada a mantenerla en la línea.

—Querida, ¿qué quieres decir con eso de «no debería»? Los espíritus desean que hables conmigo. Quieren ayudarte. Y lo van a hacer.

La mujer hizo una pausa y soltó una carcajada irónica.

—¿Ayudarme? ¿Por qué? ¿Y cómo?

Eden hizo acopio de toda su concentración.

—Quieren tenderte una mano. Pero yo sólo los he visto a través de un cristal oscuro. Ayúdame. Ayúdame a comprender qué es lo que quieren decirte.

Su interlocutora permaneció un rato en silencio.

—Hablaste de una mujer rubia con la mano llena de fuego —dijo, al fin.

—Sí, tuve esa visión —dijo Eden con tanto misterio como pudo—. Con su cabello rubio y las llamas danzando en la mano.

—Alguien te lo dijo, ¿no es cierto? ¿Qué más sabes de ella?

—Nadie me ha dicho nada —mintió—. Tienes una razón para temer el fuego, ¿verdad, querida? Puedes contármelo. Ayúdame a ver lo que creo que veo.

—No voy a hablar de ello —contestó la mujer con una voz llena de fatalismo—. Hay cosas de las que no se puede hablar. No puedo hablar de ellas. Nadie puede hacerlo.

Eden tenía el codo apoyado en el escritorio, lo apretaba y le dolía.

—Puedes hablar conmigo. Déjame ayudarte.

—Si quieres ayudarme, léeme las cartas. Eso es todo.

—¿Quieres saber algo de la niña? ¿De esa niña que necesita a su madre?

—Está mucho mejor sin ella. Ni siquiera debería hablar de ella. Y si lo hace, los demás no deberían hacer caso de lo que dice. ¿Me entiendes? ¿Y las cartas?

Eden lanzó un juramento para sus adentros, pero cogió la baraja del tarot y distribuyó las cartas.

—¿Quieres preguntarles algo?

—Sí —contestó la mujer con voz trémula—. Estoy pensándola, pero no quiero decirla en voz alta.

—Mmmmm —murmuró Eden, haciendo ver que estudiaba la primera carta, el ocho de bastos y comentándole su significado tradicional—. Se ve algo en movimiento. Veo las flechas del deseo. ¿Amor? ¿Odio? ¿Disputa? ¿Discordia? ¿Significa algo para ti?

De nuevo un silencio.

—Sí —contestó, al fin, tras una vacilación—. Sí, puede significar algo. Espero.

Eden volvió la siguiente carta.

—El dos de espadas —murmuró—. Invertida. Oh, querida.

—¿Qué… qué significa?

Eden observó la carta y decidió describir su simbolismo.

—Veo a una mujer con los ojos vendados. Dos espadas le enmarcan la cara, y un mar de rocas se extiende a sus pies. Pero su mundo está en la parte superior. Oh, querida. Has hecho bien en llamarme. Muy bien.

—¿Y eso que significa?

Eden calibró lo que significaba. Constance hoy se parecía menos a Mimí, la voz era más desagradable y chirriante, y también más truculenta.

Eden enderezó los hombros.

—No debes hacer ninguna imprudencia, nada que pueda herirte.

Otro largo silencio.

—Es un poco tarde para eso —dijo su interlocutora con un murmullo amargo.

—Debes tener cuidado, protegerte —insistió Eden—. Y ahora escúchame. Voy a dar la vuelta a la próxima carta.

Apareció el cinco de carró.

—Veo a una niña, apurada en medio de la nieve —improvisó—. Una niña de negros cabellos. La madre de esta niña debe hacer bien las cosas...

—La madre quiere hacer las cosas bien, y va a hacerlas —dijo Constance—. Las cosas mal hechas son equivocaciones. Equivocaciones, eso es todo.

—No cuelgues —dijo Eden apresuradamente—. Los espíritus tienen algo importante que decirte. Están a punto de comunicármelo. Es vital. Estoy aquí para ayudarte. Debes decirme...

—No —contestó su interlocutora con voz cortante.

—¿Qué necesitas? Si quieres preguntar por tu familia, dímelo. Te ayudarán...

—No. No pueden hacerlo.

—Te sorprendería saber...

La interrumpió el clic del teléfono de Constance. La mujer había colgado.

—¡Demonios! —murmuró Eden. Puso el receptor en su sitio y se le llenaron los ojos de lágrimas. La había perdido otra vez. Una vez más, la había presionado demasiado.

Se mordió el labio herido. Esa mujer, al parecer, tenía graves problemas. Y ella ya no estaba segura de nada.

Drace y Raylene estuvieron en Branson casi veinticuatro horas, pero no encontraron ningún rastro de Mimí Storey.

Eso dejó a Drace de mal humor. Odiaba Branson, aborrecía su abundante tráfico, odiaba los teatros country-western de luces chillonas y las tiendas baratas de recuerdos, y a todos sus habitantes rurales y el humor cateto que quería transmitir a los demás.

—Cuánto me gustaría volver aquí un día y destruir esta jodida ciudad —dijo—. Y a todos esos jodidos turistas.

Se sentó en el borde de la cama del motel y empezó a comerse un bocadillo de ensalada de atún que habían comprado en una tienda de comestibles y a beber un vaso de leche.

Raylene estaba sentada a sus pies, picoteando con gestos remilgados los copos de maíz de una bolsa. Una lluvia inconstante golpeaba los cristales de la ventana.

Preferían comer en la habitación que en un restaurante, ya que según él, las cocinas eran lugares inmundos, estaban llenas de cucarachas, y los cocineros escupían en la comida y hacían otras asquerosidades.

—Mierda —dijo—. Está aquí en algún sitio. Lo sé.

—La encontraremos —respondió Raylene en todo conciliador. Se apoyó en su rodilla y frotó la mejilla contra la tela de sus vaqueros—. No puede estar muy lejos.

Raylene creía que Mimí había robado mil noventa y ocho dólares del fondo común. Louise Brodnik, antes de morir, había confesado que le había dado seiscientos dólares.

Eso dejaba a Mimí con unos quinientos dólares para ella, y Drace creía que la Brodnik había dicho algo sobre que se había quedado por Branson y se había ido a tomar unas copas. Eso sonaba exactamente a la clase de estupideces que haría Mimí, ella y su estúpido amor por la música country.

Pero a Raylene l preocupaba Peyton. ¿Dónde estaba la niña? Mimí siempre había asegurado que no tenía familia, sólo unos pocos amigos; por esta razón le había sido tan fácil a Drace convencerla para irse a vivir con ellos.

—Está bebiendo en algún sitio, lo sé —dijo Drace—. Dios, intenté salvarla de todo esto. Ha nacido para vivir en el arroyo.

—Ya lo sé, querido —admitió Raylene, mientras comía los últimos copos de maíz. Personalmente habría preferido que Drace hubiera dejado que Mimí se hundiera en el arroyo, pero no lo dijo, porque él ya estaba de bastante mal humor.

Abrió las páginas amarillas del listín de teléfonos y buscó la sección de moteles.

—Tenemos que ser persistentes —le dijo—. Eso es todo.

—Persistentes —repitió Drace despectivamente. Acabó el bocadillo, se bebió la leche y se echó en la cama a contemplar el techo—. Es probable que se esté gastando todo el dinero en borracheras y en esa maldita y rural música de mierda. Dios, nunca debí llevarla conmigo.

Raylene reprimió un suspiro y se concentró en las páginas amarillas. En Branson había moteles por todas partes, llenaban del todo el lugar, y la mitad de ellos, al parecer, llevaban la palabra «inn» en el nombre.

Los había subrayado pulcramente, y ella y Drace se habían pasado la tarde anterior y la mañana de ese día visitándolos, preguntando por Mimí y enseñando su foto.

Cuando el recepcionista del motel era un hombre, era Raylene la que hablaba. Por contra, Drace se ocupaba de las mujeres. Decían que Mimí era un miembro de su familia, que estaba algo perturbada y que se había escapado, y así, engatusaron a casi todo el mundo para que cooperara con ellos.

Pero había muchos moteles y la mayoría tenían que visitarlos más de una vez, porque en recepción trabajaban varias personas en horarios diferentes.

Estaba el Alpine Rose Inn, Americana Inn, Armitage Inn, Branson Inn, Clarion Inn, Country Inn, Dew Drop Inn, Economy Inn, Elvis Inn, Fiddler's Inn, Good Shepherd Inn, Guesthouse Inn, Hillbilly Inn, Island Fun Inn, jamboree Inn, Jeeter's Inn, Kleen Klassy Inn, Lovebird, Lucky Seven Inn, Mountain Inn, Music Inn, Ozark Inn —la lista parecía no acabar nunca. Y luego las cadenas de moteles, la Ramada Inn, Holiday Inn, Executive Inn, Comfort Inn, Days Inn, y Best Western Inn. También tendrían que mirar allí, aunque eran demasiado caros para ella.

—Espero que no lo comparta con nadie —gruñó Drace—. Me gustaría que esatuviera sola cuando la encontráramos.

—Estoy de acuerdo —convino Raylene.

—Tendré que sacarle dónde está esa maldita criatura. U obligarla a que me lo diga. Y luego iremos a buscar a la cría.

—De acuerdo —dijo Raylene con sentimiento—. Amén.

Suspiró, estiró los miembros con un gesto lleno de sensualidad, y se levantó dejando el listín de teléfonos en la mesilla de noche, junto al cartón de leche vacío.

Se encaramó a la cama de matrimonio, se arrodilló encima de Drace y lo miró a la cara. Estaba pensativo, casi mohíno. Ella le apartó los rubios cabellos de la frente.

—¿Listo para empezar de nuevo?

—Dame unos minutos —contestó él, sin mirarla.

Tienes bigotes de leche —dijo ella afectuosamente, inclinándose aún más. El labio superior lleno de leche le hacía parecerse a un muchachito, a un hermoso y enfurruñado muchachito.

Dirigió sus ojos azules hacia ella y le puso una mano en el muslo.

Raylene sonrió. Al fin, él le devolvió la sonrisa.

—¿Bigotes de leche? —preguntó.

Ella asintió mirándolo a los ojos.

—Lámemelos —dijo.

Ella se inclinó hacia él y empezó a hacerlo, lentamente, sensualmente, y con delicadeza.

## Capítulo *13*

Poco después del mediodía, las llamadas al teléfono de Jessie decayeron. Eden desconectó el teléfono y calentó un pedazo de pizza para Peyton. Ella no tenía ganas de comer nada. Se sentó a la mesa con la niña y sólo se bebió un café negro.

Mimí le ocupaba la mente de una manera obsesiva; la última llamada de «Constance» la había puesto muy nerviosa. ¿Sabía Peyton dónde estaba Mimí? Y si lo sabía, ¿cómo podía inducirla a que se lo dijera?

Miró hacia las ventanas de la cocina y, a través de las impolutas cortinas, vio la casa de Owen, austera, hermosa y aparentemente vacía, como el propio Owen.

«Owen», pensó, y se chupó casi con furia la herida del labio inferior. No la había telefoneado, y se odió por estar esperando que lo hiciera.

Ella, que no había dependido de nadie durante años, empezaba a depender de él de una manera ridícula. «Márchate de aquí», le decía su instinto de supervivencia.

—Me gustan los dibujos animados —anunció Peyton con solemnidad. Eden volvió a mirarla a regañadientes. La niña estaba sentada con los codos apoyados encima de la mesa, una mano jugueteando con uno de los pendientes nuevos. Con el dedo índice de la otra, repasaba la línea de la figura de la caja de la pizza, la caricatura de un hombre delgaducho vestido con la toga romana y tocado con una corona de laurel.

—A mí también me gustan —contestó Eden con una alegría forzada—. Yo he trabajado en esto de los dibujos animados. ¿Lo sabías?

Peyton se la quedó mirando, con sus pequeñas y oscuras cejas fruncidas en una expresión de recelo.

—¿Cómo has podido trabajar en los dibujos animados? —preguntó desafiante—. Los dibujos animados son dibujos. Y tú eres una persona.

Eden se encogió de hombros.

—Alguien tiene que pintarlos, igual que tú lo estás haciendo ahora. Y luego, para las películas de la televisión, alguien tiene que hablar por ellos. Porque los dibujos no pueden hablar.

Peyton abrió la boca con una expresión de tozuda incredulidad.

—Es cierto —le aseguró Eden—. ¿Has visto alguna vez el anuncio comercial del zumo de frutas Peter Pan?

Peyton asintió vacilante.

—Bien, pues yo era la voz de Peter Pan.

—Peter Pan es un chico —apuntó Peyton.

Puedo parecer un chico —dijo Eden. Dirigió a Peyton una sonrisa de complicidad y luego imitó la voz chillona de un preadolescente.

—¡Eh, chicos! ¡Tomad vitamina C de un trago! ¡Os hará correr a toda mecha!

Peyton se la quedó mirando sorprendida y divertida.

—Hazlo otra vez.

Eden repitió el anuncio, y Peyton se echó a reír a carcajadas. Le pidió que lo hiciera otra vez, y Eden obedeció.

—Una parte de ti desaparece —dijo Peyton asombrada.

Eden sonrió complacida ante la perspicacia de la niña. «Sí —pensó—, es una buena descripción de cómo hay que actuar: parte de uno desaparece, y otro ocupa su lugar.»

—¿Puedes hacer más voces? —preguntó Peyton, claramente impactada.

—Muchas más —contestó Eden—. Puedo ser un girasol cantarín, el canguro de los cereales Jumping Jiminy, o un pato. También puedo ser un bebé, una anciana o un elfo. ¿Cuál prefieres?

—El canguro —dijo Peyton sin vacilar. Y la voz de Eden se transformó en la del canguro con su acento australiano y cantó el anuncio de los cereales Jumping Jiminy.

Peyton se removió en la silla con excitación.

—Yo también puedo hacerlo —dijo lanzando un profundo suspiro—. ¡Escucha!

Eden se quedó atónita cuando Peyton imitó la canción con una voz que, a pesar de ser infantil, se parecía sorprendentemente a la de Eden. Hasta consiguió el acento.

—Peyton —dijo Eden, complacida—, lo haces muy bien.

—Enséñame otra voz —dijo la niña.

—¿Has visto alguna vez el «Show de Fran sin miedo y el perro Milton»?

Peyton asintió, entusiasmada. Eden adoptó entonces una voz de niña.

—Oh, oh, Milton. Alguien tiene problemas... parece un trabajo para Fran sin miedo.

«Fran sin miedo» era una serie de dibujos animados de los sábados por la mañana, uno de los primeros papeles que había interpretado Eden. Le había gustado el tema: una niñita redicha llamada Frances Anne vive en la casa junto a los Pantanos Sombríos. Un día, descubre que ella y el perro de la familia, Milton, tienen superpoderes. Pero aunque a Fran sin miedo se la consideró una heroína feminista, los textos eran un subproducto, y la animación, mediocre. Había funcionado bastante bien durante dos años, pero todavía se seguía emitiendo.

Peyton estaba encantada. Repitió las palabras de Eden con extraña meticulosidad.

—Parece un trabajo para Fran sin miedo.

—Excelente, Peyton.

—Me sé la canción —dijo Peyton excitada—. Puedo cantarla.

Bajó el tono y cantó con voz grave:

> *«He venido aquí, estoy escondida... Soy Fran sin miedo*
> *La razón es que no conozco el miedo.»*

—¿No conozco, qué? —señaló Eden.

—No conozco el miedo —cantó Peyton con énfasis. Se deslizó de la silla y cogió una de las servilletas de té del estante, se metió un extremo debajo del cuello de la camiseta, que le quedó colgando como si fuera una capa. Imitó la postura de Fran sin miedo, la espalda bien recta, la barbilla levantada, los puños cerrados y un brazo extendido hacia el cielo.

Eden sonrió. Era la primera vez que veía a la niña divirtiéndose tanto.

—Hola, Sin miedo —dijo ella con admiración—. Te conozco de alguna parte.

Peyton se puso los puños en las caderas, sacó pecho con expresión heroica y recitó:

—Fran sin miedo siempre a su servicio. Siempre valiente. Siempre atenta.

«Tiene talento», pensó Eden, sintiendo un dolor agudo. «Talento natural. Aprende muy rápido.» En ese mismo instante, se le ocurrió una idea, pequeña pero llena de brillantes posibilidades.

—¿Quieres sentarte a hablar conmigo, Fran sin miedo? —dijo.

Durante un segundo, la niña pareció que vacilaba, pero luego se dirigió hacia la silla y se sentó con los brazos cruzados.

—Y dime, Fran sin miedo —continuó diciendo Eden—. ¿no le temes a nada?

—A nada —contestó Peyton.

—¿A los tiburones? —preguntó Eden.

—No.

—¿A los criminales?

—No.

—¿A la oscuridad?

—No.

—¿Nada te da miedo?

—Nada.

Eden apoyó el codo en la mesa y descansó la barbilla en la mano mientras se dedicaba a observar a la niña.

—¿No le temes a nada en el mundo?

—No.

—¿Por qué no?

—Soy Fran sin miedo.

—Mmmmm —murmuró Eden despreocupadamente—. ¿Conoces a una niña que se llama Peyton?

—Sí, y a Henry también lo conozco.

Eden eligió las palabras con sumo cuidado.

—A veces, Peyton se asusta. Y no puede decirme por qué.

En los ojos de Peyton apareció una expresión de inquietud. De pronto se puso en guardia.

—Si yo supiera lo que le da miedo —dijo Eden—, podría ayudarla. Pero no quiere decirme nada. Tú podrías hacerlo. Cómo eres Fran sin miedo, ¿no es verdad?

Peyton no dijo nada. Se puso el pulgar en la boca.

—Ahora Peyton está conmigo —siguió diciendo Eden—. En casa de su abuela. ¿Lo sabías?

La niña se la quedó mirando, sin decir una palabra, y luego asintió lentamente.

«Poco a poco avanzamos», se dijo Eden.

—La trajo aquí una mujer. Se llamaba Louise Brodnik. Trajo a Peyton aquí desde Sedonia, Missouri.

Peyton no la contradijo, sólo se la quedó mirando como un animal miraría aquello que podría representarle un peligro potencial.

—Oh, Fran sin miedo —dijo Eden, como si de repente recordara las buenas maneras—. No te he ofrecido un poco de té supermulecular. ¿Quieres tomar una taza?

La respuesta fue el silencio, pero Eden hizo ver que vertía el té en una taza y la puso frente a la niña. Lugo echó un vistazo por la habitación, como si buscase algo.

—No veo a tu amigo Milton Mutt. Quizá se ha ido al pantano. Me pregunto si estará con Mister Swampgas.

La comisura del labio de Peyton se torció en un gesto nervioso, como si quisiera sonreír pero no se atreviera a hacerlo.

—Recuerdo cuando a Mister Swampgas lo raptaron los carpacianos cósmicos de Carpacia. Y tú lo salvaste —dijo Eden con expresión solemne.

¿Y ahora, dónde estábamos? Ah, sí, la madre de Peyton le pidió a Mrs. Brodnik que la trajera aquí. Ella tenía que marcharse. ¿Sabes adónde se fue, Fran sin miedo?

Peyton empezó a temblar.

—No —contestó con un hilo de voz.

—Oh —exclamó Eden, como si no le importara—. Y te diré algo más—. La madre de Peyton conoce a mucha gente. A mí, a la señora Brodnik y a la abuelita. —Eden lanzó un profundo suspiro—. Peyton debe de echar en falta a todas esas personas que conocía su madre.

Peyton se enderezó en la silla, parecía angustiada.

—Peyton y Mimí vivían en Michigan —se apresuró a decir Eden—. Me pregunto si Peyton echa a faltar Michigan. ¿Tú qué crees?

La niña asintió débilmente pero no dijo nada.

—¿Por qué lo echa a faltar? ¿A quién crees que echa a faltar, Fran sin miedo?

Peyton se revolvió incómoda en la silla.

—A la señora Stangblood —dijo con una voz apenas audible—. En Detroit.

A Eden se le puso la piel de gallina.

—¿A la señora Stangblood? ¿Detroit?

Peyton no contestó y Eden sonrió para animarla.

—Gracias, Fran sin miedo. Eres muy valiente. Y eres una buena amiga de Peyton.

La niña se removió inquieta y apartó la mirada.

—Cada vez que quieras hablar conmigo, Fran sin miedo, puedes hacerlo —dijo Eden con calor—. Porque puedes decir las cosas que Peyton no puede decir. De este modo puedes ayudarla. ¿Lo harás?

La niña se encogió de hombros, con un gesto nervioso.

—Soy amiga de Peyton, como tú. Y como la señora Stangblood.

Eden puso una mano en el hombro de la niña.

—¿Me puedes decir dónde está la madre de Peyton, Fran sin miedo? Necesitamos encontrarla, para ayudarla.

Peyton tiró de los extremos de la servilleta que le hacía las veces de capa. Se quedó sentada agarrándola con fuerza y con los ojos bajos, casi como si se sintiera culpable de algo. El juego ya le cansaba o tenía miedo o bien ambas cosas.

—¿Se ha ido Fran sin miedo? —preguntó entonces Eden—. ¿Ha vuelto a la casa por los Pantanos Sombríos?

Peyton asintió y dejó que la servilleta cayera al suelo.

—Fran sin miedo puede volver a hablar siempre que lo desee. Lo sabes, ¿verdad?

Peyton no respondió, sin dejar de mirar la pobre capa abandonada en el suelo.

«Gracias. Gracias por hablarme de la señora Stangblood», pensó Eden.

Se levantó de la silla, se acercó a la pequeña, se inclinó y la abrazó.

Peyton le devolvió el abrazo.

—Eden —dijo, con un tono de ruego—, ¿me quieres?

Eden sintió que el corazón se le salía del pecho. No deseaba amar a nadie, y menos a esa niña misteriosa y necesitada.

Sin embargo, la apretó entre sus brazos.

—Claro —mintió—. Claro que sí.

Se arrodilló ante la niña, la sujetó por los brazos y la miró a los ojos, fingiendo la mayor sinceridad.

—¿Sabes, Peyton? Cuanto más te conozco, más te quiero. Debes enviarme a Fran sin miedo para que hable conmigo otra vez, ¿de acuerdo?

Peyton asintió en silencio, con los ojos llenos de lágrimas.

Después de comer, Eden y Peyton fueron a buscar al perro viejo y lo llevaron de paseo por el sendero que conducía a través de los bosques hasta la zona de recreo, cerca del lago. Cuando volvieron, el Blazer negro de Owen estaba aparcado junto a la casa de Jessie.

Owen se encontraba en el prado lateral de la casa, de espaldas a ellas, y se dirigía hacia los tupidos bosques próximos a las dos casas. Tenía la ballesta levantada y apuntaba hacia un blanco desgastado clavado en una bala de heno. Ya había clavado un montón de flechas en los círculos.

Al verle allí, Eden apretó la mano de Peyton y su corazón empezó a latir con fuerza. Owen estaba con la espalda muy tiesa, el rostro tenso debido a la concentración, mientras el sol de octubre hacía brillar sus cabellos plateados.

Vio como tensaba el arco, y la flecha salió volando y se clavó en el centro de la diana, hundiéndose casi hasta el fondo. Owen cargó el arma con otra flecha, la levantó y apuntó. La ballesta, pensó Eden, tenía un aspecto medieval.

—¿Qué está haciendo? —preguntó Peyton, desasosegada.

—Prácticas de tiro —respondió Eden, contemplando como volvía a disparar la flecha, que se quedó clavada en la diana con considerable fuerza y puntería.

—No tiene una pistola —dijo Peyton, con cierta desaprobación—. Para hacer prácticas de tiro necesitas tener una pistola.

Eden se la quedó mirando.

—¿Y tú cómo lo sabes, cariño?

Peyton se removió, incómoda. Dirigió una mirada furtiva, de soslayo, y Eden comprendió que no iba a responder.

Owen recogió las flechas y las guardó en el carcaj. Cuando se volvió, las vio al borde del camino, donde se habían detenido. Las saludó con la cabeza, se dirigió al Blazer, guardó el arco en la caja y lo metió en la parte trasera del coche.

Luego se adelantó hacia Eden, lanzándole a Peyton una mirada de antipatía y algo parecido a una sonrisita que no llegó a serlo del todo. Miró a Eden y vio sus ojos tan azules como el cielo de otoño.

Hola —dijo ella, confundida de repente, y tan natural como consiguió parecer—. ¿Has encontrado la nota que te he dejado… diciéndote que nos íbamos?

—Sí.

—¿Has visto a Jessie?

—Sí, está muy bien, aunque cansada.

Miró luego al perro, al que Eden había cogido en brazos. Frunció las oscuras cejas.

—Tengo que hablar contigo. A solas.

Eden tragó saliva, con una sensación de aprensión, pero soltó la mano de la niña y la animó dándole una palmadita en el hombro.

—Ve a jugar un momento, Peyton. Pero no salgas del jardín.

La niña, volviéndose con curiosidad, se fue a examinar la diana.

—Le interesa —dijo Eden, mirándola mientras se dirigía a ella—. Antes me ha hablado como si las armas y las prácticas de tiro le fueran familiares. Pero no ha querido decir por qué. Owen, odio tener que admitirlo, pero me estoy asustando.

Le habló de la perturbadora llamada y cómo no podía impedir el presentimiento de que aquella mujer no era otra que Mimí. También le dijo que Peyton le había hablado de esa señora Stangblood de Detroit,

Owen asintió.

—¿Stangblood? Lo comprobaré.

—Owen… has dicho que tenemos que hablar. ¿Acerca de qué?

Owen miró al cielo y entrecerró los ojos.

—Después de haber ido a ver a Jessie, he recibido una llamada. La información no te va a gustar.

Eden tuvo un presentimiento que la hizo estremecerse.

—¿Qué sucede?

La cogió del brazo y la acercó más a él.

—La casa de Louise Brodnik no se incendió accidentalmente. Alguien la quemó. Pero ella ya estaba muerta antes —dijo en voz baja.

Atónita, Eden se lo quedó mirando con expresión incrédula.

—¿Qué? —preguntó sin aliento.

—Justo después de salir del hospital, recibí una llamada de John Mulcahy, un detective de Missouri. El fuego en casa de Louise Brodnik fue provocado.

Eden sintió como si le faltara el aire.

—¿Pero… pero por qué? —preguntó.

—No lo sabemos —contestó—. Pero el informe de la autopsia dice que no había restos de humo en los pulmones de la Brodnik. Lo que significa que la mató otra cosa, y no el fuego.

—¿Y qué la mató?

No están seguros. Podría haber sido el corazón. Pero si murió por causas naturales antes de que se produjera el fuego, ¿quién prendió la mecha? ¿Y cómo? ¿Y por qué?

Eden se lo quedó mirando, sin comprender.

—¿Que tiene que ver todo esto con nosotras? ¿Y con Peyton?

—No lo sé —repuso Owen—. Pero quizá alguien estaba buscando a Peyton, y continúe haciéndolo.

Eden se llevó los dedos a la boca, incapaz de respirar, incapaz de hablar.

—Piensa en ello —dijo—. Peyton tiene miedo, mucho miedo. La han coaccionado para que no hable, le han dicho que hablar es peligroso. ¿Qué es lo que sabe? ¿Es tan importante para que la obligue a permanecer en silencio?

Eden la buscó para asegurarse de que se encontraba bien y a salvo. La niña estaba metiendo el dedo en los agujeros de la diana y los examinaba detenidamente. Pensó en la mujer rubia y desconocida con la mano llena de fuego. Recordó el avión que estalló en Miami. Y tuvo miedo de repetir en voz alta lo que estaba empezando a temer.

Dio la espalda a Owen y fue consciente de que él se había dado cuenta del miedo que se reflejaba en sus ojos, y notó que aflojaba la mano con la que le sujetaba el brazo.

—Lo siento —dijo—. No era mi intención asustarte. Creo que lo mejor será que me quede con vosotras hasta que sepamos lo que está sucediendo.

Eden aspiró una bocanada de aire.

—No. No puedo permitir que hagas eso.

—Lo discutiremos después. Vamos —dijo—. Antes deja que lleve esto a casa. —Cogió al perro de sus brazos, lo dejó en el suelo y lo llevó de la correa.

Eden asintió, se sentía mareada. Sin embargo, no dejaba de mirar por encima del hombro para comprobar que Peyton se encontraba bien.

Aunque estaba al sol, sentía frío y empezó a temblar. Owen se dio cuenta, deslizó un brazo alrededor de su hombro, pero ella no puso objeciones. El perro caminaba cojeando detrás de ellos, así que él lo cogió con el brazo que le quedaba libre.

Peyton jugaba sola, con la acribillada diana.

«Mañana es el último día —se dijo Mimí—. Mañana se acaba todo»,

Tenía entradas para la noche y para la mañana siguiente, en otro espectáculo matinal. Y también para la tarde y la noche del día siguiente.

Sacó las monedas del bolsillo de los tejanos, y las contó. Tenía exactamente sesenta y ocho dólares y setenta y un centavos. Era suficiente para vino y cigarrillos hasta el día siguiente, y para pagar la habitación un día más.

Tomó un trago de vino e inmediatamente sintió una punzada de dolor por no poder volver a casa de Jessie, con Peyton. Pero no sólo sería un estorbo para ellas, sino tembién un peligro. Y ella era la única culpable de lo único que podía darle a su hija: su ausencia.

Se sentó en el borde de la cama, cruzó los brazos alrededor de las rodillas y ocultó allí el rostro. Se sentía débil, vieja, centenaria, como si la edad nunca le hubiera dado sabiduría.

Al principio pensó que Drace y los demás se dedicaban únicamente a jugar, y que esos juegos no significaban que fueran a actuar violentamente contra el gobierno, y aunque se pavoneaban y hablaban con violencia, le pareció que sólo era teatro. Pero fue una estupidez. Además, al igual que los otros, estaba llena de ira y de falta de confianza pero no fanfarroneaba o hablaba con violencia.

Al principio, estaba loca por Drace. Ignoraba lo que él pretendía de ella. A él le gustaba tener dos mujeres, claro, y le habría gustado tener más. Pero Raylene era celosa como un demonio, ella ni siquiera podía hablar y la odiaba con toda su alma, al igual que a Peyton.

Al final, Mimí acabó acostádose con todos los hombres, no sólo con Drace, quien raras veces la deseaba, y Raylene trataba a su pequeña como a una esclava. Cuando ella protestaba, la otra decía que era «disciplina». Y la situación fue empeorando cada vez más, hasta el punto de hacerse insostenible y descontrolada.

Comprendía claramente que durante todo ese tiempo no había pensado con claridad. Y cuando finalmente entendió lo que estaba sucediendo, ya fue demasiado tarde. Había caído en su propia trampa, y para ella no existía una salida.

Sin embargo, cuando descubrió el anuncio de Jessie en el folleto del supermercado, pensó que para Peyton sí existía un camino por el que escapar. Y eso para ella ya era suficiente.

Era consciente de que la noche que se alejó de la granja con Peyton y el dinero robado, ya no podría dar marcha atrás.

Fue el único plan que pudo idear. Había huido hasta allí, pero era inútil escapar más lejos. Y sabía que era lo mejor que podía hacer por Peyton.

Levantó la cabeza y se frotó los ojos con las palmas, los notó húmedos y ardientes. Saltó de la cama y sacó la cartera. Entró en el cuarto de baño y fue rompiendo uno a uno todos los carnés de identidad falsos. No se había llevado el verdadero.

Se quedó mirando mucho rato la fotografía de Peyton que guardaba en la cartera. Y aunque eso le hizo daño, también la rompió en pedazos.

Hizo desaparecer todos los pedazos de papel y sólo se guardó el trozo de periódico con el número de teléfono de Jessie. Quizá se permitiera una última llamada. Sólo una.

Contempló su rostro en el espejo, y la odiosa cicatriz que le cruzaba la garganta. Miró la botella que seguía en la repisa del lavabo.

Oyó la voz de Jessie que le hablaba al oído, fuerte y vital: «No hagas ninguna imprudencia. Ten cuidado. No te pongas nerviosa».

—No te preocupes, Jessie —gruñó con un ronco murmullo—. He tomado la decisión más correcta.

Se lavó la cara, se cepilló el pelo y se puso una camiseta limpia. Guardó la entrada en el bolsillo de los tejanos y salió para dirigirse al Moon River Theater.

Se aproximaba la hora del espectáculo.

# Capítulo 14

—Sí, sí, sí —le dijo Eden a Jessie en el hospital aquella tarde—. Se va a quedar con nosotras. Y deja de fastidiar.

—Yo no estoy fastidiando —la contradijo Jessie—. Me preocupa el bienestar de Peyton. No sé por qué no la has traído. Esperaba verla.

—Ya te lo he dicho, ha llegado a la puerta del hospital, pero luego no ha querido entrar. Creo que los hospitales la asustan. Owen se la ha llevado a tomar un helado.

—Asegúrate de que él siempre esté cerca —le dijo Jessie con tono imperativo—. Esta niña necesita protección. Ese incendio en Sedonia no fue un accidente, lo sé.

Eden hizo un esfuerzo para no reaccionar ante las palabras de su abuela. Había decidido, de acuerdo con Owen, no decirle a Jessie que la visión del fuego que había tenido, había resultado ser cierta.

—Eso del incendio es una mala noticia —siguió diciendo Jessie—, pero también tengo una buena noticia. Mimí va a volver pronto a casa. Aparecerá en la puerta y dirá, «hola, abuela, esta vez he venido para quedarme.»

Eden frunció el entrecejo

—¿Mimí vendrá para quedarse?

Jessie le dirigió una sonrisa de satisfacción.

—Sí, y será pronto. Antes de que acabe el año.

—¿Y se quedará a vivir contigo? —preguntó Eden con expresión de duda.

—Hasta que encuentre un sitio para ella y para Peyton —contestó Jessie—. ¿Y por qué no? Este último problema en el que está metida, la ha hecho crecer. Quiere sentar la cabeza. Tengo una sensación muy fuerte, aunque veo en tu cara una expresión escéptica.

Eden estaba muy preocupada por Mimí, pero mantuvo una expresión tan impertérrita como le fue posible.

—Esperemos que tengas razón —le dijo a Jessie—. Pero tengo algo que pedirte. Esa mujer, Constance, ha llamado otra vez. Parecía preocupada, muy preocupada, y me colgó el teléfono. Necesito algo para mantenerla al otro lado de la línea. ¿Qué puedo decirle?

Jessie se encogió de hombros, casi con irritación.

—No lo sé.

—Has estado haciendo esto la mayor parte de tu vida —dijo Eden, poniéndose una mano en la cadera—. Ya te digo, esa mujer me preocupa. ¿Cómo puedo llegar hasta ella?

—Hoy no pienso en Constance —dijo Jessie—. Es Mimí la que me preocupa. Es carne de mi carne.

—Muy bien, Jessie —Eden suspiró—. Pero te lo ruego, por favor dame un consejo de experta.

—Deberías de haberme traído la bola de cristal —se quejó Jessie—. Estoy demasiado cansada para echar las cartas. Déjame ver qué puedo hacer.

Jessie se apoyó en la almohada y cerró los ojos. Durante un rato estuvo jugueteando con el anillo más grande de la mano izquierda, una piedra lunar montada en plata. Luego los dedos se le pusieron rígidos, empezó a respirar profundamente y a agitar ligeramente los párpados.

Pasó un minuto. Luego, dos.

—¿Jessie? —murmuró Eden.

Le respondió un suave ronquido. Jessie se había quedado dormida.

Peyton, después de comer el helado, se fue a la cama a las nueve en punto, sin discutir. Se durmió con el cuerpecito hecho un ovillo y el dedo pulgar en la boca.

Eden dejó encendida la lamparilla de la mesilla de noche y entró descalza en la sala de estar. Owen estaba de pie junto a la mesita del teléfono, examinando una lista escrita a mano. La luz de la lámpara hacía brillar sus rubios cabellos y levantó la vista para mirarla cuando entró en la habitación.

Eden desvió la suya mientras enderezaba uno de los múltiples cachivaches que Jessie tenía encima de un mueble.

—No tienes que quedarte esta noche —le dijo a Owen—. Jessie no tiene por qué enterarse. Le diremos que te has quedado.

—No. Ya está arreglado.

Eden se encogió de hombros y jugueteó con el cachivache.

—Creo… creo que no deberías quedarte. Yo puedo cuidar de mí misma.

—Louise Brodnik trajo aquí a Peyton. Dos días después, la encontraron muerta en su casa incendiada. Jessie está muy preocupada. Me quedaré.

Eden emitió una risita chillona.

—Si estás preocupado por nosotras, tráeme un arma.

—¿Sabes disparar?

—Desde luego que sé disparar —replicó—. Crecí aquí. He disparado a las ratas y a las víboras y hasta a una serpiente cascabel. Era tan larga como tu brazo. Bueno… casi.

—¿Cuántas veces has disparado desde que te fuiste a Hollywood?

Ninguna. Pero…

—Me quedo —dijo él.

Eden seguía sin mirarlo. Buscó desesperadamente algo que decir.

—¿Has llamado a la policía? —preguntó—. ¿Has preguntado por esa señora Stangblood de la que habla Peyton?

—Sí —contestó—. Aquí y también he llamado a Sedonia.

—¿Y?

—Nos llamarán. Cuando tengan un momento.

—Odio la burocracia —dijo Eden pasándose la mano por los cabellos—. ¿Y eso es todo? ¿Que nos llamarán?

—Eso es todo. Mientras tanto, he hecho una llamada a información de Detroit.

Eden enderezó los hombros ligeramente. Desde luego que había llamado, no era hombre que esperara sentado a que los demás hicieran el trabajo.

—¿Has preguntado por los Stangbloods que hay en el listín? —preguntó con un nudo en la garganta. Examinó el dibujo de punto de cruz del tapete, una cinta anudada a la siguiente y a la otra y a la otra.

—Sí —contestó él, sin ninguna emoción.

—No es tu problema, ya lo sabes.

—Lo sé. He hecho las llamadas desde mi teléfono móvil. No te preocupes. Jessie no tendrá que pagarlas.

Eden se volvió a mirarlo.

—Te las pagaré yo.

—No tienes que hacerlo —dijo.

—Insisto.

El aire entre los dos pareció cargarse de electricidad, algo que nada tenía que ver con llamadas telefónicas o la necesidad de pagarlas. Y ambos se dieron cuenta.

Owen atravesó la habitación, como si quisiera poner distancia entre los dos a propósito. Sus ojos no se cruzaron con los de ella, cosa que Eden agradeció.

Volvió a mirar la lista, y en su rostro apareció una expresión sombría.

—Hay más Stangbloods en Detroit de lo que te crees. Siete. He llamado a cuatro y no saben nada. También tengo que llamar a Alvin Swinnerton acerca del sistema de seguridad.

—Te preocupas demasiado por nosotras.

Owen la miró y, como siempre, la sobresaltó el azul de sus ojos.

—Me apetece una copa.

—¿Brandy? —preguntó ella.

Owen asintió, entró en la cocina y ella lo siguió. Abrió la alacena que estaba encima del fregadero y sacó la botella.

—¿Quieres un poco?

—No —contestó Eden—. Gracias.

Entonces vio en la mesa de la cocina la libreta de dibujo de Peyton. La niña había dibujado un avión en llamas. Rápidamente Eden dio la vuelta a la libreta, fue a la repisa de la cocina y se sirvió una taza de café.

Owen cogió un vaso y lo llenó hasta la mitad de brandy.

—Sería mejor que no bebieras un café tan fuete.

—No bebo alcohol —dijo Eden—. Dada la historia familiar que tengo, no lo hago. Soy adicta al café.

Owen se encogió de hombros y volvió a apoyarse en la repisa de la cocina, con el vaso en la mano. Tomó un sorbito, y lo saboreó.

—¿Quién bebía? —preguntó—. Además de Mimí.

Eden hizo un gesto con los hombros, y contestó a regañadientes.

—¿Quién no lo hacía? Bueno, Jessie no. Pero su marido, mi abuelo, bebía. Se casó con él cuando tenía quince años, no sabía que era, según sus propias palabras, «un maldito borracho».

Owen la miró por encima del vaso.

—Murió joven, ¿verdad? Cuando estaba embarazada de tu madre. Es lo único que sé, porque ella no habla mucho de tu madre.

Eden captó en los ojos que la miraban por encima del vaso una expresión de desafío.

—Mi madre —Eden se esforzó por encontrar las palabras más adecuadas, después de tantos años—. Mi madre… empezó a beber cuando era muy joven. Era una buena persona, aunque carecía de estabilidad. Ella y Jessie no se llevaban bien.

Owen no contestó, esperaba que ella siguiera, con una mirada fija y pensativa.

—Se casó con alguien que se parecía mucho a ella —dijo Eden, después de tragar saliva—. Encantador, pero desequilibrado. Fue un milagro que el matrimonio durara tanto… cinco años, entre una cosa y otra. Luego él desapareció. Desapareció.

—¿No sabes qué ha sido de él? —preguntó Owen frunciendo el entrecejo.

Eden meneó la cabeza, bajó la vista y se quedó mirando sus manos sin anillos. Tenía las manos de su madre, estilizadas, de huesos finos.

—No lo he vuelto a ver. Y a nuestra madre la mataron cuando yo tenía diez años y Mimí seis. La atropelló un coche. Al salir de un bar. Era de noche y ella caminaba tambaleándose. No estaba sobria. Vivíamos en Little Rock. Ni siquiera sabía que teníamos una abuela. Nuestra madre nunca nos había hablado de ella. Y, de repente, se presentó Jessie. Nos llevó con ella. Y ahora Mimí ha enviado aquí a Peyton. Y de nuevo vuelve a empezar la misma historia.

Algo muy frágil y sutil se rompió en su interior. Cerró la mano y la apretó contra la frente. Emitió un sonido semejante a un sollozo y unas lágrimas, que no pudo reprimir, empezaron a deslizarse por sus mejillas.

Owen corrió a su lado, le puso las manos en los brazos y la levantó de la silla.

—Lo siento —dijo ella—. Nunca lloro. Nunca.

La aproximó a él y la rodeó con su brazos.

—Deja de disculparte y llora, ¿quieres?

—Tengo miedo por mi hermana —gimió ella entre sollozos—. Estoy aterrorizada. ¿Y Peyton? Ha sufrido tanto, que quizá su vida se vea para siempre afectada por ello.

—Eden —dijo él, acariciándole el cabello con la mano—. No…

—No siento pena de mí misma —insistió con voz temblorosa—. Es por ella. No ha pedido nacer en una familia como esta… no ha pedido venir al mundo… no…

Owen la apartó un poco y la obligó a levantar la cara. Entonces se inclinó, los ojos serios, la boca ligeramente torcida en la comisura. La voz le salió bronca, profunda y dura de la garganta.

—He dicho que no…

Pero entonces sus labios estaban ya sobre los de ella. Sabían a brandy y había algo semejante al desespero en aquel beso. Eden se lo devolvió con el mismo desespero.

No había nada premeditado ni artificial en el modo con el que la besó. Su caricia estaba llena de inmediatez y de un deseo irreprimible.

Arqueó el cuerpo contra el de ella, tenso como un arco. La apretó con más fuerza, y ella sintió contra el suyo su pecho fuerte.

Eden se apretó también contra él, las manos se aferraron a sus hombros, con unos dedos ávidos de sentir su fuerza. Fue como si algo la arrancara de una profunda oscuridad y la arrastrara hacia una fuerza vital. Y deseó aquella fuerza que procedía de él, la necesitaba, así como también deseaba entregarse a ella.

«Esto es una locura», se dijo Eden, pero luego dejó que ese pensamiento desapareciera en el vacío al que escapaba. El mundo era frío, pero él cálido.

Era embriagador abandonarse al deseo, perderse en él. Las manos de Owen ya estaban debajo del suéter, explorando las curvas y los ángulos de su espalda desnuda. Cuando rozó la carne desnuda, la razón volvió a ella como una caída repentina.

Intentó apartarse, volver la cara, pero él apretó los labios en su cuello.

—¿Y si Peyton nos ve? —murmuró, casi sin aliento.

—Vamos a la habitación —dijo él, sin apartar los labios de su piel.

—Podría entrar —jadeó Eden, mientras él le estaba desabrochando el sujetador.

—Cerraremos la puerta —el sujetador ya estaba desabrochado y él le estaba acariciando los pechos desnudos debajo del suéter. Eden empezó a temblar de placer.

—No deberíamos hacer esto… con una niña en la casa.

—La gente que está casada lo hace.

La lógica de la respuesta desarmó a Eden. Luego los labios bajaron hasta sus pechos, y la lógica dejó de importarle.

Owen yacía de espaldas, contemplaba la oscuridad, el corazón le latía acelerado, tenía el cuerpo húmedo de sudor y uno de sus brazos le rodeaban los hombros. Ella estaba acurrucada e inmóvil junto a él, con la cabeza apoyada en su pecho. El cabello le caía sedoso sobre el pecho desnudo, y sentía los pendientes de diamantes como alfilerazos sobre los latidos del corazón.

Owen le acarició el brazo con la mano una y otra vez. Ella se movió suavemente y se acurrucó aún más contra el cuerpo de él, que pasó los labios por sus cabellos. Eden le apoyó una mano en el estómago, justo encima del ombligo, y su roce lo atravesó como un cuchillo dulce y deseado.

—Debería ir al otro dormitorio —dijo Eden—. Por si Peyton se despierta.

—Todavía no —contestó él, acercándola más y besándola otra vez.

Eden suspiró, y su cálido aliento le rozó la piel.

Owen permanecía en silencio, disfrutando teniéndola abrazada, acariciándola. No había sentido una compulsión semejante al tocar a una mujer desde que murió Laurie. No comprendía aquel impulso, se limitaba a seguirlo.

—No puedo creerlo —dijo ella—. Hemos hecho el amor en la cama de mi abuela.

—Créelo —fue la respuesta de Owen.

Eden apartó la mano, y él sintió que el cuerpo de ella se ponía tenso de repente.

—Supongo que tenía que suceder —dijo—. Quiero decir, que somos dos personas adultas sanas y sin ataduras. Estamos encerrados juntos. Y todo lo que está sucediendo es tan intenso. Es un hecho... natural.

Se apartó un poco y trasladó la cabeza del pecho de él a la almohada. Owen se dio cuenta de que el sutil distanciamiento que ella acababa de poner entre ambos era algo más que físico. Un distanciamiento que se abrió como una grieta que se fuera haciendo cada vez más grande hasta convertirse en un abismo insalvable.

—Quiero decir —añadió Eden volviendo la cabeza hacia el otro lado—, que supongo que es algo que teníamos que hacer y ya está.

«Algo que teníamos que hacer y ya está. Esto me pone en mi lugar, ¿no es cierto?»

—Supongo —fue su respuesta.

—No quiero que pienses que espero algo de ti —dijo Eden—. No espero nada. Es muy probable que no nos volvamos a ver nunca más, en cuanto todo esto haya acabado.

—No —convino Owen—. Tu te irás. Y yo me quedaré.

—Sí.

Retiró el brazo y se quedó mirando la oscuridad.

—Dime una cosa —dijo—. ¿No te has casado y no has tenido hijos por todo eso que me has contado de tu familia?

—Tengo genes enfermos —contestó—. De excéntricos y borrachos. Creo que no debería reproducirme. No puede salir nada bueno.

—Y no permites que nadie se te acerque, ¿verdad?

—Así es.

Hubo una pausa.

—Y tú tampoco.

—No.

Permanecieron en silencio.

—No te gusta Peyton, ¿verdad? —preguntó ella al fin.

—No.

—¿No te gusta porque es diferente?

Owen suspiró con aspereza.

—Eso no me importa. No me gustan los niños, eso es todo.

—¿Por qué?

—Mi mujer quería tener hijos —dijo—. No podía tenerlos. Murió porque... todo fue mal.

Eden se incorporó y estiró las sábanas para cubrirse los pechos.

Cerró los ojos porque de repente se sintió débil. Las palabras no explicaban nada. Nunca lo hacían.

—Decir lo siento es demasiado fácil —dijo.

—Sí —contestó él—. Tienes razón.

—Pero lo siento.

—Yo también.

—Te comprendo.

—¿De verdad? No lo creo.

—No he querido decir… —la voz se le quebró. Se quedó en silencio un rato. Luego, en voz baja, añadió—: Debería irme.

—Sí. Deberías hacerlo.

Se levantó. Owen la oyó recoger la ropa y vestirse con un suave roce. Notó que se sentaba en el borde de la cama, que se inclinaba y le daba un beso suave en la mejilla.

—Creo que los dos lo necesitábamos esta noche —dijo—. Gracias.

Quiso volverse y arrastrarla otra vez dentro de la cama, arrancarle la ropa y hacerle el amor hasta el amanecer.

—Serás bienvenida. En cualquier momento. Y díselo a tus amigas —dijo en cambio.

A Eden aquellas palabras le dolieron. Se levantó y salió en silencio de la habitación, dando un portazo detrás de ella.

«Eres un príncipe, Charteris —se dijo él—. Un maldito príncipe.»

Se envolvió el cuerpo con la sábana y se metió en la cama, amargado. ¿Qué le importaba? Pronto se marcharía para siempre, y con suerte se llevaría con ella todo el problema. Él se quedaría otra vez a salvo en su soledad, en compañía de sus fantasmas y del perro moribundo y de la vieja echadora de cartas.

En Branson pasaban cuarenta minutos de la medianoche.

Afuera de la recepción del hotel, la señal de neón parpadeaba caprichosamente. Se suponía que decía «Pleasant Inn-Vacancies», pero algunas letras se habían quemado, y se leía «P easant Inn-Vacanc es.»

El motel no estaba en la carretera principal, sino en un sector cerca del lago, de segunda categoría, cerca de los límites de la ciudad. Tenía buen aspecto, y Drace tuvo una sensación tan fuerte y mística que su corazón empezó a latir con fuerza.

«Sí», pensó. «Sí, sí, sí».

—Sí —dijo el portero de noche, asintiendo con la cabeza cuando vio la foto de Mimí que le enseñaba Raylene—. Tenemos a alguien que se le parece. Apartamento diez.

Empujó el libro de registros hacia ellos. Inmediatamente Drace reconoció la caligrafía puntiaguda y nerviosa de Mimí, aunque había firmado con el nombre de «Constance Caine», y no con el suyo.

—¿Está seguro? —preguntó Raylene, sosteniendo todavía el retrato para que el hombre lo examinara.

—Recuerdo los cabellos crespos.

El portero era un viejo de aspecto extraño, mal afeitado, con un horrible corte de pelo, con una cicatriz donde debiera de haber estado una oreja.

Era un poco tuerto, pero su mirada torcida no se fijaba en la foto. La mantenía clavada en el escote de Raylene, que mostraba el escote en V de su jersey de color rosa.

El corazón de Drace galopaba triunfante, pero no dijo nada, quería que Raylene tomara la iniciativa. Ella se inclinó un poco más, para que el portero pudiera verle mejor el pecho.

Rozó la manga de la sucia camisa del viejo, con lágrimas en los ojos.

—Es nuestra prima —dijo con una voz débil y emocionada—. No es una persona muy estable, y si no toma la medicación, bueno, puede caer en una depresión.

Se inclinó aún más, y Drace observó que el viejo habría deseado meterse por el escote y tragarse las tetas.

—Bebe —confesó Raylene—. Y si va por ahí bebida, tenemos miedo de que se mate, que en un lugar como este abran un día la puerta de su habitación y se la encuentren muerta.

Raylene unió las manos como si fuera a rezar, y puso aún más en evidencia los pechos.

—No queremos que tenga usted ningún problema —dijo con ardor—. No deseamos que la policía se inmiscuya en este asunto.

Hizo un gesto de asentimiento dirigido a Drace.

—Mi hermano trabaja en la policía.

Drace deslumbró al viejo con la placa que llevaba en la cartera. Una placa de la Policía militar de las Fuerzas del aire norteamericanas, que había conseguido de un catálogo por correo.

Pero el viejo no estaba tan interesado en la placa que le mostraba Drace, como en lo que le enseñaba Raylene. Se humedeció los labios con la lengua.

—¿Qué desea que haga? —preguntó.

Raylene también se humedeció los labios. Las lágrimas brillaron en sus ojos azules, y al hablar le temblaba la voz.

—Sólo queremos encontrarla y llevarla a casa con nosotros. Sin escándalos, sin denuncias. Su padre es sacerdote, ¿sabe usted?

Lanzó un profundo suspiro. Mantenía una mano apretada entre los pechos y puso la otra sobre la mano nudosa del portero, que descansaba en el mostrador.

—Ya tenemos experiencia —dijo—. Sólo déjenos hacerlo. Déjenos que nos la llevemos a casa, que es adonde pertenece. Por favor.

—No puedo hacer eso —dijo, con la manzana de Adán oscilando.

—Por favor —le rogó ella—. Mi hermano no tardará nada. Se lo prometo.

—Le pagaré la estancia —dijo Drace, buscando la cartera—. Dudo que ella pueda hacerlo. Y una propina para usted —añadió sacando un billete de cincuenta dólares, que le dio a Raylene.

Ella se lo puso en la mano, apretando allí el dinero, el billete contra la palma del viejo, que quedó entre las dos manos.

El viejo vaciló, y ella se inclinó hacia él.

—Nadie tiene que saberlo —le aseguró Raylene, con un susurro dulce e irresistible.


Drace y Raylene llevaron la camioneta hasta la puerta del apartamento, salieron y la dejaron abierta. El portero de noche los estaba esperando.

Raylene, al lado de Drace, contuvo el aliento cuando el portero introdujo la llave en la cerradura y la hizo girar. En cuanto oyó que se abría, apartó al hombre de la puerta.

—Dejemos que mi hermano se ocupe de esto —dijo suavemente, acercándose al hombre—. Vuelva a recepción, por favor. Por favor.

—En la puerta hay una cadena de seguridad —dijo el hombre, pero no hizo ningún movimiento para apartarse de ella.

—Mi hermano se ocupará de eso —le dijo Raylene—. Es policía. Ahora váyase. Si necesitamos ayuda, lo llamaré.

Se alejó de él, el viejo la miró de arriba abajo y luego, a regañadientes, volvió a la recepción. Le recordó un perro viejo renqueante
que hubiera seguido a una hembra joven, sin resultado alguno, porque
estaba demasiado lejos y tenía que volver cojeando a casa.

Drace entraría en la habitación, lo sabía. No le preocupaba la cadena de seguridad. La puerta tenía un aspecto frágil y él llevaba corta-
dores de pernos en la camioneta.

Raylene vio el interior. La habitación estaba casi a oscuras, aunque una débil luz procedente del cuarto de baño se filtraba a través de
la puerta entreabierta. Una mujer yacía inmóvil en la estrecha cama,
dándoles la espalda. Había una jarra de vino medio vacía en una mesilla, a su lado. Estaba vestida y estirada encima de la colcha.

Raylene reconoció el cuerpo esbelto, el cabello suelto, en medio
de las sombras: Mimí. La embargó un sentimiento de odio, frío y absoluto.

«Irrumpiste en nuestra casa, cuando yo no quería que lo hicieras
—pensó Raylene—. Te acostaste con mi hombre, y yo lo permití, no
tuve elección. Lo compartimos todo contigo, hasta nuestros planes,
pero yo no confiaba en ti. Ahora nos has traicionado, y yo te mataré
con mucho gusto, con mucho gusto.»

Moviéndose en silencio, Drace cogió el cortador de hierro de la
camioneta. Raylene abrió la cremallera de la bolsa que llevaba colgada
del hombro. Allí llevaba esposas, cinta adhesiva y un cuchillo.

Drace cortó con facilidad la cadena de seguridad y empujó la
puerta abierta. Los dos entraron en el interior de la habitación. Luego
cerró la puerta de golpe detrás de ellos y sacó un revólver pequeño de
la funda que llevaba en el tobillo, un 38 corto.

Hizo un gesto con la cabeza a Raylene, quien sacó las esposas de
la bolsa, y se aproximó al lecho. Drace encendió la luz de la habitación.

—Hola, Mimí —dijo él suavemente—. Hemos venido a llevarte
de caza. Vamos a buscar a Peyton.

Raylene pensó que sería muy sencillo hacer prisionera a Mimí.
Probablemente estaría demasiado borracha para despertarse del todo.
La esposaría y le taparía la boca con la cinta adhesiva y Mimí estaría
demasiado adormecida para oponer resistencia.

Si se despertaba lo suficiente para defenderse, Drace podía some-
terla en cuestión de segundos presionándole la arteria carótida. La

meterían en la camioneta y se la llevarían a un lugar aislado y seguro. A un lugar donde pudiera arrancarle la verdad: ¿adónde había enviado a Peyton?

Drace fue a poner la mano sobre la boca de Mimí por si acaso gritaba, y Raylene le agarró la mano izquierda y le puso las esposas.

Sin embargo, a los dos les cogió por sorpresa la rápida reacción de Mimí que, con suma violencia, sin gritar, pero con patadas y revolviéndose, como un animal acorralado, consiguió ponerse de pie.

Empujó a Raylene con la mano derecha, con una fuerza tal, que perdió el equilibrio y fue a golpearse en las costillas contra el tocador de metal.

Mimí estiró el brazo izquierdo y el cortador de hierro golpeó a Drace en la muñeca cuando él se lanzó hacia ella. Soltó un juramento e, involuntariamente, dio un paso hacia atrás.

—¡Cógela! —le ordenó a Raylene.

Mimí entró en el cuarto de baño y cerró la puerta tras de sí.

—Mierda —exclamó Drace, enfadado. Se lanzó contra la puerta, pero Mimí consiguió mantenerla cerrada. Raylene, con los dientes apretados, lanzó todo su peso contra la puerta para ayudarlo.

Durante unos instantes, la fuerza de Mimí les pareció a ambos sobrehumana. Luego la puerta cedió, y ellos se abalanzaron dentro. Raylene fue la que entró primero, agarró a Mimí por los cabellos y le golpeó la cabeza contra el lavabo.

Pero Mimí consiguió mantenerse de pie y golpearla en el estómago; no cayó al suelo porque Drace la sostuvo.

Mimí cogió una botella de la repisa del lavabo y empezó a hacer girar la rosca.

—Quieta —dijo Drace, sosteniendo a Raylene con una mano, y con la otra apuntando a Mimí con el arma. Raylene estaba sin aliento, sentía unas náuseas que estaban a punto de hacerle perder el sentido. Aun así, la rabia consiguió mantenerla consciente, la rabia y los deseos de matar a Mimí.

Pero Mimí levantó rápidamente la botella, se la llevó a los labios y bebió y, en cuanto lo hizo, emitió un grito extraño y se tambaleó hacia atrás, les lanzó la botella y cayó de rodillas. Luego cayó de lado, retorciéndose y agarrándose la boca y la garganta.

—¡Cristo! —exclamó Drace. La botella pasó junto a ellos, dio contra la pared y se derramó dentro del lavabo. Mimí yacía retorciéndose en el suelo, agonizando, emitía unos sonidos terribles, espantosos.

—¿Qué ha hecho? —gritó Raylene, agarrándose a Drace.

Drace la apartó y se arrodilló al lado de Mimí; le quitó las manos de la boca. Tenía los labios hinchados, blancos, azulados y encarnados, cubiertos de brillantes ampollas.

Se retorcía, movía la cabeza hacia delante y hacia atrás. Se golpeaba contra el sucio linóleo.

—¿Qué ha hecho? —repitió Raylene, mirándola horrorizada.

Drace tocó la botella con precaución con el cañón del arma. Luego meneó la cabeza con expresión de disgusto y desaliento.

—Salfumán —dijo—. Ha bebido salfumán.

—Oh, Dios —exclamó Raylene. Cerró los ojos y apoyó la cabeza en la puerta del cuarto de baño. No le afectaba la visión del sufrimiento por el que estaba pasando Mimí, sino el hecho de que no hubiera sido ella quien la hubiera matado.

—Ha intentado suicidarse, la muy puta —dijo él—. En cierta ocasión me dijo que se mataría antes de que tu lo hicieras. Si cometías una equivocación y no la matabas rápidamente, ella lo haría lentamente.

Raylene abrió los ojos y se quedó mirando aquel cuerpo contorsionado, aquel rostro retorcido con la boca quemada.

—¿Va a morir?

—No lo sé. No sé cuánto ha bebido.

Puso a Mimí de pie, la acercó al lavabo y abrió el grifo.

—Abre la boca, maldita puta. Voy a lavártela.

Las piernas de Mimí se doblaron, sufrió unas convulsiones, pero Dracc continuó sujetándola debajo del grifo e intentando obligarla a que abriera la boca.

—No te quemes las manos —le advirtió Raylene.

Consiguió abrirle la boca, pero entonces volvió a sufrir una convulsión y se desmayó.

Estuvo durante un buen rato con la boca abierta bajo el chorro de agua, pero finalmente la dejó otra vez en el suelo, jadeando penosamente.

Raylene se la quedó mirando.

—Bien, esto lo cambia todo —comentó amargamente—. ¿Cómo vamos a conseguir que nos diga algo?

—Veamos —dijo entonces Drace.

Se arrodilló y la registró, mientras ella continuaba con los espasmos y se agarraba inconscientemente la boca y la garganta. Encontró un fajo de billetes arrugados y la cartera.

Se levantó. La cartera no contenía ningún documento que la identificara, ni fotos, ni tarjetas de crédito, solamente un trozo de periódico medio roto. En el suelo, Mimí gemía y borboteaba.

—Hazla callar —le dijo Drace a Raylene, con expresión ausente.

A regañadientes, y temiendo quemarse las manos, Raylene se arrodilló al lado de Mimí, cortó un trozo de cinta adhesiva y con ella le cubrió los labios lacerados. Luego le agarró la mano derecha y le acabó de poner las esposas. Mimí gimió, parpadeó, pero sus ojos inyectados de sangre no parecían ver nada.

—Bien —dijo Drace con irónica satisfacción—, mira esto. Después de todo, nos ha dicho algo.

Mostró a Raylene el pedazo de papel. Parecía un recorte de periódico. Decía:

> *¡Tu vidente personal! Hermana Jessie Buddress, vidente y sanadora por la gracia de Dios. Clarividente. Espiritista y medium genuina. 3,99$ por minuto.*
> *1-900-555-6631. Endor, AR*

Raylene estaba atónita, algo sobrecogida pero también encantada.

—Jessie de Endor... la has encontrado.

—Busca el recibo por la habitación —dijo Drace entre dientes—. Tiene que haber llamadas a larga distancia. ¿Es el mismo número?

Raylene sacó el recibo del bolsillo del pantalón. Los números de teléfono estaban allí. Había tres:

> *1-900-555-6631 - 5 min. 06 seg.*
> *1-900-555-6631 - 6 min. 32 seg.*
> *1-900-555-6631 - 4 min. 49 seg.*

«Una vidente», pensó aturdida. «Ha estado hablando con una vidente. ¿Para qué? ¿Qué le ha dicho? Dios, puede habernos delatado a todos».

—Son los mismos —murmuró con tono aprensivo—. ¿Por qué? ¿Por qué ha enviado a la niña con una vidente?

—No lo sé —dijo Drace. Miró a Mimí con el rostro impasible. Se arrodillo y hundió el pulgar en la cinta adhesiva que le cubría la comisura de la boca lacerada. El cuerpo de Mimí se retorció de dolor.

—Esta Jessie de Endor —preguntó, inclinándose sobre ella—. ¿Es familiar tuyo? ¿Es de tu misma sangre? Mueve la cabeza para decir sí o no, o te echaré el líquido que queda en los ojos.

Sin embargo, Mimí sólo se golpeó la cabeza contra el suelo con frenesí. Arqueó la espalda y emitió un sonido de agonía que le salió de las profundidades el pecho. Luego volvió a quedarse inmóvil.

—¿Está muerta? —preguntó Raylene. Que esperaba que lo estuviera.

—No —contestó Drace—. Todavía respira.

—¿Va a morir?

Drace se la quedó mirando con una expresión casi divertida.

—Con el tiempo, desde luego.

—La quería para el final —dijo Raylene con amargura—. Deseaba que sufriera. Quería que viera morir a Peyton.

Drace se quedó mirando el cuerpo inmóvil de la mujer. La sangre empezaba a deslizarse de la cinta que le servía de mordaza, la respiración era laboriosa e irregular.

—Y yo —dijo.

# Capítulo 15

El sonido del timbre del teléfono que había en la mesilla de noche de la cama de Jessie le despertó. Lanzó un gruñido y miró la ventana cubierta con una cortina. La estrecha cinta de luz que se filtraba por los bordes, todavía era débil; apenas había amanecido.

Junto al teléfono, la radio despertador de Jessie marcaba la hora en números rojos: 5. 14. El teléfono volvió a sonar. Soltó un juramento, un gruñido, y contestó, esperando que no hubiera despertado a la niña.

—Residencia Buddress. Owen Charteris al habla.

—Charteris, aquí Mulcahy. Tenemos algo más sobre Louise Brodnik. La hija mayor ha llegado esta mañana de Alemania.

Owen se frotó los ojos.

—¿Sí?

—El viernes pasado habló por teléfono con su madre. La Brodnik le dijo que tenía que ayudar a una mujer. Creía que esa mujer estaba mezclada con un grupo de hippies o de paramilitares o de miembros de una secta que tienen una granja a las afueras de Sedonia.

Owen, de pronto, se puso rígido y se despertó del todo.

—¿Hippies? ¿Una secta? ¿Paramilitares?

—Un tipo joven que se llama Yount se encarga de la granja y las tierras de un tío suyo que se ha ido a una residencia. Vive allí con cuatro o cinco personas más. Louise Brodnik creía que la mujer era una de ellas.

—¿Y era ella?

—No lo sabemos —contestó Mulcahy—. Tenemos que comprobarlo. Siento haberle llamado tan temprano. Pensé que querría saberlo lo antes posible.

—Se lo agradezco —dijo Owen—. Pero ¿qué es eso de los paramilitares?

—No sabemos mucho. La gente se queja de que se oyen explosiones. Pero hay que ir a investigar. Pueden estar poniendo cargas explosivas en las rocas. ¿Quién sabe? Son autosuficientes. El tipo que tiene la granja, Yount, viene por aquí conduciendo un coche con matrícula de Michigan.

Un escalofrío recorrió la espalda de Owen.

—Mimí Storey viene de Michigan. La niña nació allí.

—Lo sé. ¿Cómo está la cría? ¿Podría hacerle alguna pregunta sobre Yount? O quizá debiera acercarme y hacérselas yo.

—La niña no habla. Tiene miedo. ¿Tienen algo concreto sobre esa gente?

—Nada. No han quebrantado la ley. Podemos hacerles alguna pregunta sobre Mimí Storey, aunque sólo es una hipótesis que estuviera con ellos.

—¿Todavía no saben dónde estuvo Louise Brodnik el domingo y el lunes por la noche?

—No tenemos ni idea.

Owen frunció el entrecejo.

—¿Puede conseguir una orden judicial para registrar la granja?

—No, sin una causa justificada. Ningún juez nos la concedería. Podríamos hacerlo si se nos confirma que la niña estuvo allí.

«La niña no va a confirmar nada —Pensó Owen, frustrado—. No tendríamos ningún problema si la niña hablase.»

—Haré todo lo que pueda —dijo.

—Muy bien. Y si se entera de algo más, hágamelo saber.

—De acuerdo —Owen colgó y se incorporó poniendo las piernas en el borde de la cama. ¿Dónde demonios estaba su ropa? Las había ido dejando caer la noche anterior, desesperado por estar desnudo cerca de Eden.

Había estado desnudo, pensó con pesar, pero sólo su cuerpo. Habían ocultado sus emociones como si fueran las partes obscenas del cuerpo humano; no hay que enseñar esto, hay que ocultar lo otro.

Se levantó y encontró los calzoncillos debajo de la mecedora de Jessie, un calcetín debajo de la ventana y otro junto a la puerta del armario. Los tejanos estaban a los pies de la cama, y la camiseta debajo del cabezal. Había una bota en un extremo de la habitación, la otra estaba junto a la puerta del dormitorio, como un centinela solitario.

Se vistió, salió silenciosamente al pasillo y se dirigió a la puerta abierta de la habitación de Eden. Yacía inmóvil y esbelta bajo el cubrecama, con los cabellos cortos bien peinados aunque estuviera durmiendo.

La niña había vuelto a meterse en su cama, sus cabellos rizados a su lado y sin el aspecto pulcro de los de su tía.

Peyton suspiró profundamente y se hundió aún más en la almohada. Las dejó allí y salió de la casa, cerrando la puerta a sus espaldas.

Atravesó el jardín y abrió la puerta de su casa, que retumbó en el vacío. No era un hogar para él, ni nunca lo sería.

Vendió la hermosa granja blanca en la que había vivido con Laurie. Nunca iba a verla, y nunca pasaba cerca si podía evitarlo. Todos los muebles se subastaron.

Desde entonces se había ido trasladando de una propiedad de la familia a otra, para reconstruirlas y restaurarlas. No quería nada que le despertara los recuerdos. Encendió la luz y entró en la cocina.

Una de las pocas cosas que Owen se había llevado de su antigua casa, era el jergón del perro: un viejo cojín cubierto con una manta escocesa roja y verde, que siempre olía como el perro, a rancio y a enfermo.

El animal no lo había oído entrar; estaba sordo como una tapia. Yacía enroscado, con el hocico hundido debajo del rabo.

En cuanto lo tocó, se dio cuenta de que estaba muerto. Su cuerpecito estaba frío e inmóvil con la terrible fijeza de la muerte. La pelambre había perdido el poco brillo que le quedaba y los huesos parecían más pequeños y frágiles.

Nunca le había gustado demasiado el perro, fue un capricho lleno de pelos, ladrador, pero Laurie lo quería muchísimo.

Ahora que había muerto, sintió un vacío en el pecho y un nudo en la garganta. Levantó el cuerpecito. No pesaba más que un juguete de trapo.

Pensó que debería de haber guardado alguno de los jerseys o blusas de Laurie para envolverlo, pero no tenía ninguno. ¿Qué le importaba al perro? Pensó con frialdad. Al perro ya no volvería a importarle nada más.

Rompió una de sus camisetas y envolvió el cuerpo con ella. Fue un acto irracional, pero Laurie siempre insistía que al perro le reconfortaba el olor de sus seres queridos.

Luego bajó al sótano, cogió un pico y una pala, llevó su cuerpo hasta un lugar entre dos robles de hojas amarillentas, y lo depositó encima de las hojas caídas y empezó a cavar. La tierra estaba dura; la tierra de Arkansas era rocosa y estaba llena de raíces. Hizo un agujero profundo para que ningún animal buscara el cadáver.

El sol de la mañana pegaba con inusitada fuerza. Cuando el agujero ya fue lo bastante grande, se dio cuenta de que estaba sudando. Puso una capa de hojas muertas en el fondo y depositó al perro encima. Luego lo cubrió con la tierra y puso una roca grande para proteger la tierra removida.

Sería un acto sentimental o de locura decir unas palabras o siquiera pensar en ello, porque no había nada que decir, nada que pensar.

Eden se despertó antes que Peyton y levantó sin hacer ruido de la cama. Se vistió y fue a la cocina descalza para hacer el café. Deseaba que el gusto fuerte, caliente y negro le quemara toda la desazón que sentía por lo que había sucedido la noche anterior.

Mientras el café se estaba haciendo, se daría una ducha y lavaría el recuerdo de Owen de su cuerpo. Un débil y fantasmal hormigueo de excitación le recorría todavía el cuerpo y se resentía de ello.

Había utilizado a Owen, y él a ella. Ninguno de los dos quería involucrarse en nada, y no lo habían hecho. Era dulce, excitante y agradable en la cama. Había sido encantador, y luego muchas gracias. Más tarde, se había enfriado. Déjalo, pensó. Sabía una o dos cosas acerca de la falta de entusiasmo.

Miró por la ventana de la cocina y lo vio, con el torso desnudo, dirigiéndose hacia el margen del bosque, llevando un fardo envuelto en una tela azul, así como un pico y una pala. Cuando vio que dejaba el bulto en el suelo, comprendió que al fin el perro había muerto.

Sintió que le recorría el cuerpo un estremecimiento de simpatía hacia él. Sabía que el perro había pertenecido a su difunta esposa. No parecía apreciar demasiado al animal, pero seguramente era una conexión muy fuerte con el recuerdo de la mujer que había amado. Otro eslabón roto.

Le vio poner la piedra encima de la tumba, recoger las herramientas y dirigirse hacia la casa de Jessie. Su cuerpo alto, magro y fuerte contrastaba de una manera extraña con su cabello plateado.

Se olvidó de la ducha. Sirvió café en dos tazones y cuando lo oyó entrar por la puerta principal, se dio cuenta que lo esperaba temblorosa.

Cuando entró en la cocina, tenía el rostro inexpresivo y los ojos azules la miraban sin parpadear. Llevaba el periódico de la mañana de Jessie y se lo dio sin decir nada.

—Hola —dijo ella—. He preparado café.

Owen se encogió de hombros. El sudor de la espalda le brillaba, y Eden vio la cicatriz de la bala en el esternón.

—No necesito nada —dijo él. Tenía tierra en el estómago y terrones pegados en los tejanos.

—Por favor, siéntate un minuto conmigo —dijo ella—. Quiero hablar contigo.

Owen frunció el entrecejo.

—Yo también quiero hablar contigo. Ha llamado John Mulcahy, de Sidonia.

Eden sintió un extraño sobresalto y lo miró expectante.

—¿El detective?

Owen le dijo que la hija de Louise Brodnik había dicho algo de que Mimí vivía en una granja y que su madre sospechaba de aquella gente que vivía con ella.

—Dios mío, Owen, ¿paramilitares? ¿Una secta? —Eden apretó el jersey contra su cuerpo, como si al oír aquella noticia hubiera sentido un frío repentino.

—Vas a tener que hacerle unas cuantas preguntas a Peyton.

Le dio la espalda y se acercó al fregadero. Ella observó cómo se inclinaba sobre la repisa y miraba fijamente hacia la tumba del perro.

—Antes de hablar con ella —dijo—, déjame ver qué puedo encontrar de esa tal señora Stangblood. Cuánto más sepamos, menos tendrá que hablar la niña.

Se lavó las manos en el fregadero y se las secó. Eden mientras tanto no dejó de contemplar el juego de músculos de su espalda y brazos. Entonces él se volvió.

Ella se sintió de nuevo llena de confusas emociones.

—Siéntate —le dijo—. Se te enfriará el café.

Se sentó al otro lado de la mesa y los dos permanecieron un momento observándose casi con cautela, como dos oponentes que no estuvieran seguros de las negociaciones que debían llevar a cabo.

—Procura no preocuparte —dijo al fin—. Lo descubriremos. Te lo prometo.

Eden fijó la vista en el líquido negro de su tazón, pero no bebió.

—Te he visto por la ventana —dijo—. El perro ha muerto, ¿verdad?

—Ha sido lo mejor para él. Estaba consumido.

—Lo sé —dijo ella haciendo un gesto de impotencia—. Pero lo siento. Era el perro de tu mujer, ¿no es cierto?

Owen asintió, no dijo nada y tomó un sorbo de café. No deseaba hablar de ello, Eden lo sabía.

—Siento haberte hecho preguntas sobre ella anoche. No es de mi incumbencia —dijo Eden.

—No. Yo era el único que estaba pisando otro terreno. Lo siento.

Se lo quedó mirando, sorprendida.

—Tenías razón —añadió—. Ambos nos necesitábamos y eso fue todo.

Eden repasó el dibujo del tazón de café con la yema del dedo índice. «Eso fue todo. Eso fue todo, está tratando de decir. Sólo eso, nada más.»

—A veces estas cosas suceden —dijo ella—. Y debemos ser adultos también para eso.

Y le rogó a Dios que sonara como una expresión adulta.

Entonces apareció Peyton en la puerta de la cocina, y Eden pensó que la conversación de adultos debía postergarse hasta más tarde.

● ● ●

A las ocho en punto, hora de Endor, Owen entró en el dormitorio de Jessie con el teléfono móvil y empezó a marcar los números que le quedaban de su lista de Stangbloods.

Aunque se había afeitado, duchado y puesto unos tejanos y una camiseta limpios, un débil y embriagador perfume a sexo todavía flotaba en el aire de la habitación. Procuró ignorarlo.

Ahora Eden estaba en la sala de estar y mantenía ocupada a Peyton pintando el libro de dibujo. La niña todavía estaba un poco adormecida y ella parecía alegre, confiada y segura de sí misma. «Parecía» era la palabra operativa, porque él sabía que bajo aquella fachada, temía que a Peyton le llegara una dura prueba.

Quizá, pensó, y mientras marcaba el número, el destino le enviaba a Detroit Stangblood, que podría responder a todas las preguntas, desentrañar todos los acertijos, y ponerlo todo en su sitio.

En cambio, el destino le puso a Yvonne Wannebacker, la décima y el último nombre de la lista.

Cuando él solicitó hablar con Yvonne Stangblood, le pareció que le contestaba con cierta ironía.

—Al habla Yvonne Wannebacker, anteriormente Stangblood. ¿Qué desea?

—Señora Wannebacker, me llamo Owen Charteris. La llamo desde Endor, Arkansas. Una niña llamada Peyton Storey, de seis años, ha sido abandonada aquí, y estamos buscando información para localizar a su madre, Miriam Storey. Creemos que recientemente la niña y su madre vivieron en Detroit y conocieron a una tal señora Stangblood. Cualquier información será bien recibida.

—Yo ya no soy la señora Stangblood —dijo la mujer con acidez—. Gracias a Dios.

Owen apretó los dientes.

—Lo siento. Sin embargo, tenemos a la niña. Cualquier información que usted pueda…

—No sé nada de una niña —repuso ella bruscamente.

—La niña ha mencionado a una amiga llamada señora Stangblood. Es uno de los pocos datos que le hemos podido sacar.

—Yo no sé nada de una niña —repitió Yvonne Wannebacker—. Lo único que sé es que a los Stangblood no les debería estar permitido reproducirse. Deberían de haber leyes contra eso. Deberían enviarlos a todos al planeta Marte.

Owen procuró que su voz sonara tranquila y razonable.

—No hay razón alguna para pensar que la niña sea un familiar. Esa señora Stangblood podría haber sido una vecina, una amiga de la familia, una canguro o cuidadora…

—La única que cuidaba niños era mi exsuegra. No tuvo suficiente con sus propios hijos. Oh, no, también tenía que ocuparse de los de los demás. Menuda pieza era.

A Owen se le habían puesto los nervios de punta.

—¿Cómo se llama esa mujer?

—Filumena, ¿puede creerlo? Filumena, con efe. Como «falso».

Owen frunció el entrecejo. Ninguna de las personas con las que había hablado había mencionado a esa mujer.

—El servicio de información no me ha dado a nadie que se llamara Filumena Stangblood. ¿No está en el listín? ¿O está con el nombre de su marido?

La Wannebacker soltó una carcajada.

—Su marido tuvo el buen sentido de morirse hace años. Pero no la encontrará, a menos que tenga una línea directa con el infierno. Esa mujer era una sabandija criminal.

—¿Significa eso que ha muerto?

—Eso es lo que le he dicho —respondió claramente satisfecha—. Quizá se miró al espejo y se asustó tanto que se murió. ¿Gorda? Estamos hablando de un furgón.

Owen intentó volver al tema que le interesaba.

—Señora Wannebacker, ¿recuerda usted si su suegra cuidó alguna vez a una niña pequeña de pelo oscuro llamada Peyton? Le gusta dibujar, es exigente con la comida…

—Si estaba con Filumena no debía de ser muy exigente. Esa mujer sólo podía hacer dos cosas en la cocina, y una de ellas era hervir agua. Cuando salía con Ronald me llevó un día a su casa a celebrar la Navidad. ¿Sabe lo que había? ¡Pizza! ¿Se lo imagina? Nos sentamos todos alrededor de las cajas de Little Caesar's comiendo en bandejas para ver la televisión y viendo «La vida es maravillosa». Dios mío, ¿cómo no me di cuenta entonces de que todos estaban más locos que una cabra?

A Owen se le aceleró el pulso.

—La niña es muy llamativa. De cabellos y ojos muy oscuros. Quizá llevara también unos pendientes excesivamente grandes…

—Ya se lo he dicho, no lo sé. Me relacionaba lo menos posible con esa mujer. Era un sitio con mala gente. ¿Cree que iba a ir a un sitio donde las ratas campaban por sus respectos? Dios, una vez vi una cucaracha del tamaño de un rottweiler.

—¿Y los vecinos? ¿Amigos? ¿Otros parientes?

—Su hija era la persona que más se relacionaba con ella. Hacían buena pareja, permítame que se lo diga… cuando estaban juntas, parecían dos sacos de patatas.

—¿Podría darme el nombre de la hija, señora Wannebacker? Es importante. ¿Vive en Detroit?

—Vive en Detroit, sí —contestó la mujer—. ¿Sabe como la llamo? Cuando noto que el suelo se mueve, sé que viene, caminando como Godzila. Bam. Bam.

Owen apretó los dientes.

—¿Su nombre?

—Se llama Theresa Bigby. Theresa Grasa debería llamarse. No sé su número de teléfono; me gustaría borrarla de mi memoria. El nombre de su marido es Warren. Warren el retrasado mental.

Owen garabateó: «Theresa Warren-Bigby, Detroit».

Repitió el nombre en voz alta.

—Gracias, señora Wannebacker. Esto es todo lo que necesitaba.

—¿Hay dinero por en medio? —preguntó con voz inquisidora—. ¿Hay una recompensa?

—La única recompensa es la ayuda a un ser humano —dijo Owen, incapaz casi de dominar el sarcasmo que revelaba su voz. Se despidió de ella y colgó.

Llamó a información, obtuvo el número de teléfono de Warren Bigby, lo marcó y esperó con toda su alma que Theresa Bigby estuviera en casa.

Estaba.

Tenía una voz dulce, vacilante y apocada, muy poco educada. Sonaba insípida y lánguida, pero en cuanto le habló de la niña abandonada y empezó a describir a Peyton, creció su excitación.

—¡La recuerdo! —exclamó Theresa Bigby—. ¡La conocí!

A Owen se le encogió el corazón.

—¿Sí?

—Mamá la cuidaba —dijo Theresa—. Durante mucho tiempo. Meses. Quizás un año. Vivía con ella.

«¡Bingo!» Pensó Owen con una irrefrenable sensación de triunfo.

—Cuénteme todo lo que pueda recordar, señora Bigby.

—Bien —empezó, tras recuperar el aliento—. Esa mujer habló con mamá, y le dijo que debía trabajar por las noches y dormir durante el día y que si ella se podía ocupar de Peyton.

—Se refiere a la madre de Peyton —dijo Owen cautelosamente—. Mimí. Miriam Peyton.

—Sí, así se llamaba.

Owen lanzó un profundo suspiro, como el hombre que se prepara para dar el paso decisivo.

—Señora Bigby, ¿recuerda algo poco habitual en la voz de Mimí Storey? ¿Algo extraño?

—Pues sí. Tenía una voz ronca y rota. Y una cicatriz le atravesaba la garganta. Decía que se la había hecho en un accidente de coche. Si no hubiera sido por el accidente, habría podido ser cantante, decía. Estaba amargada.

Owen suspiró entre dientes. «Eden, tenías razón. La has reconocido.»

—Mamá quería a la niña —dijo Theresa Bigby con voz temblorosa—. Esa niña necesitaba mucho amor, y mamá se lo dio.

—¿Qué quiere decir cuando dice que necesitaba mucho amor?

—Quiero decir que era… ¿cuál es la palabra?… insegura. Era insegura. Mojaba la cama, y siempre estaba chupándose el pulgar.

«Es nuestra niña», pensó Owen.

—¿Y hablaba alguna vez del pasado? —preguntó.

—Decía que quería volver a algún sitio. Quizá a Deerborn. O a Flint. Sentía nostalgia por tiempos pasados.

—¿Podría ser Holland?

—Podría ser. Siempre miraba la televisión sentada en el regazo de mamá. Y mamá la cogía y se sentaba a mirar con ella los dibujos. Mamá tenía un regazo grande y suave.

—¿Y Mimí recogía a la niña los fines de semana?

Theresa Bigby hizo otra pausa.

—Al principio sí. Pero luego empezó a faltar, y al final dejó de venir. No se acordaba ni para el día de Acción de Gracias, ni para la Navidad, nada. Luego la niña dejó de preguntar por su madre.

—¿Cuál era el problema? ¿Lo sabe?

—Bueno, mamá era una buena persona, y no le gustaban las murmuraciones, pero tenía la sensación de que había un hombre por en medio. Y que a ese hombre no le gustaba la niña, ni a la niña le gustaba ese hombre.

—¿Sabe quién era?

—Vino una vez con Mimí a recoger a Peyton para llevársela un fin de semana. No lo había visto nunca. Mamá dijo que parecía un cubano. No a Ricky Ricardo, sino al otro, a ese Castro. Iba vestido con ropa del mismo color que el ejército y llevaba una barba larga y sucia.

—¿Habló Peyton alguna vez de él?

—No, nunca hablaba de él, sólo en una ocasión. La primera vez que volvió después de que se la llevaran, dijo que él no le había dado nada para comer. Sólo pollo y puré de patatas y cosas que a ella no le gustaban. Y que él la había reñido por eso.

—¿Reñido? ¿Cómo?

—Por eso —dijo vagamente—. Mamá siempre le daba a Peyton lo que le gustaba comer y no la forzaba a tomar otras cosas, era demasiado blanda de corazón. Mamá siempre fue así.

—Estoy seguro —dijo Owen.

—Mimí le debía dinero. Otra en lugar de mamá, la habría llamado para decirle que se llevara a la niña, pero no lo hizo. Quería a esa niña y, además, era una buenaza.

—Ya veo. Y ese hombre… ¿oyó alguna vez su nombre?

—No que yo recuerde. De todas formas, a fines de primavera, Mimí… ¿ese era su nombre, verdad?, apareció con un hombre diferente y dijo que ella y Peyton se iban a marchar con él. Eso le rompió el corazón a mi madre. Estaba enferma desde hacía tiempo. El corazón, ya sabe.

—Lo siento.

—No podía salir. No podía lavar los platos, hacer las camas, no podía hacer nada. Peyton era la única niña que cuidaba porque no habría soportado que se la llevaran. La cocina estaba llena de bichos.

Owen, a pesar suyo, se estremeció. Se imaginó a Peyton en la falda de una mujer obesa y moribunda, en un lugar lleno de mugre y de cucarachas.

—Y ese hombre nuevo —dijo—, ¿qué sabe de él?

—Bueno, lo ví con mis propios ojos —dijo Theresa con orgullo—. Yo iba a casa de mi madre. Procuraba hacerlo cada dos semanas más o menos, porque vivía al otro lado de la ciudad, y yo con tres hijos a mi cargo… Padezco de asma, ¿sabe usted?

—Siento oír eso. Pero ¿y el hombre, señora Bigby?

—Parecía un hombre encantador, muy educado, muy atractivo, rubio y casi tan guapo como una chica. Pagó todas las deudas de Mimí y le dio a mi madre diez dólares más. Se llevaron a Peyton con ellos, y nunca la volvimos a ver. Mi madre se echó a llorar y estuvo a punto de morirse cuando la niña salió por la puerta.

—¿Y el hombre rubio, se lo presentó Mimí? ¿Recuerda su nombre?

—No. Excepto que tenía un nombre divertido, diferente. Pero le diré algo acerca de él —dijo Theresa.

—¿Sí?

—Cuando sonreía, era tan atractivo, que yo me olvidé por un momento de que era una mujer casada. Sonreía como un ángel o una estrella de cine, ¿sabe usted? Y yo pensé, ¿por qué no lo sigues a dónde sea? Y me dije a mí misma, «esta Mimí es una mujer con suerte». Parecía demasiado bueno para ser verdad, ¿eh? Demasiado bueno.

—Quizá —fue el comentario de Owen.

Por un acto de buena educación, charló con ella un poco más, le mintió sobre lo bien que estaba Peyton, luego le dio las gracias y colgó.

Se levantó, dejó el teléfono y salió al pasillo. Eden seguía sentada en el suelo delante del televisor, pintando con Peyton.

Levantó la vista hacia él, con una mezcla de esperanza y aprensión en los ojos.

—Ven al despacho un momento —dijo Owen.

Ella asintió con la cabeza y lo siguió. Cerró la puerta y se quedó de pie ante él, mirándolo con expresión de cautela.

Cuando le contó lo de la señora Stangblood, los ojos se le llenaron de lágrimas.

—Lo siento —dijo—. Pero hay algo más. La mujer del teléfono… la de la voz ronca. Tenías razón. Es tu hermana.

Eden escuchó con el horror reflejado en los ojos, lo que Theresa Bigby había contado del accidente.

—Dios mío, pobre Mimí —dijo—. Oh, Owen, ¿en qué clase de problema estará metida? Estoy asustada.

Owen la tomó en sus brazos: ella no se resistió, y le pasó los brazos alrededor de la nuca, como si lo necesitara. Y él la mantuvo abrazada.

# Capítulo 16

Dos veces, durante la noche, a Mimí le pareció que se moriría. El dolor le producía desmayos, y cuando revivía, no podía hablar y deliraba. Pero aun así aguantaba.

Esa putita enclenque era dura de pelar, pensó Drace. Podía estarse muriendo, pero se lo ponía duro a la muerte.

A las nueve en punto, Drace dejó aparcada la camioneta cerca de la pequeña biblioteca de Endor. Raylene se quedó dentro, observando el sufrimiento de Mimí con un frío aire de satisfacción.

Drace entró en la biblioteca en busca de una cabina telefónica y la encontró. Las llamadas desde el teléfono móvil podían ser interceptadas, y no quería utilizarlo a menos que fuera absolutamente necesario. Insertó una de las tarjetas de crédito telefónico, marcó el número de la línea telefónica de la vidente Hermana Jessie Buddress.

Contestó al tercer timbrazo.

—Hermana Jessie —dijo una voz profunda y resonante de mujer—. Por la gracia de Dios. ¿Qué puedo hacer por usted esta mañana?

Drace colgó. Todo lo que quería era establecer que ella se encontraba allí. Se sonrió para sus adentros y se dirigió a las puertas de entrada de la biblioteca, donde pasó junto a unos dibujos infantiles clavados en los tablones de anuncios y junto al póster del Gato con Botas.

Llegó a la calle principal de Endor, camuflándose para parecer invisible. En una ocasión había leído que un famoso y gran actor podía aparecer, a cara descubierta, en medio de la calle sin que nadie lo reconociera. El actor se transformaba en un ser tan vulgar, tan discreto, que nadie se daba cuenta de su presencia; en esencia, se hacía invisible. Pues bien, Drace tenía la intención de hacer lo mismo.

Antes había buscado en el listín de la ciudad el nombre y el número de teléfono y la dirección de la casa de Jessie Buddress, pero no estaba registrada. Sin embargo, estaba completamente seguro que la iba a encontrar, y sabía cómo.

Justo más allá de Main Street, en Pecan Street, había una hilera de tiendas. Se había fijado en ellas con Raylene a primera hora de la mañana. Los edificios eran pequeños y estrechos, construidos con ladrillo rojo que ya estaba desgastado. Todas las tiendas tenían unos toldos verdes idénticos, pasados de moda.

En medio de todas esas tiendas había una con un signo encima de la puerta. Una luna creciente amarilla con el perfil de un hombre sonriente con unas letras que decían MOONGLOW GIFTS. Habían visto a una mujer sola que abría la puerta principal.

Ahora él abrió la misma puerta, que hizo sonar suavemente las campanillas. La atmósfera era densa, con el aroma a incienso de las iglesias.

La tienda estaba llena de toda clase de baratijas New Age: velas aceites aromáticos, cristales, campanas, abalorios, hechizos, paquetes de extraños poderes. Sonaba una cinta de música extraña y disonante.

Además de Drace, la única persona que había en la tienda era la mujer, en la treintena, delgada y con unos largos cabellos rubios.

Llevaba un vestido largo y caído, con estampados indios, sandalias Birkenstock y un montón de brazaletes y gargantillas baratos. Parecía estar medio borracha y llevaba un piercing en la nariz, un delicado aro de plata.

—¿En qué puedo ayudarte? —preguntó la mujer.

Drace dejó de hacerse el invisible y desplegó sus encantos. Le dirigió su sonrisa más seductora, juvenil y tímida.

—Creo que podrás hacerlo —dijo—. Estoy buscando a alguien.

—¿No estamos todos? —preguntó la mujer.

La sonrisa de Drace, tímida y seductora al mismo tiempo, se ensanchó aún más.

—He hablado con esa mujer varias veces —dijo—. Es una vidente. He pensado que quizá aquí podría conocerla alguien. Es la hermana Jessie Buddress.

—¡Ah… sincronismo! —exclamó la mujer—. La hermana Jessie. Sí. La conozco muy bien.

—¿De verdad? —dijo él con deleite. La miraba profundamente a los ojos y habría seguido haciéndolo.

—De verdad —dijo la dependienta—. La conozco desde hace años. Es una mujer muy espiritual. Cogí este trabajo por consejo suyo. Dice que mi aura se ha purificado desde que estoy aquí.

—Es asombroso —exclamó Drace con su suave voz.

—Sí, desde luego. ¿Eres uno de sus clientes telefónicos?

Drace asintió.

—Soy de Oklahoma City. Y tenía que pasar por aquí por negocios.

Se metió la mano en el bolsillo de la camisa y sacó una tarjeta. Coleccionaba ese tipo de tarjetas, porque en ocasiones como esa, le eran de suma utilidad. Decía «L. Robert «Bob» Dinsmore», propietario de Libros y Documentos raros Dinsmore, Oklahoma City, Oklahoma.

Se la ofreció. Ella la leyó y pareció impresionada.

—Libros raros —dijo—. Oh, me gustan los libros.

—A mí también —la voz de Drace adquirió solemnidad—. Yo quería deshacerme de la librería, porque apenas me daba para vivir.

La dependienta hizo un gesto de simpatía con la cabeza.

—Estuve llamando a la hermana Jessie y ella me dijo que fuera paciente, que las cosas cambiarían hacia el mes de septiembre. Pero a primeros de octubre, no había sucedido nada todavía.

La mujer emitió un sonido semejante a «tsc-tsc».

—Y ahora —dijo Drace muy serio—, viene la parte más extraña. La llamé el dos de octubre para que me hiciera otra lectura. Le dije que la primera no había resultado cierta, y que estaba desesperado.

La mujer asintió, claramente arrobada.

Drace bajó la voz y la convirtió en un murmullo.

—Y ella dijo que ya era una realidad, pero que yo todavía no me había dado cuenta.

La mujer abrió los ojos desmesuradamente.

—La semana anterior había adquirido algunos libros en una subasta. Había un par de cajas en las que nadie estaba interesado, así es que las compré a precio de salida, sin competir con nadie. Las metí en la furgoneta y me olvidé de ellas.

—Oh, Dios mío —dijo la mujer, meneando la cabeza—. Ya sé lo que me vas a decir.

Drace sonrió de nuevo y asintió con la cabeza.

—En la parte de arriba estaban las novelas más recientes, libros del mes y cosas parecidas. Pero debajo encontré cinco novelas de Ernest Hemingway. Todas ellas primeras ediciones. Y autografiadas. Y una especie de álbum, en el que había once cartas de Hemingway.

—Oh, Dios mío —dijo ella, poniéndose la mano en la mejilla.

—Fue como encontrar un tesoro. Vendí toda la colección por más de veinte mil dólares… ¡qué le parece!

—Es increíble, me produce escalofríos —manifestó la mujer, con asombro—. Se me ha puesto la piel de gallina.

—Iba a llamarla por teléfono, pero como tenía que pasar por aquí, decidí venir a darle las gracias en persona. Y traerle un regalo. Le he traído una hermosa copia encuadernada en piel de las profecías de Nostradamus.

—Míreme —dijo la mujer, señalándose los ojos—, lágrimas. Tengo los ojos llenos de lágrimas. Qué hermoso es todo esto.

Drace sonrió como si estuviera profundamente conmovido.

—El problema es que no sé dónde vive. Tengo el número de teléfono del negocio, pero no el de su casa. No consta en el listín de teléfonos.

—Oh, yo sé dónde vive —dijo la mujer—. Más allá de Churchyard Road. Ve hacia el oeste, hacia Huntsville, luego toma la carretera setenta y seis del condado. Es la última casa antes de llegar al parque. No tiene pérdida. Es una casita blanca. Te dibujaré un mapa.

—Estupendo —dijo Drace, radiante.

La contempló mientras dibujaba en un papel azul claro decorado con estrellas de plata.

—Hazme el favor de no mencionarle esto a nadie en un par de días, ¿lo harás? —dijo—. Quiero asegurarme que le doy una sorpresa. Si hoy no la encuentro en casa, intentaré volver mañana.

La mujer dejó de dibujar el mapa y una extraña expresión, como de duda o de culpa, cruzó su rostro.

—Es que quiero darle una sorpresa —dijo Drace observándola con detenimiento—. Y si no puedo encontrarla hasta mañana…

—Comprendo —dijo la mujer, aunque un poco extrañada todavía—. Pero lo había olvidado. No está en casa. Está en el hospital.

La euforia que había dominado a Drace desapareció enseguida.

—¿Qué?

—Ha estado en el hospital toda la semana. Se cayó por las escaleras y se rompió una pierna.

—¿Qué? —repitió Drace, lleno de incredulidad—. ¿No ha estado en casa? ¿Desde cuándo?

La mujer hizo una pausa, como si estuviera contando.

—Desde el lunes —dijo—. Sí. El lunes.

«Es imposible», pensó Drace, atónito. «Está aquí». Acabo de hablar con ella». Y Mimí, que había desaparecido el lunes, había hablado tres veces con ese número.

—¿No está en su casa? ¿Desde el lunes? —preguntó, como si la mujer hubiera cometido una estúpida equivocación.

Ella meneó la cabeza.

—Ha venido su nieta. Es una niña que han dejado a su cargo, o algo así. Y están buscando a la madre —hizo un gesto con la mano—. Es complicado. Mi hermana sabe de esto más que yo. Trabaja en el hospital.

Drace, atónito, fue incapaz de mirarla a la cara. «Peyton está aquí. Y están intentando encontrar a su madre… mierda.»

La mujer sonrió amigable.

—No te lo tomes así. Jessie no se va a morir ni nada de eso. Es muy fuerte. Probablemente podrás verla en el hospital. Creo que puede recibir visitas.

—No… no me gustan los hospitales —se limitó a decir Drace.

Ella le dirigió una sonrisa peculiar.

—Oh, bueno, también puedes dejarle el libro en su casa. A la nieta. Es actriz. Ha venido de Los Ángeles. Estuvo un año conmigo en la escuela. Fui compañera de una famosa.

«Una actriz», pensó Drace. «Una jodida actriz. Están intentando encontrar a la madre de la niña, y yo he estado hablando con una jodida actriz.»

—Sí —dijo con rigidez—. Lo haré. Tengo el mapa para llegar hasta allí.

Ella volvió a coger el bolígrafo. Hizo unas señales con dos equis, una grande y otra pequeña.

—Muy bien, aquí está el parque, justo a la derecha. Aquí verás las dos casas. La grande, está siendo restaurada. La más pequeña y blanca es la de Jessie.

—¿Y ella está sola allí? —preguntó Drace señalando la casa.

—No, no —contestó la mujer con una sonrisa y dibujando un círculo alrededor de la equis grande—. Owen Charteris vive allí, por suerte. Fue él quien llamó a la ambulancia cuando Jessie se cayó. Ese hombre es como su ángel de la guarda.

—¿Su ángel de la guarda? —repitió Drace.

—Escucha —dijo la mujer—. ¿Crees que tu historia es extraña? Deberías oír la suya. Es espeluznante. ¿Tienes un par de minutos?

La miró, la mujer tenía los ojos brillantes.

—Owen estaba en la policía, era detective, y…

«Detective», el corazón de Drace empezó a latir con fuerza como si fuera él, y no Mimí, quien se hubiera bebido el veneno.

Después de llorar en los brazos de Owen, Eden se secó los ojos y se apartó de él. Tenía que conectar el teléfono del despacho de Jessie por si Mimí volvía a llamar.

Ya eran casi las diez, y sólo habían llamado dos personas. La primera, un trabajador de la construcción de Oklahoma al que había abandonado su amante, y en la segunda habían colgado sin decir nada.

Owen le había dicho que descansara y le sirvió una taza de café. Ahora estaban en la cocina y el silencio que se había establecido entre ellos era a la vez incómodo y tierno.

Oían el sonido de la televisión en la sala de estar, una cancioncilla de unos dibujos animados.

—No debería estar aquí tanto tiempo —dijo Eden—. Tengo que hablar con Peyton.

—Será más fácil si yo no estoy. Iré a ver a Jessie.

Eden le apoyó la mano en el brazo, un gesto no sólo de gratitud, sino de un afecto que también la impresionaba.

Owen puso su mano sobre la de ella y la miró a los ojos.

—Volveré en cuanto pueda.

El corazón de Eden latía desbocado.

«¿Por qué me siento de este modo? No debería de ser así», se dijo mientras conseguía esbozar una sonrisa.

De pronto, él se inclinó y la besó en los labios.

—Adiós —murmuró—. Ten cuidado.

Un instante después lo vio salir por la puerta. Fue hacia la ventana y lo vio atravesar el jardín y dirigirse al coche, con su figura alta y esbelta.

Se le encogió el corazón con un anhelo inesperado. Le hormigueaban los labios mientras recordaba la noche anterior, sus cuerpos desnudos abrazados. Sabía que volvería a suceder, que ambos lo estaban deseando.

Se apartó de la ventana y se pasó la mano por los cabellos. No debería pensar en Owen, se dijo. Tenía que hacerle unas preguntas a Peyton y obtener respuestas.

Entró en el despacho y cogió la grabadora. Comprobó que podía utilizarla como un aparato ordinario.

Volvió a la cocina con la grabadora y cogió una servilleta del estante. Luego, sacudió los hombros, y volvió a la sala de estar. Peyton seguía tumbada boca abajo ante el televisor, dibujando otro avión en llamas. Tenía forma de cruz y estaba rodeado unas llamas de color naranja sobre un cielo azul.

Eden contuvo la respiración. «Oh, Mimí», pensó, «que no sea todo tan grave como me estoy temiendo». Sin embargo, en su rostro apareció una expresión alegre.

En la televisión apareció un estúpido anuncio de lo suave que quedaba la ropa lavando con Perlán en agua fría. Eden puso en marcha la grabadora y la puso encima del televisor.

Luego se sentó con las piernas cruzadas al lado de Peyton y apagó la televisión.

La niña la miró sorprendida.

—¡Eh! —exclamó.

—Tengo que hablar con Fran sin miedo —dijo con la expresión más alegre que encontró. Luego ató la servilleta alrededor del cuello de Peyton—. Hola, sin miedo —dijo en un tono amistoso y voz inocente.

Peyton se quitó la servilleta y se la quedó mirando muy seria.

—Sin miedo no quiere hablar.

—¿Dónde está Henry hoy? —preguntó Eden—. Me gustaría que me hablaras de él. Es un amigo especial de Peyton, ¿verdad?

La cara de Peyton adquirió una expresión taciturna. Pero se incorporó, cruzó las piernas como Eden y volvió a ponerse la servilleta.

—¡Sin miedo! —exclamó Eden con una voz llena de entusiasmo—. Estoy contenta de que estés aquí. Cuéntame. ¿Por qué Henry tiene el pelo azul?

—Porque es así —contestó Peyton bruscamente, con la voz de Fran sin miedo. Levantó la barbilla en un gesto de desafío.

—¿Y Henry siempre acompaña a Peyton a todas partes? —Eden intentó iniciar la conversación con un tono neutro.

—Siempre —repuso la niña, con firmeza.

—¿Dónde duerme por la noche?

—Debajo de su cama.

—¿Para cuidar de ella?

—Sí.

—¿Siempre ha vivido con Peyton?

La niña meneó la cabeza lentamente.

—¿Y cuándo empezó a vivir con ella? —preguntó Eden.

—No lo sé. Apareció un día.

—¿Y dónde estaba Peyton cuando él apareció?

—En un sitio oscuro.

Eden inclinó la cabeza con un gesto de curiosidad.

—¿Qué sitio oscuro? Estaría bien que lo dijeras, Fran sin miedo.

Peyton frunció las oscuras cejas.

—En el armario —confesó entre dientes.

Eden parpadeó sorprendida y un siniestro escalofrío le recorrió la espalda.

—¿Por qué estaba Peyton en un armario?

—Había sido mala. No me gusta este juego. Me voy —volvió a quitarse la servilleta y la dejó a un lado. Tenía la cara muy seria y parecía estar a punto de echarse a llorar.

Eden la observó preocupada. Se inclinó y la cogió por los brazos.

—Levántate —dijo—. Vamos a la silla de la abuelita y te sientas en mi falda.

Owen le había dicho que a Peyton le gustaba mucho sentarse en el regazo de Filumena Stangblood y mirar la televisión. Volvió a encender el televisor y puso el sonido tan bajo que apenas era audible.

Llevó a Peyton hasta la silla, la levantó, y la sentó encima de ella sin dejar de abrazarla. Peyton se apretó contra ella y empezó a chuparse el pulgar.

—Peyton —dijo Eden, balanceando la mecedora suavemente—. No quería asustarte. Lo siento.

La niña no dijo nada. Agarraba la manga de la blusa de Eden con tanta fuerza, que tenía los nudillos blancos. Como si temiera que Eden fuera a desaparecer si la soltaba.

Eden apoyó la mejilla en los cabellos de su sobrina.

—Te he dicho la verdad. Tenemos que hablar. Y no debes tener miedo.

Sintió que el cuerpo de la niña se ponía rígido.

—No tienes que esconder nada. Yo… yo voy a ocuparme de ti. Y no permitiré que nadie te haga daño.

—¿Y si alguien te hace daño a ti? —preguntó Peyton, con la voz amortiguada porque apretaba la cara contra el pecho de Eden.

Aquella pregunta la sorprendió, pero no lo demostró.

—Nadie nos va a hacer daño a ti o a mi —le aseguró, acariciándole la espalda—. El señor… señor Charteris nos ayuda y nos protege.

—Yo no le gusto —dijo Peyton, con voz temblorosa.

—¿Por qué? ¿Por qué no le vas a gustar? Es un buen hombre.

—Te marcharás con él y me dejaréis.

—Yo no me voy a ir con él. Y si tuviera que marcharme, y tu madre no hubiera vuelto, te llevaría conmigo. Te lo prometo. ¿Qué te parece?

«Dios mío, ¿por qué he dicho esto?» Se preguntó Eden, desesperada. Sin embargo, abrazó a la niña y empezó a balancear la mecedora a un ritmo muy agradable.

Lanzó un profundo suspiro.

—Y ahora escucha —dijo—. Sabemos algunas cosas sobre ti. Tú no las has dicho, las hemos descubierto nosotros, y está bien. Me he enterado que viniste aquí desde Sedonia, Missouri, con la señora Brodnik. Se llamaba señora Brodnik, ¿verdad?

Peyton se apartó y se la quedó mirando casi con ira. Los ojos se le llenaron de lágrimas.

Eden puso las manos en los hombros de la niña y los sujetó con firmeza.

—No importa que no lo digas, Peyton, porque nosotros lo sabemos. Lo sabemos, mi amor.

Peyton reprimió las lágrimas que le llenaban los ojos, aunque en su cara apareció una expresión tensa, acusadora.

—Tu madre y tú salisteis de casa de la señora Stangblood con un hombre rubio. También sabemos eso ahora.

—¡Yo no te lo he dicho! —gritó Peyton, asombrada.

—Querida, claro que no. Pero lo descubrimos. Ahora necesitamos que nos digas el resto. Para que podamos cuidarte. Y encontrar a tu madre.

—Quiero volver a Detroit —dijo Peyton, con los ojos húmedos de lágrimas y la barbilla temblorosa.

—Nena, ya sé…

—Echo de menos a la señora Stangblood —gimió Peyton, echándose a llorar—. La quiero.

«¡Oh, Dios, qué he hecho!» Pensó Eden. ¿Cómo podía explicarle que la señora Stangblood había muerto cuando la niña lloraba de ese modo por ella?

Volvió a estrechar a Peyton y la consoló.

—No llores, no llores. Sólo dime una cosa, ¿cuándo fuiste a Missouri, tu madre y tú vivíais en una granja?

—Sí —repuso Peyton, llorando.

—¿Cuántas personas había, además de tu madre y tú? ¿Había unos hombres como los que dibujas?

—Sí —la niña se apretó convulsivamente en sus brazos.

—¿Había otra mujer, además de tu madre? ¿Una mujer rubia?

—Sí.

—Peyton, ¿esas personas tenían armas? ¿Hablaban alguna vez de hacer estallar cosas? ¿Cómo ese avión de Florida?

—¡Sí! ¡Sí! ¡Sí! —gritó Peyton. Luego se desembarazó de Eden y se puso las manos en los oídos—. ¡Basta! ¡Basta! ¡Basta!

—Oh, Peyton —dijo Eden, con el corazón encogido.

Pero era demasiado tarde. La niña sufrió un ataque de histeria, y había sido culpa de Eden. La grabadora, con la luz roja encendida, iba girando, seguía adelante en su implacable grabación.

Eden se hallaba sentada a solas ante el escritorio de Jessie, con la cabeza entre las manos. Finalmente Peyton había caído en un estado de agotamiento, y estaba durmiendo en la cama. No se perdonaría nunca haber infligido tal estado de angustia en la niña.

Sonó el teléfono. Levantó la cabeza y lo miró con desprecio. Volvió a sonar, como si quisiera mortificarla.

Había conectado la línea, y también la grabadora, simplemente por hacer algo, mecánicamente. Y volvió a sonar por tercera vez.

—El momento del espectáculo —murmuró con amargura inclinando la cabeza en un ángulo determinado. Descolgó el receptor y rogó que su voz no sonara como si hubiera estado llorando—. Hermana Jessie —recitó—, vidente por la Gracia de Dios.

—Hola —dijo una voz suave masculina—. Tengo un problema y deseo el consejo de una vidente. ¿Qué tengo que hacer? No lo he hecho nunca.

Era una voz joven, casi la de un muchacho, una voz amistosa y agradable, con acento del medio oeste.

—Dígame el día de su cumpleaños —dijo ella—. Lo necesito, es la norma. Así sabré su edad.

—El trece de noviembre de 1969 —contestó él.

—Un escorpio —dijo Eden—. ¿Quiere que le haga un horóscopo? ¿Qué le eche las cartas del tarot?

—¿Cómo puedo saber que está cualificada para hacerlo —preguntó—. ¿Tiene mucha experiencia?

Eden procuró responder como lo habría hecho Jessie.

—Lo he estado haciendo desde hace cincuenta y cinco años. ¿Considera que tengo experiencia suficiente?

—¿Cincuenta y cinco años? ¿Cuántos años tiene? No parece una anciana.

—Tengo setenta y un años —recitó Eden—. Y he estado leyendo las estrellas y las cartas desde los diecisiete años, y he tenido visiones durante toda mi vida.

—Vaya —parecía impresionado—. Entonces ha visto muchas cosas. ¿Ha predicho alguna vez un acontecimiento histórico?

«Este es un charlatán», pensó Eden, pero procuró dominarse. Era su dinero, se dijo, y podía gastarlo como quisiera.

—Predije la muerte de Franklin Delano Roosevelt —mintió—. Y la guerra de Corea y el suicidio de Marilyn Monroe. Y muchas cosas más.

—Vaya —volvió a exclamar—. Entonces tendrá mucha experiencia de la vida.

—Claro que la tengo —contestó Eden, confundida con toda aquella cháchara—. ¿Y qué puede hacer hoy por usted la hermana Jessie?

—Oh —dijo él—. Acaba de levantarse la temporada de caza, y me preguntaba si iba a tener suerte. ¿Usted qué cree?

Esa pregunta la puso nerviosa. Se quedó mirando la bola de cristal de Jessie, que estaba al lado del teléfono. Se vio reflejada en ella, al revés, una mujer suspendida en un mundo redondo.

—¿Me hace una pregunta que requiere un sí o un no como respuesta?

—Sí —contestó él, casi con pereza—. ¿Tendré suerte en la caza?

—Para las respuestas de un sí o un no, consulto el péndulo de cristal —dijo ella. Abrió el cajón de Jessie y buscó el colgante, un cono de cuarzo pulimentado montado en una cadena de plata.

—Un momento. Ahora no lo encuentro.

—No importa —dijo él—. Me llaman. Tengo que colgar. Volveré a ponerme en contacto con usted.

Colgó. Qué extraño, pensó Eden, había estado hablando tres minutos, al menos a doce dólares por palabra, y ni siquiera había obtenido una respuesta.

Consultó el identificador de llamadas. La ventanita volvía a estar en blanco, así que presionó la tecla de revisión, esperando que apareciera la información habitual de «número no disponible».

Pero esta vez apareció el número, con el código del área local de Endor. Y, debajo, las palabras: teléfono de pago.

Frunció el entrecejo, sorprendida. ¿Por qué llamaba alguien desde una cabina telefónica? No había oído la caída de las monedas… ¿había utilizado una tarjeta de crédito de teléfonos? ¿Por qué? Sintió que la recorría un escalofrío de desconfianza.

Volvió a apretar el botón de revisión de llamadas del identificador. La primera llamada del día también la habían hecho desde una cabina, aunque diferente. El que llamó colgó en cuanto ella contestó. ¿Qué significaba eso? ¿O acaso no significaba nada?

Casi inmediatamente volvió a sonar el teléfono.

—Hermana Jessie, vidente por la gracia de Dios —dijo Eden, cansada de la farsa.

Era el señor Eberhart, que la llamaba todos los días desde Miami. Eden suspiró y cogió las cartas, olvidándose de la llamada anterior.

* * *

Drace estaba junto a la cabina telefónica situada en la parte exterior de una tienda, con el corazón latiéndole apresuradamente. Abrió el listín de teléfonos, marcó el número y solicitó hablar con la señora Buddress.

Cuando conectaron con la habitación, sonó un timbrazo y luego respondió una voz profunda y sonora, idéntica a la que acababa de escuchar hacía unos instantes.

Tuvo que tragar saliva, pero hizo un esfuerzo para que su voz sonara sonriente y segura.

—Señora Buddress —dijo con una alegría amistosa—, le habla Bill Phillips de la Primera Iglesia Baptista. Estoy en el Comité del Sol. Lamentamos habernos enterado de que ha sufrido usted un accidente.

—No soy baptista —dijo la mujer.

—Y no tiene por qué serlo —aclaró Drace—. Al Comité del Sol no le interesa la fe que usted profese. Somos personas que ayudamos a nuestros semejantes. Deseamos que sepa que estamos aquí para cualquier cosa que necesite.

—Nunca he oído hablar del Comité del Sol —dijo ella, con expresión de sospecha.

—Es relativamente nuevo y todavía no está bien constituido —mintió Drace—. En estos tiempos debemos ayudarnos los unos a los otros. He oído que tiene una niña a su cargo, una nieta.

—Una biznieta —corrigió.

—¿Peyton? —preguntó él con voz risueña—. ¿No es así como se llama?

—Mmmmmm. ¿Cómo sabe tantas cosas?

—Varias personas de nuestra congregación trabajan en el hospital, señora Buddress. ¿Tiene algún familiar que cuide de la niña? ¿Tiene a alguien que la visite y la ayude?

—Ha venido mi nieta de Los Ángeles —dijo Jessie con orgullo.

—¿Sólo una persona? —preguntó Drace con simpatía.

—Y mi vecino —contestó ella—. Vive en la casa de al lado. No puedo hablar más. Adiós.

Jessie colgó y Drace permaneció escuchando hasta que la línea se interrumpió. Lanzó un juramento y dejó el auricular en su sitio.

Se quedó junto a la cabina, le parecía que tenía el cerebro lleno de fuego. Sintió el impulso de presionar la cabeza contra el frío acero de la cabina, pero sabía que si lo hacía llamaría la atención. Las sienes le retumbaban como tambores.

«¿Por qué la nieta se hace pasar por la vieja? Cálmate, cálmate. La puta de la tienda dijo que la nieta está buscando a la madre de la niña» ¿Pero por qué hay un ex poli mezclado en todo esto? Cálmate, cálmate. Los polis de verdad no importan, no saben nada. Cálmate, cálmate. ¿Qué les habrá contado Peyton? ¿Y Mimí? Cálmate, cálmate. No pueden saber mucho. O no estarías paseando libre por aquí, ¿no es verdad?»

Sin embargo, presentía la trampa, como un animal, presentía que le estaban tendiendo una trampa peligrosa. Como soldado y estratega, sabía que no se debía evitar al enemigo, sino destruirlo.

Destruirlo. Era tan sencillo. Era un problema militar, eso era todo, un juego táctico.

Se enderezó y se alejó del teléfono. Sacó del bolsillo el mapa que le había dibujado la mujer de la tienda. Se enjugó el sudor del labio superior.

Había llegado el momento de hacer un reconocimiento en terreno enemigo.

# Capítulo 17

Cuando Owen volvió a la casa, Eden tenía el corazón en un puño, estaba temerosa y llena de sentimientos de culpabilidad. Con recriminaciones contra sí misma, le fue contando lo que Peyton le había dicho.

—Me siento muy mal. Si es verdad que Mimí se ha metido en un problema muy grave, ¿qué le habrá sucedido? ¿Y qué será de Peyton? ¿Y de Jessie? Dios mío.

—Déjame escuchar la grabación —le dijo él.

Mientras él la escuchaba en el despacho, Eden se acercó a la ventana y miró afuera, con la cara pálida y tensa. Al fin la grabadora se detuvo. Owen la apagó. Un silencio pesado inundó la habitación.

Eden se volvió hacia él.

—Owen, si Mimí tiene algo que ver con la explosión de Miami, tenemos que decírselo a la policía. No quiero, pero debemos hacerlo.

—No lo creerían —dijo él—. No añadamos un problema. Todavía no.

Eden se apretó la frente con los dedos, en un gesto de frustración.

—Apenas puedo creerlo. Pero Peyton dice que esa gente…

—Peyton no ha dicho nada —dijo él con dureza—. Sólo ha contestado «sí» cuando tú le ibas haciendo las preguntas. Tiene seis años y le ha dado un ataque de histeria. Lo que ha dicho no prueba nada.

Eden no entendía de distinciones legales; únicamente veía el dilema moral.

—Pero Peyton ha dicho… ha dibujado…

Owen la interrumpió, haciendo un gesto de impaciencia con la mano.

—No sigas. Ningún abogado que se precia aceptaría tu interrogatorio como una prueba concluyente.

—¿Concluyente? —preguntó ella.

—A contestar como lo ha hecho. No ha dado la información voluntariamente. Se la has puesto en la boca. ¿Crees que la policía se lo tomaría en serio? No.

—Pero también está Mimí —dijo ella casi con desespero—. Es Mimí. Tenemos las grabaciones. También habló del avión.

Owen le apretó los hombros.

—Lo que dice es ambiguo. No se podría presentar en un tribunal. ¿Qué se conseguiría? Una prueba no creíble. Los atentados con bomba los lleva el FBI. Y no tienes nada que ellos puedan utilizar.

—¿Qué haremos, entonces? —preguntó.

—Creo que no soy la persona más adecuada para contestarte —dijo Owen—. Sólo soy un ex policía de una pequeña ciudad. Nadie.

—Claro que eres alguien —protestó Eden con apasionamiento—. Eres un hombre honorable, un hombre inteligente…

«Podría amarte —estuvo a punto de decir, y ese pensamiento la aterró y la fascinó, al mismo tiempo—. Dios mío, ¿no es cómico? Estoy pensando que podría amarte.»

—Si quieres, se lo diré a Mulcahy. Quizá pueda utilizarlo. Quizá no. ¿Estás satisfecha?

La besó. Y ella le devolvió el beso.

Cuando oyeron que Peyton se movía por el dormitorio, se apartaron. Se miraron con recelo, con sensación de culpa y con asombro.

Owen cogió todas las grabaciones de las llamadas telefónicas de Constance para ponerlas en un solo casete. Lo hizo solo, en el cuarto de Jessie.

Las escuchó con el entrecejo fruncido. Le perturbó la voz de aquella mujer, bronca y rota y llena de desesperación. ¿Estaría relacionada con el acto de terrorismo de Miami? ¿O se implicaba en ese acto de violencia sólo por una fantasía enfermiza?

Escuchó a Eden, representando a Jessie, hablando de la mujer rubia con fuego en la mano y «una bandera ardiendo en su interior»,

«Oh, Dios mío, Dios mío» —decía la mujer con su voz quebrada.

—«Miami» —intervenía Eden—. «¿Qué sabe de Miami?»

Owen hizo crujir los nudillos, frustrado. Esa mujer tenía miedo, se sentía culpable, pero lo que decía no probaba nada.

Dispuso los dibujos de Peyton encima de la cama de Jessie y examinó las toscas figuras, los colores chillones. Estaba la casa con la puerta encarnada levantada en medio de ninguna parte, irradiando furia. Luego estaban los aviones, dibujados como cruces ardiendo.

Demonios, pensó, meneando la cabeza con disgusto, nadie consideraría todo esto una prueba. Creerían que se había vuelto loco. Tenía unas cuantas conversaciones grabadas de una mujer que hablaba con voz ronca y decía cosas irracionales, un par de dibujos espeluznantes, y algunas palabras siniestras pronunciadas por una niña de seis años.

Sólo un loco iría al FBI o a la policía con una historia tan frágil. Se encogió de hombros y pensó: «Está bien, haré el papel de loco.» Cogió el teléfono móvil con la esperanza de no despertar al insomne John Mulcahy.

Con suerte, el policía no consideraría que estaba completamente loco.

Mientras marcaba el número de teléfono, Owen miró por la ventana de la habitación de Jessie y vio a Eden y a Peyton cogiendo hojas de distintos colores. Le había dicho que no salieran al jardín sin él.

Peyton parecían haber perdonado a Eden, aunque ella no se había perdonado a sí misma. La niña se agachó en el suelo debajo de un arce y se puso a remover las hojas rojas, buscando la más bonita.

Eden se arrodilló a su lado, sonriendo y sosteniendo una caja de cartón. El sol de la tarde brillaba en sus cabellos, en la oscura melena de Peyton, en la castaña de Eden, sacándoles reflejos dorados.

Mientras escuchaba los timbrazos del teléfono de Mulcahy no apartó la mirada vigilante de las dos figuras. Le produjo una sensación agradable contemplarlas, ver sus rostros dorados por la frágil luz del sol.

* * *

En otoño el parque estaba tranquilo, la camioneta estaba aparcada, solitaria, cerca de la zona de juegos con sus toboganes y columpios y los
animales de plástico de vivos colores.

Drace, con la cara tensa, se estaba poniendo la ropa de camuflaje.
Raylene lo miraba vestirse, temerosa y desilusionada debido a las novedades que él le había contado.

Mimí yacía en una de las literas, y jadeaba como si le faltara aire.
Le habían quitado la mordaza para que pudiera respirar. Tenía la boca
ennegrecida con llagas y crostas. Y los ojos en blanco.

Ya no podía decirles nada de la vieja que estaba en el hospital, ni
de su hermana, que estaba en la casa. Sólo reaccionaba cuando escuchaba el nombre de Peyton, y entonces emitía un gemido incoheren-
te y rabioso.

Raylene la aborrecía, no sentía piedad. Ni siquiera la miraba, sólo
tenía ojos para Drace, al que Mimí había puesto en peligro.

—Ve con cuidado —le suplicó.

Drace escondió sus rubios cabellos dentro de un gorro negro y,
con mano experta, se pintó la cara con los colores de camuflaje.

—Iré pegado a los árboles y echaré un vistazo —dijo—. Comprobaré la disposición del lugar, eso es todo.

—¿Y si alguien te ve?

—Me llevo el veintidós, diré que soy cazador.

El corazón de Raylene latía con tanta fuerza que pensó que se le
iba a salir del pecho.

—¿Y luego? ¿Una vez hayas comprobado el terreno?

—Entonces decidiré la mejor manera de atraparlos.

«Es listo, brillante, puede hacerlo», se dijo a sí misma. Sin embargo, la idea de que Peyton estuviera con un hombre relacionado con la
ley, aunque fuera un antiguo policía, la aterrorizaba.

—¿Tienes un plan? —preguntó.

—Uno provisional —contestó él—. ¿Dame el veintidós, quieres?

Raylene se arrodilló obediente y levantó el trozo de moqueta que
ocultaba el panel de madera contrachapada.

Drace encendió un cigarrillo y aspiró profundamente.

—Me gustaría tenderles una emboscada. Más pronto o más tarde
saldrán a visitar a la vieja. Cuando vuelvan podríamos sorprenderlos.

Raylene asintió, asustada, mientras abría el panel de madera.

—¿Qué sabes de ella? De la vieja.

—Cuando vayamos cruzaremos ese puente. Las viejas son fáciles de matar. Prácticamente se mueren solas. ¿Recuerdas a la Brodnik?

Mimí se retorció y gimió en la litera.

Drace la miró, y exhaló el humo.

—Oh, cierra la jodida boca —dijo con expresión ausente.

Raylene sacó la veintidós con las dos manos y la levantó hacia él como si fuera una ofrenda.

—Ve con cuidado —le dijo, con voz suplicante.

Drace agarró el rifle y durante unos instantes sus manos se rozaron. La miró a los ojos y se le aceleró el pulso, tanto era el amor y el temor que sentía por él.

Drace sonrió con picardía.

—Ahora mismo te besaría, pero te mancharía la cara con el maquillaje.

—Es la línea que llevo —contestó ella con sonrisa vacilante.

—Ray —dijo él con afecto. Cogió el rifle con una mano y con la otra le acarició la cara.

Desde la litera, Mimí lloriqueó, pero Raylene y Drace se estaban mirando a los ojos y no le hicieron caso.

● ● ●

Owen no encontró a Mulcahy, así que llamó de nuevo a Swinnerton, a los Sistemas de Seguridad.

—Alvin —dijo—. Soy Owen Charteris otra vez. ¿Qué pasa con la casa de Jessie Buddress? ¿Necesitas que te traiga una maldita orden de los tribunales?

La voz de Swinnerton le llegó llena de disculpas.

—Owen esta semana hemos estado muy ocupados y con poca ayuda. Siento mucho no haberte podido atender todavía.

—Me preocupan la mujer y la niña. Me dijiste que vendrías el miércoles. Y no viniste. Si no puedes hacerlo hoy, olvídalo. Llamaré a AlarmTronic.

—Vamos, vamos, Owen, no te lo tomes así. Te enviaré a alguien y si no puede ser, iré yo mismo.

—Alvin, lo quiero todo arreglado esta noche.

—Vendré, aunque sea fuera de horario. Te lo juro. Tienes mi palabra.

Owen perdió de vista a Eden y a Peyton, ya no las veía a través de la ventana. Por alguna razón, sintió una oleada de sensaciones de ansiedad y nerviosismo, como un hormigueo debajo de la piel.

—Las palabras son gratis, Alvin —dijo, y colgó.

Buscó a Eden a través de la ventana, pero entonces oyó abrirse y cerrarse la puerta trasera, sus voces en la cocina y a Peyton decir algo de Henry.

Suspiró, volvió a sentarse y descolgó el teléfono. Su mirada se deslizó por la cama donde la otra noche Eden y él habían hecho el amor. Mientras paseaba por la habitación marcó otra vez el número de Mulcahy.

Esta vez le contestó al segundo timbrazo.

—Iba a llamarlo ahora —dijo con su voz característica.

—¿Por qué? ¿Tiene algo nuevo? —preguntó Owen, deteniéndose.

—No mucho —dijo Mulcahy—. Enviamos a un par de hombres a Wheaton esta mañana. No encontraron a nadie. El lugar parecía desierto.

—¿Eso es todo?

—Volvieron más tarde. Había una camioneta aparcada en el camino. Vieron a un hombre en la ventana, pero nadie respondió a la puerta. Después de unos diez minutos, apareció un rottweiler de alguna parte. Estaba de mal humor. Se marcharon. Lo intentaron de nuevo una hora después. Y lo mismo.

—¿Comprobaron la matrícula de la camioneta?

—Sí. Está registrada a nombre de William Stanek. Por lo visto no quiere hablar con nosotros.

—¿Han intentado llamar por teléfono?

—Sólo respondió el contestador automático. Lo cual es extraño. Ese sitio es una porquería, una ruina. No es el lugar en el que esperas que tengan un teléfono.

—¿El contestador tiene un mensaje estándar? —preguntó Owen frunciendo el entrecejo.

—Sí. «Ha llamado a tal y tal número. Ahora no hay nadie. Deje su mensaje después de oír la señal». Eso es todo.

—Mierda —murmuró Owen.

—Quienquiera que esté allí no hablará con nosotros, y no podemos obligarle a hacerlo sin una citación. Y tampoco conseguiremos una citación sin una causa justificada. ¿Ha dicho algo la niña?

Owen se levantó de la cama y empezó a caminar. Le contó a Mulcahy la conversación con Theresa Bigby acerca de la señora Stangblood, y le dijo que Peyton se había puesto histérica cuando Eden le había hecho preguntas sobre la granja, el avión y las armas.

Lanzó un profundo suspiro y volvió a sentir bajo su piel las imaginarias hormigas.

—Creemos que Mimí ha estado llamando aquí —dijo Owen. Le explicó que se le había estropeado la voz, lo de las llamadas de la mujer asegurando que se llamaba Constance y que había hablado del avión y de Miami—. Lo hemos grabado todo —acabó—. Pensamos que valdría la pena.

Mulcahy se mantuvo en silencio durante un rato.

—Es interesante —dijo finalmente—. Pero por lo que se refiere a la ley, es inútil.

—Lo sé —dijo Owen con un tono áspero.

—Quisiera oír esas grabaciones.

—Se las enviaré.

—Manténgase cerca del teléfono —dijo Mulcahy—. Volveré a llamarlo.


Cuando Drace volvió a la camioneta después del examen preliminar a la casa de Jessie, estaba muy satisfecho.

—Es un pastelito —le dijo a Raylene—. La vigilaré hasta que salgan. Entonces entraré y te llamaré desde allí. Los estaremos esperando cuando vuelvan.

—¿Dentro? —preguntó Raylene, con el temor reflejado en los ojos. Alargó la mano y le tocó la manga.

Mimí yacía en silencio e inmóvil en la litera. O se había dormido o había vuelto a desmayarse.

Drace puso una mano sobre la de Raylene.

—Es lo mejor. Tenemos que hacerles hablar para comprobar todo lo que saben. Y si han hablado con alguien más.

—¿Cómo vas a entrar? —El rostro de Raylene tenía una expresión preocupada e inquieta—. ¿Y si hay un sistema de alarma o algo semejante?

—No tienen —contestó. Dio una palmadita a la funda de los gemelos—. Lo he comprobado detenidamente.

—¿Y si no salen de la casa? —preguntó ella.

—Entonces esperaremos hasta que se vayan a la cama y entonces entraremos —contestó—. No es ningún problema. Ese sitio es una casa de juguete. Como la de la Brodnik.

Raylene no parecía muy convencida.

—¿Qué barruntas? —preguntó Drace en un tono de chanza.

—¿Qué barrunto? —repuso ella con la hermosa cara muy pálida.

—Vi a Peyton fuera. Con una mujer. Debe de ser la hermana.

Ambos miraron el cuerpo inmóvil de Mimí. Drace sabía lo que estaba pensando Raylene. Le habría gustado que hubiera matado a Peyton y a la hermana cuando las vio, así podrían matar a Mimí.

—No pude hacerlo porque faltaba uno, el hombre —explicó Drace—. Sólo lo vi un momento, en el porche. Además, tenemos que enterarnos de todo lo que saben. Nos ayudará tener aquí a la pequeña rehén. Se volverán más parlanchines.

Raylene se lo quedó mirando, casi con petulancia.

—Estoy deseando que todo esto se acabe.

Drace pasó las yemas de los dedos por el labio inferior de Raylene.

—No tardaremos mucho, gatita —prometió él.

Luego la besó y se despidió de ella. Sólo para estar fuera un rato.

A primera hora de aquella tarde, cuando Eden hubo acabado de arreglar a Peyton para ir a visitar a Jessie, se detuvo ante la casa la camioneta del servicio de alarmas.

Alvin Swinnerton bajó del vehículo pavoneándose, arrastrando la caja de herramientas, alegre y lleno de seguridad.

—¿Ves? —dijo—. He venido yo, aunque sea fuera de horario.

Les aseguró que podían ir al hospital y que él mientras tanto lo dispondría todo para cuando volvieran.

—Pondré los paneles de control a la derecha, junto a las puertas —dijo, apoyando la mano en la pared y encendiendo la luz de la entrada—. Ya sabes cómo funciona, Owen. Dame un número de código para programarlo. De cuatro dígitos. Y cuando vuelvas, acuérdate de él.

—Elige un número —le dijo Owen a Eden—. Se le ocurrió uno e hizo un esfuerzo para parecer alegre y despreocupada—. ¿Qué os parece uno-dos-uno-cuatro?

Swinnerton asintió y lo repitió. No podía saber que lo había elegido porque era la fecha de cumpleaños de Mimí: el catorce de diciembre.

—Cuando volváis a casa, ya estará instalada la alarma —dijo Alvin Swinnerton—. Y funcionará. Nadie podrá entrar a menos que le dejéis. Cuando está funcionando, se enciende inmediatamente y nos envía una señal al departamento de policía y ellos aparecen como un rayo. Estaréis completamente a salvo.

—Estupendo —dijo Eden alegremente. Luego dirigió una mirada a Owen que significaba «¿Lo ves? Ahora ya no hay nada de qué preocuparse».

Owen no parecía muy convencido porque continuaba con una expresión ligeramente sombría. Por alguna razón que no podía explicar, aquella tarde estaba un poco inquieto.

—Vamos —le dijo Eden a Peyton—. Vamos a ver a la abuelita —alargó la mano, cogió la de la niña, cálida y pequeña, y entró en la casa.

La sangre latía en los oídos de Drace. Había observado con asombro, cómo la camioneta se detenía frente a la casa. Leyó claramente el rótulo que llevaba en uno de los lados: GUARDLOK SECURITY. Y observó con desaliento al hombre de uniforme, muy corpulento, que salía del vehículo cargando con sus herramientas.

Creía que iba a poder entrar en la casa sin complicaciones, y ahora ese gordo bastardo iba a instalar un sistema de seguridad delante de sus narices. Aquello era la peor de las pesadillas, una terrible broma cósmica.

¿Qué podía hacer? ¿Entrar en la casa a plena luz del día e intentar coger prisionero a todo el que encontrara dentro, sin ayuda? ¿O derribar la puerta y empezar a disparar y matarlos a todos?

Cristo, pensó Drace desesperado, tenía que hacer algo. No podía ocultarse en las sombras y esperar mientras el gordo aseguraba la casa contra un ataque.

Entonces los dioses le sonrieron por fin. El hombre alto de cabello gris, la mujer y la niña entraron en el coche. Pensó en matarlos desde su puesto de francotirador, pero no podía apuntar bien y sólo llevaba el veintidós. Además, ese gordo bastardo seguía dentro de la casa y podía llamar pidiendo ayuda.

Apretó los dientes. Tendría que improvisar, seguir su instinto. Esperó hasta que el coche se perdió de vista. Luego dio una vuelta alrededor de la casa, un amplio semicírculo. Bajó un pequeño barranco y lo siguió hasta que salió al borde de los árboles en la curva del sendero

Llegó fácilmente hasta el camino de la entrada, con el rifle al hombro y actitud despreocupada, como un joven cazador que se detuviera en una casa para pedir permiso para disparar en los terrenos de la propiedad.

Subió silenciosamente los escalones del porche de la parte delantera. En el interior las luces estaban encendidas, no pudo ver al hombre, pero oyó la radio, interpretaban música country.

Drace miró a su alrededor. Desde allí no se podía ver la carretera, ni siquiera un trozo. De los árboles llegó el parloteo ruidoso de los estorninos que se preparaban para ir a dormir. Abrió la rejilla metálica de la puerta, y entró en la casa.

En el suelo de la sala de estar había una radio portátil, en la que sonaba una versión llena de interferencias de los Garth Brook´s cantando «The Dance». Del fondo del pasillo llegaba el sonido de un taladro eléctrico. La luz de una habitación, un dormitorio quizá, se filtraba en el pasillo. Se dirigió en esa dirección.

Se detuvo en el umbral de la puerta, y echó un vistazo en el interior. El gordo estaba concentrado montando un equipo de control en una caja, dentro de un armario. Le daba la espalda. Llevaba un uniforme caqui que le apretaba en las anchas y abultadas caderas.

Cantaba con la radio con una voz de tenor un poco desafinada. Drace, sigilosamente, levantó el cañón del arma, apuntó a la arruga que se formaba en el grueso cuello del hombre, cerca de la base del cráneo.

Apretó el gatillo. El rifle hizo un ruido y luego sintió el retroimpacto. El hombre emitió un sonido gutural, la sangre le salió a borbotones, como brillantes serpentinas rojas, y salpicó la ropa que había dentro del armario.

El equipo de control cayó al suelo con un sonido metálico, y el hombre se tambaleó hacia atrás, agarrando entre convulsiones un vestido blanco de mujer que colgaba de una percha. Luego cayó y se quedó inmóvil, con el vestido todavía en la mano, manchado de carmesí.

Drace se alejó para que no quedaran las huellas de las botas. El corazón le latía con violencia. Salió de la habitación y volvió a la sala de estar donde había visto un teléfono.

Marcó el número del teléfono móvil de la camioneta. La mano no le temblaba.

Raylene contestó con voz preocupada y nerviosa.

—Soy yo —dijo Drace—. Estoy dentro de la casa. Ha sucedido algo. Ven aquí lo más rápidamente que puedas.

Cuando Eden, Owen y Peyton entraron en la habitación, Jessie echaba chispas por los ojos mirando con expresión malévola el recipiente cuadrado de mermelada de naranja que había en la bandeja. Eden había estado toda la tarde con Peyton ayudándola a superar su miedo al hospital.

Ahora Peyton apretaba con la mano una cestita de flores que habían comprado para Jessie en la tienda de comestibles.

—Mira lo que te traigo, abuelita —dijo con cierto orgullo, ofreciéndosela.

—¿No son preciosas? —dijo Jessie, radiante—. Gracias, querida. Eden, ponlas en el tocador, para que yo pueda verlas desde aquí. Owen, llévate de aquí esta maldita mermelada y tírala por el retrete antes de que la estampe contra la pared.

Owen sonrió y se llevó la ofensiva mermelada. Peyton lo siguió hasta el cuarto de baño para contemplar el interesante óbito.

Jessie hizo un gesto con la cabeza hacia el cuarto de baño.

—Parece que se lleva mejor con él, ¿verdad?

—No —repuso Eden suspirando—. Creo que no le gustan los hombres en general. Probablemente se deba a los novios de Mimí.

Jessie se pasó una mano por el trenzado perfecto de sus cabellos.

—Después de esto Mimí sentará la cabeza, y será una madre estupenda para la niña.

—Jessie —le recordó Eden—, prometiste no hablar de ello.

—No lo hago delante de Peyton —dijo—. Y no voy a hacerlo. Mira, si está aquí mi niñita. ¿Quieres venir a sentarte al lado de la abuelita? ¡Oh, y qué bonito corte de pelo te han hecho!

Owen levantó a Peyton para sentarla en el borde de la cama de Jessie.

—Como el de Eden —dijo Peyton—. Yo también seré actriz. Haré doblajes. Miauu. Miauuuu. Es un gato.

—Un gato excelente —dijo Eden, porque era cierto. La niña tenía talento.

—Eden, no le llenes la cabeza de pajaritos a la pequeña —le advirtió Jessie—. No quieras hacer de ella tu propia imagen.

Eden reprimió su réplica y observó que Peyton iba a continuar hablando.

—Sé un secreto —dijo la niña, sonriendo a Jessie con malicia.

Jessie fingió curiosidad.

—¿Un secreto? Cuéntaselo a la abuelita.

—Te lo diré al oído —dijo Peyton y su abuela sonrió cuando ella se inclinó

La sonrisa de Jessie desapareció al instante y dirigió una mirada asesina a Owen.

—¿Un sistema de seguridad? Yo no quiero un sistema de seguridad. ¡No, señor!

—¡Peyton! —la regañó Eden—. Te dije que era un secreto.

—Pero no me dijiste que no se lo dijera a ella —protestó la niña.

—Lo discutiremos más tarde, jovencita.

—No quiero en mi casa todas esas campanas y sirenas —protestó Jessie, tozuda.

La cara de Owen permaneció impasible.

—Pues ya lo tienes. Alvin Swinnerton lo está instalando.

—Lo llamaré y le diré que salga ahora mismo de mi casa —dijo Jessie, alargando la mano hacia el teléfono.

Owen puso el teléfono fuera de su alcance.

—Entonces lo llamaré mañana y le diré que vaya a desmontarlo todo —insistió Jessie—. No me gustan esas cosas. Si te equivocas y aprietas un botón diferente, se dispara la alarma y suena como si te cayera encima el día del Juicio Final.

—Jessie, es un sistema muy sencillo —dijo Owen—. No tienes porqué tenerlo conectado siempre. Puedes dejarlo desconectado. Pero quiero que mientras Peyton y Eden estén aquí, tengan esa protección. La casa está muy aislada, ya lo sabes.

Jessie cruzó los brazos y no dijo nada.

—Además —añadió—, me pediste que me ocupara de ellas. El sistema forma parte de ello.

Jessie pareció tranquilizarse, aunque no del todo.

—Asustará al Santo Fantasma y lo echará de la casa.

—¿En la casa vive un fantasma? —preguntó Peyton con un hilo de voz.

—No, Peyton, no —dijo Eden con firmeza—. La abuelita bromea, eso es todo. Vamos abajo, voy a comprarte un helado.

Peyton asintió, pero estaba nerviosa. Alargó los brazos hacia Eden que la levantó de la cama y la depositó en el suelo. Salieron de la habitación de la mano.

Jessie las siguió con la mirada.

—Se han hecho muy amigas —dijo suspirando—. Eso está bien. Sí, está bien.

Tenía la voz fatigada y Owen se la quedó mirando.

—¿Estás bien?

Jessie volvió a suspirar y meneó la cabeza mientras torcía las comisuras de los labios.

—Estoy bien, solo que…

—¿Sólo qué? —preguntó. Jessie se dejó caer sobre las almohadas, con una mano en la frente—. Antes, había sentido el peligro. Pero hoy, hoy ha sido como si estuviera envuelta en niebla.

Owen frunció el entrecejo.

—¿Qué clase de niebla?

—Niebla —repuso ella—, nada está claro. Nada. Luego la niebla se abre, y veo a Mimí que viene hacia mí. Últimamente, en sueños, he oído sus pasos en el porche. La he oído llamar a la puerta. Esta tarde he soñado que estaba en casa, miraba en la repisa del cuarto de baño y allí estaba su cepillo. Con sus largos cabellos rizados enredados en él, como antes. Y pensé que era cierto. Al fin está en casa, y a salvo.

—Esperemos que sea así —dijo bruscamente.

Jessie se volvió a mirarlo.

—Así será. Y cuando suceda, habrá pasado el peligro. Lo sé. Cuando vuelva a casa, entonces todo irá bien.

Owen no dijo nada.

—Tengo que agradecérselo a Eden —dijo con expresión cansada—. Agradecerle todo lo que está haciendo. He querido hacerlo, pero no he podido. No sé por qué. Dile que… dile que lo siento.

Esas palabras emocionaron a Owen. Sabía que Jessie aborrecía pedir disculpas y lo herido que debía estar su orgullo.

—Lo haré. Pero tienes que tomártelo con tranquilidad.

—Lo sé —dijo ella, y luego añadió con irritación—: ¿Adónde ha ido Eden? ¿Va a pasarse toda la noche ante la máquina de helados? ¿Adónde se ha llevado a mi niñita?

Se puso la mano en la frente.

—No es que me ponga nerviosa —añadió—. Es esta niebla. No puedo ver nada claro. Es como si Dios hubiera corrido las cortinas.

Owen, en ese momento, volvió a sentir esa aprensión que le había estado rondando durante todo el día. «Hay algo que no conseguimos ver», pensó, «algo que no logramos saber.»

—Voy a traerte a las chicas, Jessie —dijo.

# Capítulo *18*

Drace se movía por la casa buscando una prueba.

En la extraña habitación que servía de despacho, le sorprendió encontrar unos casetes etiquetados: «Peyton» decía una etiqueta; «Constance/Mimí», decía la otra.

¿Qué estarían haciendo esas jodidas? Nada tenía sentido; era demasiado raro, demasiado inesperado. Sintió como si un parte imprevista de sus planes se hubiera desvelado e ignorara todo el peligro que esto pudiera entrañar.

Sin embargo, actuó con rapidez. Se guardó las cintas en el bolsillo, cortó la línea telefónica y se llevó la camioneta de seguridad para esconderla entre los árboles, donde nadie pudiera verla. Lo hizo todo de la manera más eficiente para coger al enemigo por sorpresa.

Oyó que un vehículo se aproximaba a la casa. Tensó los músculos mientras la espera le aceleraba el corazón.

Atravesó la sala de estar, escudriñó el exterior a través de las cortinas, y vio la camioneta, con las luces apagadas, que se dirigía hacia la casa.

«Raylene». Sonrió cuando el vehículo pasó junto al aparcamiento y giró la esquina del camino, como él le había dicho. La aparcó detrás de la casa para que no pudiera verse desde el camino.

Drace corrió hacia la puerta de la cocina y la abrió con facilidad.

En medio de la oscuridad reinante, vio la esbelta figura de Raylene saltar del asiento del conductor.

Su rostro tenía un brillo pálido y los cabellos un tono plateado y fantasmal. Llevaba los pantalones de camuflaje y la chaqueta haciendo juego. Llegó hasta él y se cogieron de la mano.

—¿Qué hacemos con Mimí? —preguntó Raylene, con voz tensa. Drace sintió su ansiedad.

—¿Has tomado Xanax? —preguntó él preocupado.

Ella asintió y le apretó las manos. Esta noche le pareció más joven, casi una niña, animada por la temblorosa exaltación que proporcionaba una cierta fragilidad a su belleza.

—¿Tienes miedo? —preguntó.

Ella meneó la cabeza con convicción.

—A tu lado no.

—La entraremos en la casa —dijo en voz baja—. Nos será útil. Y quiero que ella lo vea todo.

Raylene asintió y sacudió los cabellos. Drace le soltó las manos y fue a abrir la puerta trasera de la camioneta. Se metió dentro y empezó a arrastrar a Mimí, que se tambaleaba. Todavía llevaba las manos esposadas en la espalda.

Drace la empujó hacia Raylene y le dio la veintidós.

—Llévala dentro —ordenó—. Y átala.

Volvió a la camioneta, levantó la alfombrilla, abrió el panel y cogió armas y munición.

Raylene empujó a Mimí tambaleándose hasta la casa mientras Drace sacaba dos rifles de asalto, las cajas de munición, las pistolas y volvía a cerrar el compartimiento.

Luego entró en la casa. Raylene había sentado a Mimí en el suelo de la sala de estar, con las piernas cruzadas, como se tiene a los prisioneros. No parecía muy consciente, y a él le dio la sensación de que estaba aletargada.

Se acercó a Raylene, le dio uno de los Sierras y una pistola de apoyo. La joven la guardó en la funda.

—Quiero que vayas ahí afuera, a la cima de esa colina y vigiles la casa —le dijo—. Cubre el camino.

Observó la desilusión en sus ojos.

—Pero... —protestó.

—Es más seguro —dijo él con firmeza.

—Pero estarás solo aquí cuando vengan —dijo ella, apoyando la mano en el brazo de Drace.

Entonces oyeron detrás de ellos la agitada respiración de Mimí.

Drace sonrió a Raylene.

—No discutas —acarició un mechón de sus rubios cabellos—. Ponte la máscara de esquí, soldado.

Una vez fuera de la carretera principal, el camino hacia casa de Jessie estaba desierto, con las montañas boscosas elevándose tan abruptamente a ambos lados que la carretera parecía serpentear a través de un laberinto negro casi sin formas.

Owen cogió el teléfono móvil y marcó el número de la oficina de seguridad.

—Sistemas de seguridad —contestó una voz masculina que parecía profundamente aburrida—. Bill Joe Wilmer al habla.

Owen reconoció el nombre y la voz. Wilmer era un antiguo oficial de tráfico de la policía de la ciudad.

Owen habló en voz baja, para no despertar a Peyton, que dormía en el asiento trasero.

—Bill Joe, aquí Owen Charteris. Alvin estaba en casa de Jessie Buddress instalando un sistema. ¿Todavía está trabajando?

—Acabo de entrar. Déjame que lo compruebe —hubo una larga pausa y luego Bill Joe dijo—: Lo siento, Owen. No sé nada.

Los nervios de Owen se pusieron tensos.

—¿Qué significa «no sé nada»?

—Bueno —contestó Bill Joe—. Alvin dejó un recado por radio diciendo que iba allí, pero no ha hecho la comprobación. No ha habido otra llamada. No está conectado. No.

Owen frunció el entrecejo.

—Fue allí hace casi dos horas. ¿No ha hecho siquiera una prueba?

—No. Tengo una nota aquí que dice que ha llamado su esposa, y que espera que él la llame a casa. No han podido conectarse con él por radio, y el teléfono de Jessie Buddren está desconectado. Quizá ha tenido un fallo imprevisto. Suele suceder.

—¿Entonces estará todavía allí?

—Calculo que sí.

—Lo calculas. Pero ¿no lo sabes?

—Bueno, Owen, quizá ha sucedido algo. Nunca se sabe.

A Owen no le gustó nada la respuesta.

—Yo llegaré ahí en unos minutos —le dijo—. Si no está, te llamaré —cortó la comunicación y marcó el número de Jessie. Sólo le respondió el silencio.

Colgó y se concentró en la carretera serpenteante que se hacía cada vez más sinuosa en la oscuridad.

—¿Qué sucede? —preguntó Eden.

—El teléfono de Jessie está desconectado —contestó—. Eso significa que el sistema de seguridad todavía no está instalado.

Eden se encogió de hombros.

—Bueno, esas cosas requieren su tiempo, ¿no es cierto?

—Sí —contestó él, sin apartarse de sus pensamientos—. Requieren su tiempo.

—Había olvidado la oscuridad que hay aquí afuera —dijo Eden pensativa, contemplando la noche a través de la ventanilla—. Lo solitario que es.

Owen la miró de reojo.

—¿Echas de menos el brillo de las luces de la gran ciudad? —preguntó.

Ella no lo miró.

—Creo que puedo soportarlo.

—Sí —dijo él con un tono discordante—. Bien.

—Cuando me vaya de aquí —añadió Eden—, te echaré de menos.

—Bien. Sí —repitió—. Y yo a ti también.

Se hizo un largo silencio y el silencio se cargó de todo lo que no podían decirse el uno al otro.

Owen señaló a Peyton con un gesto.

—¿Sigue dormida? —preguntó, por decir algo.

—Sí —repuso Eden—. Con suerte la meteremos en casa y en la cama sin que se despierte.

«¿Y luego», pensó, sin decir nada.»

—Y luego —dijo ella, poniendo la mano en su brazo—, si somos discretos, podemos volver a hacer el amor.

El corazón le dio un brinco cuando oyó lo que acababa de decir.

—Soy un tipo discreto —dijo.

Y entonces giró por el sendero que conducía a la casa de Jessie y a la suya.

En la sala de estar, Drace se acercó a la ventana y miró afuera, entre las cortinas, con el arma preparada. Su mirada se fijó en la tierra que se elevaba y en el umbrío grupo de mimosas, donde había enviado a Raylene a cubrir la entrada.

La luz del pasillo se filtraba en la habitación. Detrás de él, Mimí estaba sentada en el suelo, inerme en la semioscuridad.

Estaba consciente y sentía náuseas, aunque en algún lugar de su consciencia sabía que Drace y Raylene estaban esperando a su familia… Su hermana…. se preguntó, confundida, cómo había podido Eden mezclarse en todo eso. Y Owen Charteris. En medio de su dolor, apenas podía recordar a Owen Charteris.

Y luego estaba su hija.

«Peyton —pensó, y el nombre era como un rayo de luz en la distancia—. Peyton».

En el sofá estaba el osito amarillo de la niña, con su boca abierta. A su lado había también una muñeca nueva, una Raggedy Ann, con un delantalito nuevo y brillante.

«Alguien le ha comprado una muñeca nueva —pensó Mimí mareada—. Alguien la está cuidando. Mi hermana. ¿Por qué mi hermana?»

Pensó que estaba con Eden en el patio trasero, junto a la caravana de Jessie cuando eran niñas. Eden intentaba consolar a Mimí después de haberse peleado con unos niños.

Eden estaba arrodillada en el suelo, y sostenía un diente de león junto a la barbilla de Mimí.

«Te pondrá amarilla la barbilla si eres blanda», le decía con su voz resonante. «¿Te enteras?»

Mimí inclinaba la cabeza y no quería mirarla.

«No. No. Yo no soy blanda.»

Eden le rozó la barbilla con la flor, que le dejó una huella dorada de polen, apenas visible.

«Sí que lo eres», se había burlado. «Ve a mirarte en el espejo».

Había jugado muchas veces con Mimí, cuando era muy pequeña, porque quería enseñarle a no llorar. Mimí estaba llorando por mamá. Siempre por mamá. Mamá no las quería, ¿verdad? No tenían ningún lugar en el que estar a salvo.

«No llores», le había dicho Eden. «No. Shhh. Shhh. ¿Acaso eres blanda?»

El suave y frío roce de los pétalos del diente de león debajo de la barbilla de Mimí, el aroma a hierba, el calor de mayo, las aves piando entre las mimosas.

«Eden, ocúpate de mí. Eden, ocúpate de mí».

Mimí deseó alargar la mano para alcanzar la muñeca, sostenerla en sus brazos, abrazarla. Pero tenía las manos, quemadas y tumefactas, atadas a la espalda.

«Soy una prisionera de guerra —pensó Mimí—. Soy una traidora. Matarán a Peyton. Matarán a Eden. Nos matarán a todos.»

Estiró una pierna. Drace no lo notó. Se arrastró hacia el sofá.

—Estáte quieta —soltó él.

«Puedo ponerme de rodillas —pensó—. No sé si podré ponerme de pie.»

—Mimí —dijo él—, si te sigues moviendo, te romperé tus malditas rodillas.

«A Eden no debe gustarle todo esto. La abuela no lo habría querido. Peyton, Peyton, Peyton, lo he estropeado todo.»

La garganta le quemaba como el fuego, pero sintió la presencia de Eden. Sintió un roce frío y fantasmal debajo de la barbilla.

Peyton se removió en el asiento de atrás, y emitió un sonido de tristeza. Eden miró a la niña con expresión preocupada.

—¿Ya estamos en casa? —preguntó Peyton, medio dormida. Arrancándose con irritación el cinturón de seguridad.

—Casi —dijo Eden—. No te quites el cinturón de seguridad hasta que nos hayamos detenido.

Dieron la vuelta a una curva y la casa de Jessie apareció ante ellos, casi en completa oscuridad. Al parecer Alvin Swinnerton había dejado la luz del pasillo encendida para ellos.

—Ya no está la camioneta —dijo Owen.

Volvió a coger el teléfono móvil y marcó un número.

—¿Qué estás haciendo? —preguntó Eden.

Owen frunció el entrecejo y meneó la cabeza.

—La línea de Jessie está desconectada. No debería estarlo.

—Es probable que lo hayan llamado y se haya ido —dijo ella suavemente.

Owen llegó ante la casa, pero no detuvo el motor ni apagó las luces. Se quedó mirando la casita sin relajar la tensión que expresaba su rostro.

—¿Pasa algo? —preguntó Eden.

—Nada —repuso él, aunque estaba preocupado. ¿Habría dejado Alvin el trabajo a medio hacer? ¿Por qué? ¿Por qué no había vuelto a conectar la línea telefónica? Tenía que haberlo hecho.

Contuvo la respiración y siguió sin apagar las luces ni detener el motor.

—Quedaros aquí —le dijo—. Primero voy a echar un vistazo a la casa.

Eden lo miró con expresión de interrogación.

Owen se encogió de hombros, porque no sabía el motivo. Abrió la puerta del Blazer.

Oyó el ladrido estridente de un perro, y eso lo llenó de alarma.

Frunció el entrecejo, preguntándose por qué ladraba el perro. El perro nunca ladraba.

Entonces pensó, «el perro está muerto».

En una décima de segundo, recordó la suave voz de Laurie advirtiéndole del peligro hacía ya muchos años. La oyó decir: «ten cuidado. Ten cuidado».

Su reacción fue inmediata e instintiva. Saltó hacia atrás, al coche, cerró la puerta de golpe y apagó las luces. Puso marcha atrás, y las ruedas rasparon con fuerza la gravilla. El Blazer fue hacia atrás con una velocidad tal, que Eden soltó un grito.

Llegó al camino de entrada y apretó el acelerador.

—¡Owen! —gritó ella, cuando el coche brincó hacia delante.

Una bala se estrelló violentamente contra la ventanilla trasera, mientras él gritaba:

—¡Abajo! ¡Abajo! ¡Abajo!

Raylene disparó, presa de pánico. ¿Qué estaba haciendo ese hombre? ¿Por qué había dejado el coche con el motor en marcha, y luego había cambiado de opinión?

¿Por qué había apagado las luces, como si de pronto supiera que tenía que ponerse a la defensiva? Se había dado cuenta de algo. E intentaba escapar.

Drace fue quien disparó primero, y rápidamente Raylene se incorporó al ataque. Apuntó al coche con el visor nocturno y vació un cargador tras otro.

Debió de acertar un disparo, porque vio que el coche perdía el control, daba un giro brusco en el camino y se metía en un bosquecillo de árboles y matorrales. Oyó el chirrido del metal y la fractura de la madera. El Blazer debió de haber chocado contra un árbol, un árbol grande. El ruido llenó el aire. Luego silencio. Un silencio espantoso.

Raylene, tan rígida por la tensión que temblaba, siguió apuntando al bosquecillo. Apenas podía ver la mancha oscura del coche. Pero allí no se movía nada. Tras el tiroteo, el silencio era impresionante.

«¿Y ahora qué? ¿Y ahora qué?», pensó Raylene.

«Alguien nos ha disparado». Al principio, la conciencia de ello la preocupó. Luego sintió la siniestra sacudida en la rueda delantera y que el coche perdía el control.

El Blazer dio media vuelta y se metió en el bosquecillo. La parte trasera debió de chocar contra uno de los grandes árboles, y el impacto fue estrepitoso, la sacudida le había hecho rechinar los dientes.

Fue impulsada hacia delante, pero el cinturón de seguridad del asiento la sostuvo con tanta fuerza, que sintió que los pulmones se le quedaban sin aire. Se dio cuenta de que los airbags se hinchaban como una alucinación, y luego se deshinchaban repentinamente.

Después, el silencio, interrumpido tan sólo por un extraño tintineo procedente de algún lugar del motor del coche, como si un gran insecto hubiera quedado atrapado allí y estuviera agonizando.

—¿Peyton? —murmuró con temor—. ¿Owen?

Owen lanzó un juramento en voz baja.

—Estoy bien. ¿Y tú?

—Sí… ¿Y Peyton?

Peyton gimió débilmente y se removió en el asiento de atrás. Eden desabrochó el cinturón de seguridad de su asiento y fue a abrir la puerta, pero Owen no se lo permitió.

—No abras la puerta —murmuró entre dientes—. Las luces se encienden. Nos verán.

—Pero tengo que ir con ella —alegó Eden, con los ojos llenos de lágrimas.

—No te muevas —le advirtió él—. Están ahí afuera con armas.

«Oh, Dios», pensó, cerrando los ojos. La cabeza le daba vueltas, sentía los latidos de la sangre en los oídos y luchó por reprimir el terror que se estaba apoderando de ella.

Afuera, en la oscuridad, oyó gritar a un hombre, pero no pudo entender lo que decía.

Owen miró hacia el asiento trasero.

—Está aterrorizada. Quizá aturdida. Ve a tranquilizarla. ¿Puedes hacerlo?

Eden asintió, se encaramó y se deslizó entre los respaldos de los asientos delanteros. Observó con horror que Peyton tenía desabrochado el cinturón de seguridad. Yacía de espaldas en el asiento formando un ángulo extraño, inmóvil y silenciosa.

Llena de pánico, Eden puso la mano en la frente de la niña. Estaba fría, húmeda y cuando apartó los dedos, notó que los tenía un poco pegajosos.

—¡Dios mío, Owen, tiene una herida en la cabeza!

Eden, rápidamente, pasó la mano por el cuerpo de Peyton. Tenía un pie pillado entre el asiento y la puerta trasera.

—Tiene pillado un pie —dijo horrorizada—. Dios mío, tiene pillado un pie.

—¿Respira bien?

—Creo que sí.

—¿Sangra?

—Un poco, por la cabeza —contestó Eden, temblando—. No... no veo nada más.

—No intentes moverla. ¿Entendido? Haz cualquier cosa, menos moverla.

Eden no pudo contestar. Acarició la frente de Peyton y buscó a tientas su pulso.

—Eden, escucha —murmuró Owen con la voz tensa—. Vendrán a buscarnos. Debes mantener la calma.

—Owen... el teléfono... llama al 911.

—Hazlo tú. Pero antes busca en la trampilla y dame la ballesta.

Lo que decía no tenía sentido. Era una locura, una pesadilla. Oyó el zumbido de la ventanilla que bajaba.

—Busca en la trampilla. Dame la ballesta. Rápido —repitió Owen con mucha calma y en voz muy baja.

«¿La ballesta?» pensó, aturdida c incrédula. Pero obedeció ciegamente, tanteó por la zona de la trampilla y encontró lo que buscaba. El arma, junto con el carcaj, era más pesada de lo que imaginaba, pero consiguió sacarla y dársela.

Peyton emitió un gemido entrecortado. Eden fue a volverse hacia ella, pero Owen le agarró una mano.

—Voy a salir por la ventanilla. Han disparado en dos direcciones, desde la colina y desde la casa. Vendrán a buscarnos. Necesito tu ayuda.

Peyton lloriqueó e intentó cambiar de postura, pero se sobresaltó cuando notó que no podía mover la pierna y volvió a gemir.

—¿Ayuda? ¿Cómo? —suplicó—. Owen, no…

—Shhh —ordenó él—. Cuando desaparezca de tu vista, grita con todas tus fuerzas, nena. Grita que estoy muerto. ¿Entiendes? Que yo estoy muerto y que la niña y tú estáis heridas. Hazlo a intervalos. Y llama al 911.

«Gritar —pensó aturdida—. No puedo hacerlo».

—Agáchate —ordenó él—. El coche está en dirección a la casa, pero no creo que ese tipo pueda disparar un tiro limpio. Si lo hace, el motor está entre él y tú. Te servirá de escudo. Y sigue agachada, Eden.

Salió por la ventanilla, agarrado al techo del coche y, con un movimiento sorprendentemente ágil, estuvo de pie en el exterior. Se asomó al interior, cogió el arma, y en unos segundos desapareció en la profundidad de las sombras.

Peyton gimoteó otra vez y Eden le acarició la cara.

—Lo siento, querida —murmuró—. Lo siento.

«Dios mío —pensó—, ayúdala. Sálvala.»

Lanzó un profundo suspiro. Echó la cabeza hacia atrás y gritó con todas las fuerzas y con todo el volumen de su voz.

—¡Oh, Dios, está muerto! ¡Está muerto!

Entonó la voz para que sonara más aguda.

—¡Ayuda! —gritó—. ¡Está muerto, la niña está herida, yo no puedo mover las piernas. ¡Ayuda! ¡Por el amor de Dios, que alguien me ayude!

Rompió el silencio y la oscuridad con otro alarido animal que expresaba un sufrimiento insoportable. Y otro. Y otro.

●  ●  ●

Los gritos enervaron a Raylene. Agarró el rifle con fuerza.

Desde la puerta abierta de la casa, Drace le gritó:

—¡Ray, quédate atrás! Vigila bien y dispara si ves algún movimiento.

Raylene tragó saliva. La experiencia y la lógica le decían que fuera a registrar el coche. Estaba más cerca que Drace, y podía avanzar a cubierto, entre los árboles, cosa que él no podía hacer. Si él le decía que se quedara atrás, era sólo para protegerla. Y ella no quería que lo hiciera. Quería ser su mejor lugarteniente, más valiente y mejor que cualquier hombre.

Con el arma en posición de combate, lanzó un profundo suspiro y empezó a moverse, lentamente, con cautela, hacia el silencioso coche. Se mantuvo a cubierto todo lo que pudo.

Al principio, el silencio de la noche la había inquietado. Pero ahora, con esa mujer gritando de ese modo tan aterrador, Raylene deseó fervientemente que volviera el silencio. El primer grito de socorro la sorprendió de tal manera que se le encogió el estómago.

Los primeros gritos le resultaron casi insoportables, pero luego fueron a peor, resultaban salvajes, casi sobrenaturales.

«El hombre está muerto —se dijo—. El hombre está muerto y ella indefensa. Ya casi ha acabado todo. Casi ha acabado todo. Corre. Muévete. Muévete. Muévete.»

Pero esos alaridos demenciales no la dejaban correr. Se movía con mayor lentitud y cautela, con la esperanza de que si lo hacía así, la mujer moriría, o se desmayaría, antes de que llegara hasta ella.

—¡Ray! —la voz de Drace procedente de la casa, creció en intensidad—. ¡No te muevas! ¡Espera a que calle!

La mujer se había callado, y Raylene pensó que quizá para siempre. Empezaba a respirar aliviada, cuando aquella mujer empezó otra vez, con sus ruegos a Dios.

—Dios mío, por favor, mátame, me duele mucho!

Y luego de nuevo los gritos, esos gritos atormentados que no parecían humanos.

Raylene hizo un esfuerzo para acelerar el paso. «Ojalá se muera. Ojalá se muera, y Peyton también. Entonces todo habrá acabado, todo habrá acabado, y nos iremos de aquí.»

Se dirigió hacia el bosquecillo, y apenas pudo ver el Blazer en medio de la oscuridad. No observó ningún movimiento. Los gritos habían alcanzado una especie de crescendo que le pareció imposible. Agarró el rifle con firmeza y se acercó.

Owen observó que el tirador era pequeño, apenas más alto que un muchacho, y que se acercaba lentamente a una de las ventanillas del Blazer con el rifle listo para disparar.

La edad y el tamaño no importaban, se dijo Owen. Estaba oculto entre las sombras, con la ballesta preparada.

Contuvo el aliento, mientras el corazón le latía con fuerza entre las costillas. Sus brazos estaban firmes y la puntería, lo sabía por instinto, excelente.

Deseaba matar al tirador, deseaba hacerlo como si fuera una droga que se derramara por la sangre de sus venas. Sin embargo, apuntó al hombro de ese bastardo.

Cuando diera dos pasos más, en lo que durara quizá tres segundos, Owen tendría a ese hombre a tiro.

La silueta se movió hacia campo abierto. Owen no vaciló. Apretó el gatillo de la ballesta, y la pequeña flecha salió disparada por la ranura.

Cuando disparó, aquella figura se volvió inesperadamente y la flecha se clavó en la parte superior del pecho de la chaqueta de camuflaje, junto al esternón. El tirador emitió un sonido de sorpresa, cayó pesadamente de rodillas y su mano soltó el arma.

«Dios —pensó Owen—. Le he dado demasiado abajo, demasiado cerca del corazón.»

Dejó caer la ballesta y corrió hacia la figura arrodillada, la sujetó por detrás y le puso la mano en la boca para que no pudiera gritar. Al principio su prisionero intentó desembarazarse de él, pero Owen, apretando los dientes, lo sujetó con más fuerza. Con la mano derecha, buscó el extremo de la flecha y la hizo girar.

El tirador se revolvió salvajemente, como si un gancho invisible lo tirara hacia arriba, y luego cayó hacia atrás.

—¿Quieres más, hijo de puta? —murmuró Owen con rabia—. ¿Cuántos sois? Dímelo.

—Vete al infierno —contestó Raylene jadeando.

A Owen se le encogió el corazón. Sintió una oleada de náuseas. De pronto se dio cuenta de que aquel cuerpo esbelto y curvilíneo, no era el de un hombre, ni siquiera el de un muchacho.

Con un juramento, le arrancó la máscara de esquiador y los rubios cabellos de la mujer se desparramaron libres.

«He disparado a una mujer», pensó, con sorpresa y repelencia. Aunque otra parte de su mente le decía que no importaba, porque ella había intentado matarlos.

—Te he preguntado cuántos sois. Dímelo o retorceré otra vez la flecha —dijo poniendo una mano en el extremo del asta.

—¡Dos! —gimió la mujer—. Dos…

—¿Los dos están en la casa? —preguntó Owen.

—Sí… sí…

—¿Los dos armados?

—No —repuso ella con voz temblorosa—. Hay un prisionero. Una mujer.

«Dios», pensó Owen. «Una mujer. Una prisionera. Como si no tuviéramos bastantes problemas».

—¿Quién es? —murmuró, sacudiéndola.

—M-M-Mimí —tartamudeó Raylene—. M-M-Mimí S-S-Sto… —balbució antes de enmudecer. Su cuerpo se tambaleó y luego se retorció débilmente.

«Mimí», pensó, volviéndole la sensación de náuseas. Un sabor amargo le subió hasta la garganta, como un veneno. Sintió un escalofrío y apretó los dientes.

—¿Y quién es el otro? Lo he oído. ¿Quién es?

Una voz de hombre llegó hasta ellos procedente de la casa.

—¿Ray? ¿Estás bien?

La mujer forcejeó con una fuerza renovada para incorporarse, agitó las manos y movió la boca convulsivamente. Empezó a temblar.

—Le quiero —dijo con una extraña desesperación, agarrando la camisa de Owen—. Por favor… le quiero… le…

De pronto la sintió flácida y que caía hacia delante. Le buscó el pulso en la garganta, era irregular y débil.

Owen volvió a lanzar un juramento y sintió un gusto salado en la boca. No sabía si se debía al sudor o a las lágrimas.

Intentó hacer las cosas mecánicamente, sin pensar. Le quitó a la mujer la pistola que llevaba en el cinturón. Cogió el rifle de asalto y se lo colgó del hombro.

—¿Ray? Raylene, ¿qué está pasando? —oyó que decía la voz masculina desde la casa.

Owen se levantó, se limpió las manos ensangrentadas en las perneras de los tejanos. Se inclinó, puso a la mujer de pie y la sostuvo en sus brazos. Se le había ocurrido un plan. Era desesperado y peligroso, pero sabía que no tenía otra elección. Se humedeció el labio superior.

La mujer se removió en sus brazos, estaba temblando. La arrastró a través del bosquecillo oscuro, en dirección a la casa.

—¿Raylene? —gritó la voz desde la casa de Jessie—. Contéstame y vuelve. Yo dispararé al coche. Lo destrozaré. ¿Raylene?

# Capítulo 19

Cada vez que la mujer gritaba, el grito era como una aguja larga y envenenada que se clavaba en el cuerpo de Mimí, removiéndole las entrañas. Como si le vertieran más fuego en la garganta.

Y Eden continuaba gritando esas terribles palabras: «Está muerto y la niña está herida, y yo no puedo mover las piernas. La niña está herida la niña está herida la niña está herida.»

No todos los gritos de Eden eran coherentes, a veces sólo eran sonidos, pero unos sonidos terribles. Afuera, en la noche, Peyton estaba sufriendo, y Mimí pensaba: «No quería que sucediera esto, pero ha sucedido.»

Eden volvió a gritar.

—¡Ray! —exclamó Drace con enfado—. Vuelve. Voy a empezar a disparar. Destrozaré el coche. Vuelve. ¿Me oyes? ¿Raylene?

No hubo respuesta.

Esperó.

—Un minuto más —dijo como dándose seguridad a él mismo—. Un minuto más.

«Peyton, perdóname.»

«Eden, perdóname.»

«Jessie, perdóname.»

«Lo siento, lo siento, lo siento.»

El minuto tardó un eón en pasar.

Drace se acercó a la ventana que daba al nordeste de la casa, se asomó y lanzó un juramento.

—Malditos arbustos —dijo. Pero hizo pedazos el cristal de la ventana con la culata del rifle, y apuntó.

Apretó el gatillo y disparó una y otra vez. Mimí oía el estruendo de las balas clavándose en el metal. La imagen de Peyton atrapada entre aquella descarga le encogió el corazón. «El infierno es así. Estoy en el infierno», pensó.

Entonces la descarga se detuvo y sintió una quietud mortal. Sólo las hojas de los árboles se movían y murmuraban en la oscuridad.

Mimí cerró los ojos. No podía respirar y le quemaban la boca y la garganta, pero ya no sentía dolor. El odio que sentía por Drace le disipaba el dolor. «Vas a matarlas, bastardo —pensó—. A mi niña. A mi hermana. Bastardo.»

Entonces, como si un demonio se alzara en la noche, los gritos de Eden comenzaron de nuevo.

Drace soltó una maldición tal que Mimí se sintió satisfecha de que aquellos gritos le atormentaran. Apuntó de nuevo hacia el coche.

De pronto, e inexplicablemente, la única luz encendida de la casa se apagó.

Les rodeó la oscuridad. Mimí sintió que el corazón le daba un brinco.

—¿Qué pasa? —gritó Drace.

La oscuridad latía a su alrededor. Las hojas invisibles se movían, murmuraban, y en la distancia una mujer se quejó y luego enmudeció.

Un ruido, como de pasos cortos, llegó procedente del porche y Mimí pensó: «Dios mío, hay alguien aquí, hay alguien en la puerta de atrás, alguien que intenta entrar.»

Se volvió instintivamente hacia la cocina. El sonido de los pasos, el ruido indistinto de chirridos y de un peso que cayera al suelo, se oyó de nuevo. Drace corrió a su lado, la obligó a ponerse de pie, y la sujetó como un escudo delante de él.

Un despliegue de ruidos rompió el silencio, y el pequeño y brillante rayo de un disparo iluminó el cerrojo mientras la puerta trasera se abría de golpe.

La puerta estaba abierta y una voz, una voz masculina, gritó algo incomprensible, mientras alguien atravesaba violentamente el umbral, en dirección a donde ellos se encontraban. Drace disparó.

Disparó una y otra vez, y Mimí se encogió cuando los cristales de las ventanas de la cocina estallaron en pedazos y las balas se incrustaron en las paredes.

Tuvo la sensación de que el hombre que había entrado en la cocina se tambaleaba y luego caía. Pero Drace continuó disparando como un loco, aunque nadie le devolviera los disparos.

Cuando debió comprender que su atacante había caído, se quedó un momento inmóvil, como si estuviera poseído. Luego volvió a disparar al suelo de la cocina, para asegurarse de que el intruso estaba muerto.

Luego se detuvo. Estaba temblando.

—Loco hijo de puta —dijo—. Ha entrado directamente. Loco. Loco.

Buscó en el bolsillo la linterna y la encendió. El cuerpo, en un baño de sangre, yacía de lado en el suelo. Mimí jadeó, las balas de Drace se habían incrustado en un cadáver.

Un pie calzado con una bota estaba cercenado de la pierna despedazada y se había desplazado a cierta distancia. La mayor parte de las balas se habían incrustado en la parte baja del cuerpo, que parecía como si hubiera sido destrozado por los dientes de una máquina terrible.

Sin embargo, algo en aquel cuerpo llamaba la atención. Las manos, apenas tocadas por las balas, eran pequeñas, hasta delicadas. La ropa, que una vez había tenido los colores de camuflaje, estaba oscurecida por la sangre que la empapaba.

La noche volvía a estar en silencio. Eden había dejado de gritar.

Drace miraba fijamente aquel cadáver, paralizado. La mano le temblaba cuando enfocó la cabeza con la linterna. Había un pedazo de cráneo abierto en un charco de sangre y los cabellos rubios estaban empapados de sangre.

Pero el rostro, vuelto hacia un lado, estaba indemne. Los ojos azul cobalto miraban fijamente la nada. Y aunque el rostro estaba salpicado de sangre, Mimí lo reconoció. Ante ellos yacía Raylene, muerta y destrozada por las balas de Drace.

E, inexplicablemente, tenía el pecho atravesado por una flecha.

La mujer rubia ya había muerto cuando Owen llegó a la casa. Murió mientras la arrastraba. Se dijo que era lo mejor que podía suceder. De ese modo sus oportunidades de éxito eran mayores.

Cuando disparó al cerrojo de la puerta trasera, la fuerza de las balas hicieron temblar la puerta y, a la vez, la obligaron a oscilar hacia dentro.

Empujó el cuerpo de la mujer dentro de la cocina y él inmediatamente se lanzó al suelo de cemento del porche, rodando sobre la espalda. Luego oyó los tiros de fusil.

Se puso de cuclillas de un salto y se ocultó detrás de la camioneta aparcada, con el rifle de asalto listo para disparar. El cielo se estaba despejando y la noche era más clara. La camioneta era una protección pésima, pero era mejor que nada.

Cuando la descubrió, tuvo la esperanza de que si podía obligar al hombre a salir de la casa, el bastardo iría hacia ella, porque era su único medio de escape.

Owen, respirando con fuerza, centró el visor del rifle que había capturado en la puerta trasera, cuya madera, rasgada y acribillada por las balas, se balanceaba ligeramente hacia delante y hacia atrás.

Raylene. Ese era el nombre que gritaron desde la casa, el nombre de la mujer que había capturado. «Raylene», pensó, respirando con fuerza.

No le divertía pensar en su sacrificio. Aunque tampoco le hacía retroceder. Había protegido a Eden y a Peyton. El bastardo que estaba dentro de la casa había vuelto a disparar, y la revelación de que tenía un rehén lo había cambiado todo.

Con suficiente munición y un rehén, ese hijo de puta podía hacerse fuerte en la casa indefinidamente. Podía mantener a raya a los coches de la policía y a la ambulancia, y resistir a la policía y hasta al jodido FBI.

De pronto apareció una lucecita en el interior de la cocina; ese bastardo debía de haber encendido una cerilla. La luz parpadeó un instante, y luego se apagó. Ahora debía saber que estaba solo con su prisionera.

Owen se humedeció el labio superior y notó que tenía un gusto salado.

—Deja el arma y sal fuera, gilipollas. Se ha acabado —gritó.

Durante unos segundos no se oyó nada, luego emergió una voz masculina del interior de la casa, una voz ronca, llena de rabia.

—Vete a joder a tu madre. Tengo a una mujer, aquí. Un rehén. Manténte alejado o la mato.

Owen apretó los dientes. Pensó en Mimí, pero sobre todo pensó en Eden. Rogó que ella y la niña estuvieran a salvo; su nombre comenzó a retumbarle en la sangre: Eden, Eden, Eden.

La voz masculina volvió a sonar en la noche, una voz que la rabia y la desesperación hacían sonar peligrosa.

—He dicho que tengo a una mujer. Manténte alejado o la mato.

—¿Y cómo sé que la tienes? —dijo Owen, reprimiéndose para que su voz sonara firme—. Quiero oírla.

Otro silencio.

—No puede hablar —gritó el hombre, furioso—. Pero puede gritar… escucha.

Owen oyó el quejido débil y agónico de una mujer e intentó pensar qué debería de haberle hecho.

—Voy a salir —gritó el hombre—. Voy a entrar en la camioneta y voy a salir de aquí. Si haces un movimiento, le volaré la jodida cabeza.

Owen se alejó de la camioneta y buscó un lugar para ocultarse. Tenía el rifle. Unas cuantas estrellas atravesaban débilmente el velo de nubes. Se dirigió hacia un bancal con cedros jóvenes. Le proporcionarían protección, aunque no abrigo.

El hombre apareció en la puerta, empujando a la mujer delante de él. Tenía una automática a la altura de sus sienes y del hombro le colgaba un rifle de asalto. Owen se ocultó cuanto le fue posible entre los cedros. Maldijo en voz baja; ese bastardo era demasiado temerario.

El hombre se detuvo en el porche y escudriñó la oscuridad. La cabeza de la mujer estaba torcida y formaba un ángulo extraño; parecía que él la llevaba agarrada por el pelo. Tenía las manos sujetas en la espalda y parecía como si apenas fuera capaz de mantenerse derecha. Era esbelta, eso fue todo lo que Owen pudo observar. Le fue imposible distinguirle la cara a él.

Owen apuntó con el arma, pero tenía a la mujer en el punto de mira. El hombre debió de estirarle los cabellos, porque la cabeza adquirió un ángulo aún más poco natural.

El hombre comenzó a avanzar por el pequeño porche y descendió los dos peldaños de cemento. La mujer forcejeó. Intentó gritar algo, pero su voz resultó incomprensible.

—Suéltala —gritó Owen—, u os dispararé a los dos.

Era una amenaza estúpida, y lo sabía, pero siguió apuntándolos con el arma.

El hombre forcejeó con Mimí junto a la escalera, y de pronto hizo oscilar el cañón del rifle formando un arco en el patio trasero y disparó una serie de balas. Owen sintió que algo lo empujaba hacia el suelo y que le mordía las costillas como una serpiente.

A Mimí le pareció que se había desprendido de su cuerpo y que al mirar hacia abajo se veía a sí misma y a Drace como si flotara encima de ambos. Al escuchar el sonido de la voz masculina, Drace había hecho un barrido con disparos.

Luego la había arrastrado hasta la puerta de la camioneta y, por alguna razón, estaba apuntando hacia una hilera oscura de árboles. Tenía la mano cerca de su cabeza y...

«No voy a permitírselo, Peyton. No voy a permitírselo.»

... y vio lo cerca que estaba de la mano de Drace y le oyó disparar de nuevo y entonces hincó los dientes en la muñeca de Drace como si fuera un animal, y aunque le quemaban las mandíbulas, mordió una y otra vez.

Mordió hasta que notó en la boca la sangre caliente y los dientes toparon con el hueso.

Drace le soltó los cabellos, la apartó como para defenderse de ella, mientras Mimí se alejaba de él tambaleándose, intentaba correr, intentaba ocultarse porque de repente estaba

«libre
de correr hacia Peyton
de correr hacia Eden
de correr hacia casa.»

Más tarde, cuando Owen lo recordó, le pareció que todo había sido muy confuso, como si se tratara de una vieja película que hubiera sido mal montada.

Le habían disparado. Sentía como si alguien le hubiera pinchado con un clavo ardiendo entre las costillas y lo hubiera lanzado al suelo.

Se recuperó lo bastante para volver a coger el rifle en la posición en la que se encontraba, pero la mujer seguía en el punto de mira.

El tirador volvía a apuntar hacia los cedros. Owen apretó los dientes hasta que le hicieron daño y siguió apuntando con toda la firmeza de que fue capaz.

Luego, la mujer, Mimí, consiguió apartarse, pudo apuntar bien al tirador y disparó una vez y otra. Pero el hombre también disparó e hirió a Mimí en la espalda, que cayó al suelo, mientras el hombre recibía los disparos junto a la puerta cerrada de la camioneta.

Owen supo inmediatamente que había herido mortalmente al tirador. Le había dado al menos tres veces, y uno de los disparos le había entrado por el centro del pecho, desgarrándoselo.

El hombre había gritado algo, una palabra de una sílaba, el nombre de Ray. Y continuó aullando hasta que se ahogó en su propia sangre, cayó y se quedó en silencio. El cuerpo yacía inmóvil.

La chica tampoco se movía. Owen empezó a incorporarse con la intención de acercarse a ella. Siguió apuntando al hombre con el arma, por si acaso, pero entonces se dio cuenta de que no podía ponerse de pie. No podía.

Le fallaban las piernas, no le obedecían. Entonces se arrastró hasta ella, sin dejar el rifle, como un soldado que avanza a rastras.

En cuanto estuvo lo suficientemente cerca para tocarla, se dio cuenta de que estaba muerta. Giró el cuerpo y observó que algo terrible le había sucedido en la boca. Sin embargo el resto de la cara parecía extrañamente en paz, tenía una expresión casi plácida, aún con el polvo y las hojas de hierba que tenía pegadas.

Los ojos abiertos reflejaban la luz de las estrellas que estaban empezando a brillar encima de sus cabezas. ¿Se lo imaginó, o aquellos ojos eran extremadamente hermosos?

Intentó cerrárselos, pero entonces sintió un agudo dolor y se desmayó.

Quedó junto a ella, con los dedos rozándole todavía la cara, la luz de las estrellas brillando todavía en sus ojos.

Agazapada en el asiento trasero del Blazer, Eden apretaba con la mano la frente húmeda de Peyton. Con la otra mano, marcó por tercera vez el 911.

Las lágrimas le cubrían las mejillas, pero no se daba cuenta. De nuevo le contestó el lacónico oficial, una voz completamente vacía de emoción.

—Eden Storey otra vez —dijo con voz trémula—. ¿Dónde está su gente?

—En camino. Hemos enviado un equipo SWAT y una ambulancia. Me sorprende que no oiga las sirenas.

—Aquí sólo se escuchan disparos —contestó ella.

Peyton se quejó, retorció el cuerpecito y empezó a temblar. Eden contuvo la respiración y pensó, «aguanta Peyton. Aguanta querida.»

—¿Dónde exactamente se escuchan los disparos, señora? —preguntó el oficial con voz aburrida.

—En casa. Owen Charteris está ahí. Están disparando. Y mucho. Ahora han parado. Podría haber muerto. ¿Dónde se han metido ustedes?

—¿Ha habido más disparos?

—Sí.

—Pero ahora han parado.

—Sí. Sí.

—Voy a informar a los oficiales, señora. ¿Desde cuando no oye más disparos?

—No lo sé —contestó ella, contemplando la carita en sombras de Peyton—. Desde hace un rato. No podría decirle.

—¿Cinco minutos?

Peyton emitió un sonido de dolor.

—No lo sé —repitió Eden. Le parecían cincuenta años, llenos de oscuridad y de miedo.

—Está bien, señora. No cuelgue, voy a ponerla con otra persona. Así la espera le resultará mejor.

—Necesito a alguien que sepa de primeros auxilios —dijo Eden—. Hay una niña herida. Malherida. No la he movido.

—Voy a ponerla con otro oficial, que se mantendrá comunicado con usted.

—La niña tiene la pierna atrapada. Está inconsciente.

—Permanezca tranquila, señora.

Oyó las sirenas a lo lejos. Por un instante, no vio nada porque rompió a llorar, aliviada. Pero parecían estar tan lejos, tan lejos.

●  ●  ●

Aunque Peyton tenía un tobillo roto y una contusión, las heridas de Owen eran más graves.

La bala le había rozado el bazo y había salido entre la octava y la novena costillas, cerca de la columna, mellándola. Eden estaba muy asustada, porque al principio él no podía mover las piernas.

Pero al tercer día de estar en el hospital, de nuevo pudo andar, aunque no se aguantaba bien. Aun así, Eden no pudo celebrar su recuperación. La muerte de su hermana la había afectado mucho.

Fue como si Mimí, ausente durante tanto tiempo, se hubiera presentado ante ella en el momento de su muerte. Multitud de recuerdos le vinieron a la cabeza, aunque todavía no supiera qué había conducido a Mimí a una muerte tan violenta.

En cuanto la enterraron, empezaron a perseguirla todos estos pensamientos. Estaba junto a Peyton todo lo que podía. No le habían dicho a la niña todavía que su madre había muerto, y Eden temía decírselo.

Estaba aturdida. Tuvo que tomar la decisión de llevar el cadáver de Mimí al horno crematorio, y que ir sola a la funeraria a recoger la caja con las cenizas de su hermana. Como no sabía qué hacer con ellas, las depositó en el banco, pensando que algún día le harían una ceremonia.

Eden sólo se consolaba pensando que la vida trataría a Peyton mejor que lo había hecho con ella y con su madre. Se encargaría de que así fuera.

Al tercer día después de los disparos, se hallaba sentada junto al lecho de Peyton, intentando distraer a la niña con unas muñecas de papel. Sonó el teléfono.

—¿Eden? Aquí Owen. ¿Puedes venir a mi habitación? Hay alguien aquí que quiere hablar contigo.

Besó la mejilla de Peyton, le prometió volver enseguida y se fue al segundo piso donde estaba Owen. Había pasado los últimos tres días trasladándose de habitación en habitación en ese hospital, de la de Peyton a la de Jessie y a la de Owen. Estaba asombrada de aguantar tanto.

Cuando entró en la habitación de Owen le sorprendió ver a dos hombres con traje junto a su cama. Uno de ellos era alto, esbelto, un hombre de aspecto severo, con cabeza abombada y ojos verdes. El otro era más bajo, más joven, de una constitución más cuadrada, con una cara seria y los cabellos oscuros cortados de manera convencional.

Owen estaba incorporado en la cama, macilento, sus ojos tenían una expresión de alerta y parecía preocupado. Eden intentó sonreír, aunque no estaba segura de haber tenido mucho éxito. Owen le alargó la mano y la acercó a su lado.

—Es ella —les dijo—. Eden Storey.

Ellos la miraron con la solemnidad de un sepulturero.

El hombre de la cabeza abultada dijo:

—Miss Storey, soy el teniente John Mulcahy de la Policía estatal de Missouri. Este es el agente Dennis Robey, del FBI.

Eden se puso nerviosa. Ya había hablado con la policía, y acababa de hablar con otros hombres del FBI. Además, ambas agencias habían estado con Owen, bombardeándole a preguntas desde que había podido hablar.

—Yo... ya he hecho mi declaración —dijo.

—Ya lo sabemos, señorita —dijo Mulcahy—. Siento mucho la experiencia de la otra noche. ¿Cómo está la niña?

Eden no consiguió dominar la profunda ansiedad que sentía, pero consiguió controlar el tono de su voz.

—Se está recuperando bien. Me la llevaré mañana a casa.

—¿No ha tenido complicaciones? —preguntó Mulcahy.

Eden meneó la cabeza

—No han encontrado nada. La han tenido bajo observación. Al principio tenía dolor de cabeza, pero le ha desaparecido.

—¿No ha tenido mareos, ni doble visión? —preguntó Mulcahy. A pesar de su rostro serio, parecía muy preocupado.

—No. Ha estado muy... —iba a decir «feliz», pero las palabras le parecieron poco adecuadas. La felicidad de Peyton, en su corta vida, no había sido demasiada—. Se recupera bien —corrigió.

—¿Tiene herido el tobillo? —preguntó Mulcahy.

—Está muy orgullosa de llevar un yeso como el de su abuelita.

—¿Recuerda el incidente con el coche? ¿Ha sufrido alguna secuela?

—No. Lo último que recuerda es que estuvo hablando con su abuelita en el hospital.

Mulcahy asintió con simpatía.

—Es una bendición.

—Sí, es cierto —contestó Eden, aunque pensó, «yo lo recordaré. Hasta la tumba. Lo recordaré.»

—¿Ha dicho que va a volver a casa de su abuela? —preguntó.

—No —contestó—. Todavía no. Tengo otro sitio.

Eden tragó saliva. Todavía estaban trabajando en casa de Jessie, reemplazando el suelo de la cocina que estaba muy estropeado, limpiando, arreglando las paredes. Iba a ir a un apartamento amueblado que Owen tenía desocupado.

Había hablado con Jessie de la casa. La abuela quería volver, y quería que Peyton y ella lo hicieran también. Eden todavía ignoraba si sería capaz de volver, pero Jessie era tan testaruda que al fin, y a regañadientes, ella había accedido.

Mulcahy desvió la mirada. Dennis Robey, el agente del FBI, parecía incómodo. Se aclaró la garganta.

—Miss Storey, tenemos que comunicarle algo —dijo—. Un hombre llamado Yount ha hablado. Ahora conocemos la historia de su hermana. Y sabemos también qué personas estaban implicada en ella.

# Capítulo 20

Las palabras de Robey llenaron a Eden de aprehensión.

—¿Sí? —dijo.

—Su hermana conoció a Drace Johansen en un grupo de pacientes no hospitalizados, una especie de sesión de consulta en Detroit. Fueron allí por separado, durante un periodo de libertad vigilada.

Owen le apretó la mano.

—Mimí había sido juzgada por un incidente en un bar —dijo Robey—. Empezó con una discusión política, y acabó con resistencia al arresto, después de un montón de amenazas.

Eden se lo quedó mirando fijamente, incapaz de hablar.

Robey apretó la mandíbula.

—Drace también había amenazado a un miembro liberal de color del consejo de la ciudad. Y le habían condenado a participar en aquellas sesiones.

Robey hizo una pausa y luego continuó hablando con expresión estoica.

—Su hermana era rebelde y algo militante. Ese tipo era rebelde y muy militante. Tenía una ideología, hasta seguidores… algunos. Era de familia común y corriente. Conoció a Mimí y vio en ella a una posible correligionaria. Podía ser un gran orador, cuando le interesaba. Quería a Mimí, y se la llevó.

Entonces intervino Mulcahy, con la boca torcida.

—Nuestro amigo James Yount heredó una propiedad en Missouri. Drace Johansen decidió que se trasladaran todos allí. Sólo se le conocía por el nombre de Drace. Significa «dragón», como el dragón del Apocalipsis.

A Eden se le encogió el corazón. Apretó la mano de Owen, e intentó dominar su expresión.

Robey meneó la cabeza.

—Al principio, Yount dijo que conocía muy poco a su hermana. Ella creía que Drace era una especie de semidiós, que tenía todas las respuestas. Pero después de trasladarse a Missouri, él y su prima, Raylene Johansen, decidieron que había llegado el momento de menos retórica y más acción. Planearon una serie de atentados contra el gobierno, empezando por el del avión de las Bahamas. Al principio, Mimí pensó que sólo se trataba de palabras. Pero cuando supo que no era así, comprendió que estaba implicada hasta el cuello. Protestó. Se convirtió en la oveja negra del grupo, en su víctima propiciatoria. Raylene, en particular, la odiaba.

—Pero... pero... —tartamudeó Eden—. ¿Quiénes eran esa gente? ¿De dónde procedían? ¿Por qué odiaban al gobierno? No lo comprendo.

Mulcahy volvió a intervenir.

—De pequeño, Drace fue enviado a vivir con la familia de Raylene. Su padre había sido oficial del ejército y lo mataron en Vietnam. El padre de Raylene también pertenecía al ejército, y era una especie de déspota miserable. Se trasladaron muchas veces, no tenían raíces. Raylene y Drace... eran muy amigos.

—La familia tenía dinero —dijo Robey—. Y una larga tradición de militares. Drace fue a la escuela militar, pero lo expulsaron. El hermano mayor de Raylene fue a la Guerra del Golfo, murió unos años después de leucemia. Creían que era el síndrome de la Guerra del Golfo.

—Estaban resentidos con el padre, luego con el ejército y hasta con el gobierno. Empezaron a ver conspiraciones por todas partes.

Eden escuchaba con una especie de fascinación enfermiza.

—¿Y por qué el avión de las Bahamas y no un objetivo norteamericano?

Robey abrió la mano e hizo un gesto fútil.

—Yount ha dicho que Drace y Raylene aseguraban que los bancos de las Bahamas lavaban el dinero para los trapicheos ilegales de la CIA. Aunque Yount cree que en parte fue porque la seguridad de esas líneas aéreas no era tan severa y les resultaría más fácil el atentado. Era vulnerable, y ahí asestaron el golpe.

Los ojos verdes de Mulcahy buscaron el rostro de Eden.

—Según parece, Miss Storey, Yount dice que Mimí se oponía al plan. Pero para entonces ya sabía demasiado. Prácticamente era su prisionera. Y la niña también.

Robey hizo un gesto de asentimiento.

—Su hermana hizo todo lo que pudo para huir de allí con su hija. Pero Yount dice que estaba asustada y, para decirlo con otras palabras, que no siempre tenía la mente… clara.

—Tuvo el valor de desafiarlos, Eden —intervino Owen—. Quería salvar a Peyton. Pero no podía llevársela con ella. Para todos habría sido culpable de conspiración.

—Su hermana se quedó en Branson —siguió diciendo Robey—. Por lo que hemos podido sacar en claro, celebró una especie de fiesta de despedida y tenía la intención de matarse después.

—¿Matarse? —repitió Eden, atónita—. ¿Quiere decir suicidarse?

—Sí, eso es —contestó Robey—. Imagino que creía que no le quedaba otra opción.

Toda aquella información se derrumbó encima de Eden como una intrincada red, y se quedó sin habla.

—Lo siento —dijo Robey.

—Yo también lo siento —dijo Mulcahy, mirando hacia la ventana.

—Peyton es tuya —le dijo Owen acercándola a él.

«Es de ambas, de Mimí y mía», pensó Eden. Se apartó de él, se cubrió la cara con las manos y dio rienda suelta a sus emociones.

Jessie se tomó la muerte de Mimí muy mal. Por primera vez en la vida de Eden, vio a su abuela llorar abiertamente.

La volvió a ver llorar cuando se enteró de su fuga. Los hombros de la anciana empezaron a temblar y se cubrió los ojos.

Luego bajó una mano, arrugó un pañuelo en el regazo y levantó la cabeza.

—¿Peyton no sabe todavía que Mimí…?

Eden tragó saliva y meneó la cabeza.

—Sólo sabe que no ha vuelto. El resto, creo, deberíamos decírselo poco a poco. Buscaré ayuda profesional.

—Mimí —dijo Jessie con la voz quebrada. A Eden el nombre de su hermana le resonó con una sensación de pérdida infinita.

Jessie inclinó la cabeza y volvió a llorar. Luego se enjugó los ojos, apretó la mandíbula y dijo:

—Las lágrimas no sirven de nada. Vamos a ocuparnos de nuestros asuntos.

—Me voy a llevar conmigo a Peyton a California —dijo Eden—. La adoptaré.

Jessie hizo un movimiento de irritación con los hombros.

—No la quieras toda para ti. Yo quiero verla, ya lo sabes. Pero no voy a coger un avión ni subir a un autobús para hacerlo. Aborrezco los autobuses.

—Vendremos a verte —dijo Eden—. Y hablaremos por teléfono. Te lo prometo. Somos la única familia que tiene, Jessie. Te necesita a ti tanto como a mí.

Jessie cruzó los brazos.

—Ummmm. Nosotras… una familia. Nunca pensé que te oiría decirlo.

—«Yo tampoco», pensó Eden. «Pero lo somos, ¿no es cierto?»

Owen fue el último en abandonar el hospital. Sabía que ahora Eden iba a estar llena de responsabilidades. Pero cuando llegó el día de su salida, le pidió que dejara a Jessie y a Peyton una hora y lo fuera a recoger. Ya estaban todas de vuelta en casa de Jessie.

Eden apareció en la puerta de la habitación, encantadora, vivaz y sin ninguna ocupación urgente. Los cabellos le cubrían parcialmente la frente y los diamantes le brillaban en las orejas. Estaba preciosa.

Una vez dentro del coche, arqueó una ceja y le dirigió una sonrisa maliciosa.

—Pareces preocupado por algo. ¿Qué te ocurre? ¿Te has enamorado de la comida del hospital?

Owen se removió en el asiento. Todavía llevaba vendajes en el pecho y le parecía que estaba encajonado dentro de una armadura.

—¿Todavía te duele? —preguntó ella dejando de sonreír.

Owen meneó la cabeza. Podía dominar el dolor.

—Entonces, ¿qué te sucede? —preguntó, haciendo ver que se

concentraba en la maniobra de salir del aparcamiento, pero él observó que estaba preocupada.

—No hemos tenido muchas oportunidades para hablar.

—Ya lo sé —contestó Eden, sin apartar los ojos del tráfico.

Owen se recostó en el asiento, con el cuerpo rígido. Si pudiera estar un minuto a solas con Eden, se hubieran besado tímidamente casi y no hubieran sido necesarias las palabras. Eran personas complicadas para las que a menudo resulta difícil demostrar una simple emoción, y las emociones de Owen eran algo más que simples.

Quería a Eden, pero ignoraba lo que ella quería. Ahora estaba poniendo todas sus energías en el cuidado de Peyton y de Jessie, sobre todo de Peyton.

Su hermana Shannon lo estaba esperando en casa para cuidarlo, un destino demasiado terrible para pensar en él deseaba. Estaba llenando la casa inacabada con objetos que él no deseaba, con mesas, con sillas, posesiones.

—Mira —le dijo a Eden—. Ya sé que estás preocupada por Peyton.

—Ahora necesita muchas atenciones —dijo ella, sin mirarlo—. Haremos por ella todo lo que podamos. Y el tiempo dirá.

«¿Y qué nos dirá el tiempo a ti y a mí?» quiso preguntarle.

—¿Y qué hace Jessie? —preguntó, en cambio.

Eden sonrió.

La dura de Jessie. Ha recibido un golpe, y se ha ablandado un poco.

Se mantuvieron callados en medio de un tenso silencio.

—Nunca te agradeceré bastante todo lo que has hecho, lo sabes —dijo entonces Eden. Estuviste a punto de morir por nosotras. Te lo debemos todo.

Una punzada de dolor creció en su interior. Deseó, por Eden, haber podido salvar a Mimí, aunque en su corazón no creía que Mimí deseara ser salvada.

Cuando recordaba a la otra mujer, a Raylene, y lo hacía a menudo, sentía un escalofrío en el alma. Las emociones que sentía por ella eran abundantes y complejas, pero la lástima no se encontraba entre ellas.

Eden seguía con los ojos clavados en el tráfico.

—Todo esto ha cambiado a Peyton —dijo.

Owen asintió.

—Es lógico.

—Ahora puede hablar del pasado. No le gusta hacerlo, pero lo hace. Fue testigo de cosas terribles cuando estuvo con aquella gente. Los oyó hablar de poner la bomba en el avión.

—Ahora ya ha pasado todo —dijo él. Alargó la mano y le acarició el hombro, aunque el movimiento le costó otra punzada de dolor.

—Y hay algo más, también —dijo ella—. Henry se ha marchado. La noche pasada me dijo que se había ido para siempre.

—Quizá ya no lo necesita.

—Hablé con el psicólogo en el hospital. Dice que es una niña saludable y muy inteligente. Y muy fuerte. Esto la ayudará.

—Sí —dijo él, acariciándole el hombro—. Seguro.

Eden lo miró y sonrió con cierta tristeza.

—He pensado mucho en ti —dijo—. Pero Jessie me necesita, y Peyton todavía me necesita más. ¿Lo comprendes?

Le cogió la mano derecha y enlazó sus dedos con los de ella. Luego lanzó un profundo suspiro.

—Voy a tener a mi hermana jugando a Florence Nightingale. Tú tienes a Jessie. Pero cuando volvamos a quedarnos solos...

Apretó los dedos alrededor de los suyos.

—Owen, no vamos a tener tiempo de quedarnos a solas. Vuelvo pronto a Los Ángeles. Mañana.

«Claro —pensó Owen—. Claro». De todos los temas que no habían hablado, ese era el que había evitado con más cuidado. Debía marcharse.

Eden soltó la mano y volvió a ponerla sobre el volante. Miró por el espejo retrovisor.

—Todo el mundo está nervioso por tu vuelta a casa —le dijo—. Todos te están esperando. Jessie te ha hecho un pastel de limón. Es decir, ha estado revoloteando a mi alrededor para que yo hiciera lo que ella me iba ordenando. No sé como habrá quedado, no soy buena cocinera.

—Mañana —dijo él mirándola—. Es muy pronto, ¿no crees?

—No. He llamado a una enfermera para que se ocupe de Jessie. Ya ha venido. Y tengo que arreglar todo lo de Peyton.

—¿Y tú?—preguntó, contemplando su perfil—. ¿Los recuerdos que tengas de todo esto... serán todos malos?

Eden eludió la pregunta.

—Creo que en cuanto se dé cuenta de que tiene un hogar permanente, todo irá mejor.

—Te he hecho una pregunta —dijo Owen.

Eden se encogió de hombros despreocupadamente.

—¿Yo? He estado demasiado ocupada para pensar en mí misma. He tenido que concertar una cita con un psicólogo de Los Ángeles para Peyton. Luego, encontrar un pediatra... muchas cosas. Y luego Jessie. Buscarle una enfermera y asegurarme de que estará bien cuidada.

—Ya me ocuparé yo de eso —dijo él bruscamente—. Va a enfadarse si te vas tan pronto.

Eden meneó la cabeza.

—Ya hemos discutido sobre cómo tratar a Peyton. Jessie... bueno, Jessie tiene sus maneras.

—Sí —repuso él con expresión sombría—, cada uno tiene sus maneras.

Owen se quedó contemplando el bosque. Ya habían caído muchas hojas desde que entró en el hospital; los árboles estaban comenzando a desnudarse para el invierno.

Eden lo miró sonriente.

—Voy a tener que hacer unos cuantos ajustes, de ahora en adelante. Vivir con una niña no es sencillo. Tendré que hacerlo.

—Sí. Ya sé lo que es eso —contestó Owen, pensando en las mil y una responsabilidades que lo mantenían clavado a Endor.

—Además —siguió diciendo ella alegremente—, los ensayos empiezan la semana que viene. Soy una mujer trabajadora, ¿recuerdas?

—¿Volverás a ver a Jessie de vez en cuando? —preguntó con toda la indiferencia de que fue capaz—. ¿O planeas esperar otros quince años?

La expresión de ella se nubló, aunque tan sólo un instante.

—Sí. Peyton se ha encariñado con ella. Y Jessie no quiere venir a Los Ángeles. Dice que le parece que está tan lejos como la luna.

A él le parecía aún más lejos.

—Quizá yo pueda venir a verte —dijo—. Algún día.

Eden no supo como tomarse esas palabras. Le dirigió una sonrisa breve y poco sincera, y luego volvió a mirar la carretera.

—Deberías hacerlo —dijo ella con una voz agradable.

«Debería obligarla a detener el coche, obligarla a que lo detuviera a un lado de la carretera, y besarla hasta...» pensó Owen.

«¿Hasta qué?», se preguntó. Luego ya fue demasiado tarde. El coche estaba entrando en el camino que llevaba a la casa de Jessie, su hermana estaba de pie en el porche, sujetando los hilos de unos globos de color metálico en los que se leía «¡Bienvenido a casa!» y «¡Felicidades!»

Jessie estaba sentada en una silla de ruedas, mirándolo radiante, con un ramo de flores y el pastel de limón en la mesa que tenía al lado. Peyton estaba sentada en los escalones el porche y sostenía un cartel que había hecho ella misma. Sobre fondo blanco y con letras rojas se leía, ¡BIENVENIDO A CASA, OWEN!

Llevaba ropa nueva, un mono rosa y una camiseta blanca con el borde de color de rosa. Parecía una niña normal, bonita, y él procuró hacer un esfuerzo y sonreírla.

Sin embargo, cuando sus ojos se cruzaron, a ella le dio la sensación de que él no estaba allí. Y fue Eden quien devolvió la sonrisa al rostro de la niña, Eden quien corrió a abrazarla,

Él no pertenecía a ese mundo.

# Capítulo *21*

Aquella tarde del mes de febrero estaba nevando y Jessie estaba sentada en la sala de estar, jugando al ajedrez con Owen. Era una competidora difícil, y le ganaba tanto como él a ella.

Habían transcurrido cuatro meses desde que Eden había vuelto a Los Ángeles, llevándose a Peyton con ella.

La partida había empezado y Jessie estudiaba la posición de las piezas y planeaba el siguiente movimiento. Desde el fondo del pasillo llegó el sonido del timbre del teléfono.

—Oh, demonios —gruñó Jessie mientras se ponía de pie. Luego agitó un dedo ante Owen—. No muevas nada mientras no estoy.

Él le dirigió una sonrisa ladeada.

—No hago trampas, Jessie.

Jessie le lanzó una mirada que significaba «mejor que no». Se dirigió al pasillo, apoyándose pesadamente en el bastón de marfil que Owen le había regalado.

Apartó la silla y se sentó. Descolgó el teléfono.

—Hermana Jessie —dijo—. Vidente por la gracia de Dios.

—Hola Jessie —contestó una voz familiar—. Soy Eden.

Jessie se puso rígida por la sorpresa.

—¿Por qué me llamas a este número? —protestó—. Es caro. Te vas a gastar todo el dinero.

Eden soltó una carcajada.

—No lo gasto. Aunque tú también puedes llamarme. Tienes dinero para hacerlo. Estupendo.

—Tienes la misma visión de las finanzas que un conejo —dijo Jessie, aunque con una brusquedad llena de afecto. Nunca creyó que a Eden le iba tan bien en Los Ángeles, pero Owen le dijo que era cierto, y Owen era experto en esos asuntos.

—Entonces considera esta llamada un regalo de San Valentín. Además, estamos de celebración. He traído a un invitado que quiero que conozca a Peyton.

—¿Quién? —preguntó Jessie.

—Un cachorro —exclamó Eden triunfante—. Quería un cachorro. Un collie. Y será ya lo bastante grande para traerlo a casa el día de su cumpleaños.

—Te ocupará todo el espacio —dijo Jessie, aunque estaba satisfecha de que Peyton fuera feliz.

—Está genéticamente preparado para no perder pelo —dijo Eden.

—¿Es una broma?

—Sí —contestó Eden—. De todas formas, estaba muy nerviosa y quería contártelo antes de que ella volviera del colegio.

El corazón de Jessie se enterneció.

—¿Cómo le va el colegio a mi ratoncito?

—Le gusta. Está maravillada. Tiene hambre de aprender. Creo que esta es una de las cosas que va a ayudar a que lo supere todo.

Jessie pensó en todo lo que la niña había pasado y se le hizo un nudo en la garganta. Intentó tragarlo.

—¿Cómo está?

Eden hizo una pausa.

—¿Emocionalmente? Tiene subidas y bajadas. Pero el psicólogo es optimista. Es como tú, Jessie. Es una superviviente.

A Jessie no le gustaba en absoluto la idea de un psicólogo, pero dejó a un lado su ego cuando escuchó lo de que Peyton se parecía a ella.

—¿Habla de Mimí?

—No mucho —contestó Eden—. Es algo que todavía ha de aprender a sobrellevar. Pero entiende que Mimí murió, y nos estamos esforzando mucho para que comprenda que su muerte no fue culpa suya.

—Bien, es verdad que no fue culpa suya —admitió Jessie—. No debería pensar tal cosa ni siquiera un minuto.

Eden suspiró.

—La mente humana es complicada, Jessie. Y misteriosa. Pero ella es una chica fuerte. Saldrá adelante.

—Claro que va a salir adelante —dijo Jessie, ofendida ante la más mínima duda de que la niña no consiguiera hacerlo—. Pero será mejor para ella que no vayas a parar en un asilo para pobres. Y ahora cuelga. Llámame al teléfono de casa… cuando esté Peyton y pueda hablar con su abuelita.

—Todavía no puedo colgar —dijo Eden, con un tono extraño en la voz—. Tengo otra razón para llamar a esta línea.

—Bien, ¿y cuál es? —preguntó Jessie, con impaciencia.

—Necesito tu opinión profesional —dijo Eden—. Un consejo.

—¿Tú? —exclamó Jessie, incrédula.

—Yo —dijo Eden.

Jessie tuvo un repentino relámpago de intuición.

—Ya —dijo—. Se trata de Owen, ¿verdad? Quiere sacarte de allí, ¿verdad?

—¿Te lo ha dicho él? —preguntó.

—No tiene que decirme nada —replicó Jessie—. Tengo ojos en la cara. Puedo ver lo que está pensando.

—¿Es eso cierto? —preguntó Eden, incrédula.

—Claro que sí —aseguró Jessie—. Está pensando que aquí tiene responsabilidades, pero que no siempre va a ser así. Está pensando que ha llegado el momento de hacer algo con su vida, eso es lo que piensa.

—Jessie —dijo Eden con voz nerviosa—, me ha telefoneado. Está pensando en comprar algo en Los Ángeles. Si lo hace, tendrá una razón para venir aquí con regularidad. Y si viene aquí, dice que quiere verme, y…

—¿Y qué? —preguntó Jessie.

—Y yo le he dicho que tengo que pensarlo.

Jessie hizo una pausa. Lo había visto venir, desde luego, y había esperado que sucediera. Owen podía trasladarse a Los Ángeles. Podía tener los negocios familiares en cualquier sitio, dirigirlos desde cualquier lugar del país; en esta época es posible hacerlo.

Jessie sintió una fuerte y desagradable punzada de celos. Ella nunca se marcharía de Endor, lo sabía, y quería a Owen como si fuera de su misma sangre. No quería perderle. Hubo una lucha en el interior de su pecho con sus deseos y amores.

—¿Jessie? —dijo Eden—. ¿Me oyes? Le he dicho que tengo que pensarlo, y me temo que ya lo he hecho.

—¿Y qué se te ha ocurrido? —preguntó Jessie bruscamente.

—¿Qué? —dijo Eden, sorprendida.

—¿Que qué has pensado? —preguntó Jessie, mordaz—. Es un hombre bueno, un hombre estupendo. Has tenido suerte de encontrarlo. Y será magnífico para Peyton.»

—Que…. a Peyton no parecía gustarle, Jessie. Esta es una de las cosas que me preocupan.

—Le gustará —dijo Jessie—. Dale un poco de tiempo.

—¿Lo crees así?

—Por Dios que lo sé.

—¿Cómo? —preguntó Eden con falsa ligereza—. ¿Lo ves en la bola de cristal?

Jessie miró la bola de cristal. Había en ella unas sombras profundas y algunas cosas danzaban en aquellas sombras, cosas que parecían formas indistintas intentando concretarse.

—De hecho puedo —contestó—. Puedo hacerlo, desde luego.

# Otros títulos de esta colección

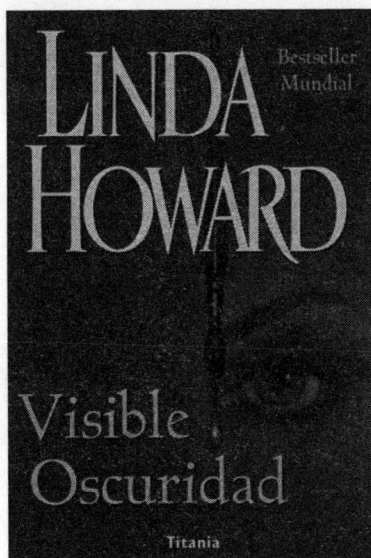

## Visible oscuridad

En las altas esferas del arte y de la política del Nueva York actual, la corrupción, la avaricia y la ambición adquieren forma visual en las pinceladas de los cuadros que Sweeney pinta en estado de trance.

Sus misteriosas facultades paranormales la sitúan, muy a su pesar, en el centro de una intriga entre los bastidores del poder. Simultáneamente, el descubrimiento del amor provoca en ella un cambio completo de personalidad que le hace dejar atrás sus hábitos de soledad, para entregarse apasionadamente al hombre cuya atracción ha derribado todas las barreras de aislamiento que había levantado con el paso de los años.

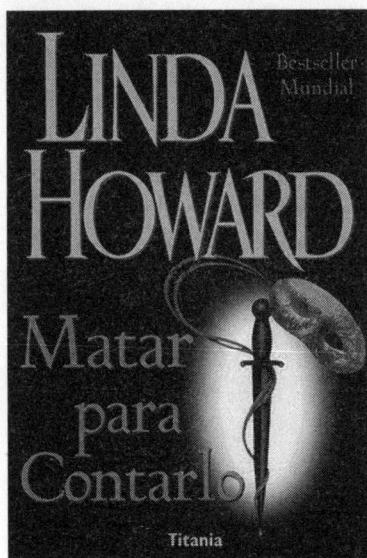

# Matar para contarlo

Demasiadas cosas en tan poco tiempo. Tanto es así que, de buen seguro, cualquier mujer, incluida Karen, hubiera sucumbido, se hubiera desmoronado.

A los pocos meses de morir su madre, el padre es asesinado. Y no sólo eso, incendian la que fue la casa familiar, asaltan el apartamento en el que vive e intentan atropellarla. Pero Karen, golpeada y magullada, violado su hogar, resiste. Marc no es ajeno a esa resistencia. Por primera vez en su vida esta mujer, esta enfermera dedicada por completo a su trabajo, descubre en el sentido más amplio, sensual y emocionalmente, el significado de la palabra amor.

Sólo una trama de corrupción y asesinatos que arranca de la guerra de Vietnam y en la que están implicados políticos del más alto nivel puede poner en peligro la merecida felicidad que Karen y Marc empiezan a vislumbrar.

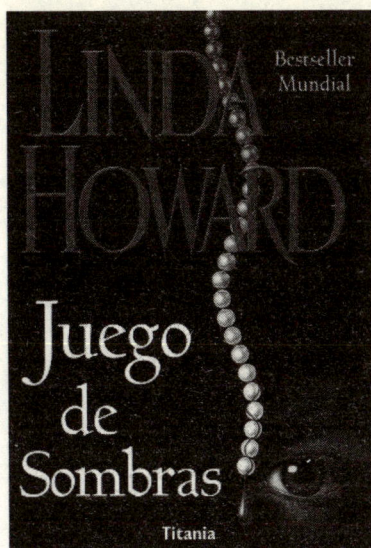

# Juego de sombras

Su amor fue tan intenso como su forma de vida. Niema y Dallas eran agentes especiales y hacían trabajos para diversas entidades, principalmente la CIA. Llevaban unos meses casados cuando aceptaron una peligrosa misión en Irán.

Algo salió mal y, para salvar la operación, Dallas tuvo que sacrificar su vida. Aquel día el mundo de Niema se hizo añicos. Algo se quebró en su interior, y si logró salir viva de aquellas heladas montañas fue gracias a los cuidados del compañero de Dallas, un hombre misterioso y de mirada penetrante. Niema nunca imaginó que volverían a encontrarse.

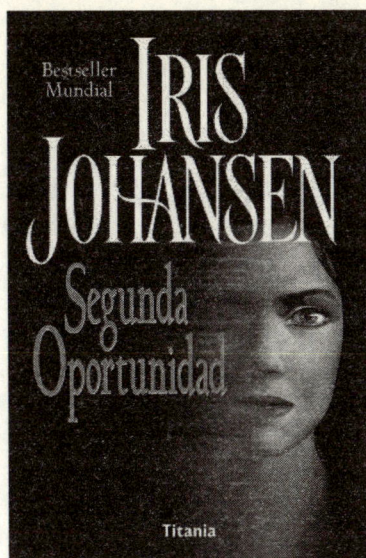

## Segunda oportunidad

Nell Calder era una mujer tímida y amable, una esposa que intentaba contentar a su ambicioso marido, una madre que amaba a su hijita con pasión. ¿Quién iba a querer hacerle daño? Pero ocurrió la tragedia.

El ataque fue despiadado. La niña murió, y Nell quedó terriblemente desfigurada. Ahora, preparar su venganza es lo único que la mantiene viva. Su anterior docilidad ha dado paso a una voluntad firme, y su amable timidez se ha transformado en un propósito duro y afilado como el acero. El asesino de su hija no puede seguir viviendo. Ella le dará muerte… con sus propias manos.

# www.titania.org

Visite nuestro sitio web y, sin salir de su casa, podrá conocer
las últimas novedades de
Susan King, Jo Berverley o Mary Jo Putney,
entre otras excelentes escritoras.

Escoja, sin compromiso y con tranquilidad,
la historia que más le seduzca leyendo el primer capítulo
de cualquier libro de entre todas las colecciones Titania.

Vote por su libro preferido y envíe su opinión
para informar a otros lectores.

Participe en nuestro foro y relaciónese con personas
de todo el mundo de habla hispana.

Y mucho más...

Bolsillo
*
Romántica Histórica
*
Bestseller